Tucholsky Wagner Zola Schlegel
Turgenev Wallace Freud
Twain Walther von der Vogelweide Fouqué Friedrich II. von Preußen
Weber Freiligrath Frey
Fechner Fichte Weiße Rose von Fallersleben Kant Ernst Frommel
Hölderlin Richthofen
Engels Fielding Eichendorff Tacitus Dumas
Fehrs Faber Flaubert
Feuerbach Maximilian I. von Habsburg Fock Eliasberg Zweig Ebner Eschenbach
Ewald Eliot Vergil
Goethe Elisabeth von Österreich London
Mendelssohn Balzac Shakespeare Dostojewski Ganghofer
Trackl Lichtenberg Rathenau Doyle Gjellerup
Mommsen Stevenson Tolstoi Hambruch
Thoma Lenz Hanrieder Droste-Hülshoff
Dach von Arnim Hägele Hauff Humboldt
Verne
Reuter Rousseau Hagen Hauptmann Gautier
Karrillon Garschin Baudelaire
Damaschke Defoe Hebbel
Descartes Hegel Kussmaul Herder
Wolfram von Eschenbach Dickens Schopenhauer Rilke George
Bronner Darwin Melville Grimm Jerome Bebel
Campe Horváth Aristoteles Proust
Bismarck Vigny Barlach Voltaire Federer Herodot
Gengenbach Heine
Storm Casanova Tersteegen Gilm Grillparzer Georgy
Chamberlain Lessing Langbein Gryphius
Brentano Lafontaine
Strachwitz Claudius Schiller Kralik Iffland Sokrates
Bellamy Schilling
Katharina II. von Rußland Gerstäcker Raabe Gibbon Tschechow
Löns Hesse Hoffmann Gogol Wilde Gleim Vulpius
Luther Heym Hofmannsthal Klee Hölty Morgenstern
Roth Heyse Klopstock Kleist Goedicke
Luxemburg Puschkin Homer Mörike Musil
Machiavelli La Roche Horaz
Navarra Aurel Musset Kierkegaard Kraft Kraus
Nestroy Marie de France Lamprecht Kind Kirchhoff Hugo Moltke
Laotse Ipsen Liebknecht
Nietzsche Nansen
Marx Lassalle Gorki Klett Ringelnatz
von Ossietzky May Leibniz Irving
vom Stein Lawrence
Petalozzi Knigge
Platon Pückler Kafka
Sachs Michelangelo Kock
Poe Liebermann Korolenko
de Sade Praetorius Mistral Zetkin

Der Verlag tredition aus Hamburg veröffentlicht in der Reihe **TREDITION CLASSICS** Werke aus mehr als zwei Jahrtausenden. Diese waren zu einem Großteil vergriffen oder nur noch antiquarisch erhältlich.

Symbolfigur für **TREDITION CLASSICS** ist Johannes Gutenberg (1400 — 1468), der Erfinder des Buchdrucks mit Metalllettern und der Druckerpresse.

Mit der Buchreihe **TREDITION CLASSICS** verfolgt tredition das Ziel, tausende Klassiker der Weltliteratur verschiedener Sprachen wieder als gedruckte Bücher aufzulegen – und das weltweit!

Die Buchreihe dient zur Bewahrung der Literatur und Förderung der Kultur. Sie trägt so dazu bei, dass viele tausend Werke nicht in Vergessenheit geraten.

Die Frau in Weiß - Band III

Wilkie Collins

Impressum

Autor: Wilkie Collins
Umschlagkonzept: toepferschumann, Berlin

Verlag: tredition GmbH, Hamburg
ISBN: 978-3-8472-3664-1
Printed in Germany

Rechtlicher Hinweis:
Alle Werke sind nach unserem besten Wissen gemeinfrei und unterliegen damit nicht mehr dem Urheberrecht.

Ziel der TREDITION CLASSICS ist es, tausende deutsch- und fremdsprachige Klassiker wieder in Buchform verfügbar zu machen. Die Werke wurden eingescannt und digitalisiert. Dadurch können etwaige Fehler nicht komplett ausgeschlossen werden. Unsere Kooperationspartner und wir von tredition versuchen, die Werke bestmöglich zu bearbeiten. Sollten Sie trotzdem einen Fehler finden, bitten wir diesen zu entschuldigen. Die Rechtschreibung der Originalausgabe wurde unverändert übernommen. Daher können sich hinsichtlich der Schreibweise Widersprüche zu der heutigen Rechtschreibung ergeben.

KLASSISCHE ROMANE DER WELTLITERATUR
Ausgewählte Sammlung Prochaska in 32 Bänden.

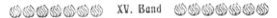 XV. Band

Wilkie Collins
Die Frau in Weiß

Band III.

Verlag von Karl Prochaska, Kaiserl. und Königl.
Hof-Buchhandlung in Wien · Leipzig · Teschen.

Aus Miß Halcombe's Tagebuche.

Der Graf kehrte unter die Veranda zurück, ich hörte den Stuhl unter seinem Gewichte knarren, als er seinen Platz wieder einnahm.

»Nun, Percival,« sagte er, »und was bekommst du, falls Glyde stirbt?«

»Wenn sie keine Kinder hinterläßt –«

»Was nicht wahrscheinlich ist?«

»Was im höchsten Grade wahrscheinlich ist –«

»Nun?«

»Nun, dann bekomme ich ihre zwanzigtausend Pfund.«

»Baar ausgezahlt?«

»Baar ausgezahlt.«

Sie schwiegen abermals. Als ihre Stimmen aufhörten, verdunkelte der Schatten der Gräfin nochmals das Rouleau. Anstatt aber vorüber zu gleiten, blieb er diesmal stehen. Ich sah ihre Finger sich um die eine Kante des Rouleaus stehlen und dasselbe zur Seite ziehen. Der Umriß ihres Gesichtes erschien gerade über mir hinter dem Fenster – ich verhielt mich ganz ruhig, vom Kopf bis zu den Füßen in meinen schwarzen Mantel gehüllt. Der Regen, welcher mich durchnäßte, schlug an das Fenster und verwehrte ihr die Aussicht. »Noch mehr Regen!« hörte ich sie zu sich selbst sprechen. Dann ließ sie das Rouleau wieder fallen, und ich athmete freier.

Unten wurde die Unterhaltung vom Grafen wieder aufgenommen.

»Percival! hältst du viel von deiner Frau?«

»Fosco! Die Frage scheint mir sehr offen.«

»Ich bin ein offener Mann und wiederhole sie.«

»Was, zum Henker, siehst du mich so an?«

»Du willst mir nicht antworten? Nun denn, wir wollen annehmen, deine Frau stürbe, ehe der Sommer vorüber ist –«

»Laß das, Fosco!«

»Nehmen wir an, deine Frau stürbe –«

»Laß das, sage ich dir!«

»In dem Falle würdest du zwanzigtausend Pfund gewinnen; und verlieren würdest du –«

»Die Aussicht auf dreitausend Pfund jährliche Renten.«

»Die *entfernte*Aussicht, Percival – nur die entfernte Aussicht. Und du brauchst sofort Geld. Der Gewinn ist in deiner Lage gewiß – der Verlust zweifelhaft.«

»Sprich für dich sowohl, als für mich. Ein Theil des Geldes, das ich brauche, wurde für dich geborgt. Und wenn du doch von Gewinn sprichst, so würde der Tod *meiner*Frau der *deinigen*Zehntausend Pfund in die Tasche spielen. So pfiffig du auch bist, so scheinst du doch bei dieser Gelegenheit das Legat der Gräfin Fosco vergessen zu haben. Sieh' mich nicht so an! Es überläuft mir die Haut wahrhaftig ganz eisig bei deinen Blicken und Reden!«

»Die Haut? Bedeutet Haut etwa im Englischen: Gewissen? Ich spreche von dem Tode deiner Frau, wie von einer Möglichkeit. Und warum wohl nicht? Ich habe es mir heute Abend zur Aufgabe gemacht, mir deine Lage so auseinanderzusetzen, daß ich kein Versehen machen kann, und jetzt bin ich damit zu Ende. Dies ist deine Lage: falls deine Frau am Leben bleibt, so bezahlst du jene Wechsel mit ihrer Unterschrift. Stirbt sie, so bezahlst du sie mit ihrem Tode.«

Während er sprach, erlosch das Licht im Zimmer der Gräfin, und die ganze zweite Etage des Hauses lag jetzt in Dunkelheit da.

»Wie du faselst!« brummte Sir Percival; »wenn man dich anhört, sollte man denken, daß wir die Unterschrift meiner Frau bereits in der Tasche hätten.«

»Du hast die Sache in meine Hände gegeben,« entgegnete der Graf; »ich habe mehr als zwei Monate vor mir. Sobald die Wechsel fällig werden, wirst du sehen, ob mein ›Faseln‹ zu etwas nütze ist oder nicht. Und jetzt, Percival, da die Geldgeschäfte für heute Abend abgemacht sind, stelle ich dir meine Aufmerksamkeit zu Diensten, falls du mich über jene zweite Schwierigkeit zu Rathe zu ziehen wünschest, die sich in unsere kleinen Verlegenheiten gemischt und dich seit Kurzem so ungünstig verändert hat. Sprich, mein Freund.«

»Es ist Alles ganz gut, wenn du sagst: sprich,« erwiderte Sir Percival in einem weit ruhigeren und höflicheren Tone, als er sich noch bisher anzuschlagen bequemt; »aber es ist nicht so leicht zu wissen, wie man anfängt.«

»Soll ich dir helfen?« sagte der Graf. »Soll ich dieser deiner Privatverlegenheit einen Namen geben? Wie wär's, wenn ich sie – Anna Catherick nennte?«

»Sieh' her, Fosco, wir beide kennen einander seit langer Zeit; und wenn du mir schon ehedem ein paar Mal aus der Klemme geholfen hast, so habe ich meinerseits mein Möglichstes gethan, um dir Gegendienste zu leisten, soweit Geld mich dazu in Stand setzte. Wir haben einander gegenseitige Freundschaftsdienste geleistet; aber wir haben natürlich auch unsere Geheimnisse vor einander gehabt – wie?«

»Du hast allerdings ein Geheimnis vor *mir* gehabt, Percival. Du hast hier in Plackwater Park so ein Skelet im Schranke, das während dieser letzten paar Tage schon Anderen, außer dir, in's Gesicht gesehen hat. Glyde, laß uns offen gegeneinander sein. Dies dein Geheimnis hat mich aufgesucht, anstatt daß ich es aufgesucht hätte. Sage mir mit einfachen Worten, ob du meiner Hilfe bedarfst?«

»Ja, und zwar sehr.«

»Und du kannst sie von mir fordern, ohne dich und dein Geheimnis bloßzustellen?«

»Ich kann es wenigstens versuchen.«

»Versuche es also.«

»Nun, die Sache steht so; ich sagte dir heute, daß ich mein Möglichstes gethan, um Anna Catherick zu finden, und daß es mir nicht gelungen. Fosco! ich bin verloren, wenn ich sie nicht finde.«

»Ha! Ist die Sache so ernsthaft?«

Ein kleiner Lichtstrom kam unter die Veranda und fiel auf den Kiespfad. Der Graf hatte die Lampe aus dem Innern des Zimmers geholt, um das Gesicht seines Freundes deutlicher zu sehen.

»Ja!« sagte er. »Diesmal spricht *dein* Gesicht die Wahrheit. Sehr ernsthaft – fast ebenso ernsthaft wie die Geldverlegenheit.«

»Weit ernsthafter! weit ernsthafter!«

Das Licht verschwand wieder, und die Unterhaltung wurde fortgesetzt.

»Ich zeigte dir doch den Brief an meine Frau, den Anna Catberick für sie im Sande versteckte,« fuhr Sir Percival fort; »in dem Briefe prahlt sie nicht, Fosco, sie kennt das Geheimnis!«

»Sage in meiner Gegenwart so wenig wie möglich von dem Geheimnisse, Percival. Weiß sie es durch dich?«

»Nein, durch ihre Mutter.«

»Zwei Weiber im Besitze deines Geheimnisses – schlimm, schlimm, schlimm guter Freund! Erlaube mir hier eine Frage, ehe wir weiter gehen. Dein Beweggrund, indem du die Tochter ins Irrenhaus sperrtest, ist mir jetzt klar genug, aber die Art und Weise ihrer Flucht ist mir nicht ganz so klar. Hast du die Leute, deren Sorgfalt sie übergeben war, im Verdacht, auf Ersuchen irgend eines Feindes, der sie dafür bezahlen konnte, absichtlich die Augen geschlossen zu haben?«

»Nein, sie war die folgsamste und ruhigste aller Patientinnen der Anstalt und man war dumm genug, ihr zu trauen. Sie ist gerade wahnsinnig genug, um eingesperrt werden zu können, und gerade vernünftig genug, um mich zu verderben, wenn sie in Freiheit ist.«

»Nun, Percival, komm' gleich zur Sache und dann werde ich wissen, was ich zu thun habe. Wo steckt augenblicklich die Gefahr deiner Lage?«

»Anna Catherick ist in der Nachbarschaft und in Verbindung mit Lady Glyde, das ist die Gefahr, und mir scheint sie klar genug. Wer kann wohl den Brief lesen, den sie im Sande versteckte, und nicht daraus sehen, daß meine Frau im Besitz des Geheimnisses ist, wie sehr sie es auch leugnen mag?«

»Einen Augenblick, Percival. Falls Lady Glyde wirklich das Geheimnis kennt, so muß sie zugleich wissen, daß es ein compromittirendes für dich ist. Als deine Frau, liegt es doch natürlich in ihrem Interesse, es zu bewahren?«

»So? meinst du? Es läge vielleicht in ihrem Interesse, wenn sie sich einen Pfifferling um mich scherte. Aber ich bin zufälligerweise einem anderen Manne im Wege. – Sie war in ihn verliebt, ehe sie mich heiratete, sie ist noch jetzt in ihn verliebt, ein verdammter Vagabund von einem Zeichenlehrer – Hartright heißt er.«

»Was ist denn daran so Außerordentliches? Sie sind Alle in einen anderen Mann verliebt. Wer hätte wohl je das Erste von dem Herzen eines Weibes bekommen? Es existirt natürlich, aber begegnet bin ich ihm nie!«

»Warte! ich bin noch nicht zu Ende. Wer, glaubst du wohl, half Anna Catherick den Vorsprung gewinnen, als die Leute aus dem Irrenhause hinter ihr her waren? – Hartright. Wer, glaubst du wohl, sah sie hernach in Cumberland wieder? – Hartright. Beide Male sprach er allein mit ihr. Der Schuft weiß das Geheimnis und meine Frau weiß es. Laß sie einmal wieder zusammenkommen, so ist es ihr Beider Interesse, ihre Kenntniß desselben als Waffe gegen mich zu richten.«

»Wo ist Mr. Hartright?«

»Außer Landes. Und wenn er eine heile Haut auf seinen Knochen behalten will, so rathe ich ihm, sobald nicht wieder zurückzukommen.«

»Weißt du es gewiß, daß er außer Landes ist?«

»Ganz gewiß. Ich ließ ihn von dem Augenblicke an, wo er Cumberland verließ, bis zu dem, wo er sich einschiffte, beobachten. O, ich bin vorsichtig gewesen! Anna Catherick war zum Besuche bei Leuten, die auf einem Gehöfte nahe bei Limmeridge wohnten. Ich ging selbst zu ihnen, nachdem sie schon wieder entflohen war, und überzeugte mich, daß sie nichts wußten. Ich gab ihrer Mutter einen Brief abzuschreiben und ihn Miß Halcombe zu schicken, in welchem sie mich von jedem schlechten Beweggrunde freisprach, als ich die Tochter unter Aufsicht gestellt hatte. Ich habe schon so viel Geld ausgegeben, um sie aufzufinden, daß ich nicht daran denken mag. Und trotz Allem erscheint sie plötzlich hier und entgeht mir wieder auf meinem eigenen Grund und Boden! Wie kann ich wissen, wen sie noch sonst sehen oder mit wem sie noch sonst sprechen mag? Der Hartright, der spionirende Schuft, kann zurückkommen, ohne daß ich es erfahre, und schon morgen Gebrauch von ihr machen –«

»Nein, Percival, das wird er nicht! Solange ich hier bin und jenes Frauenzimmer in unserer Nachbarschaft, verpflichte ich mich, sie vor Mr. Hartright aufzufinden, selbst wenn er zurückkommen sollte. Ich sehe! ja, ja, ich sehe! Die erste Notwendigkeit ist die, Anna Catherick aufzufinden, um das Uebrige kannst du dich beruhigen. Deine Frau ist hier in deinen Händen. Miß Halcombe ist unzertrennlich von ihr und darum ebenfalls in deinen Händen; und Mr. Hartright ist außer Landes. Diese unsichtbare Anna ist Alles, woran wir für's Erste zu denken haben. Du hast deine Erkundigungen eingezogen?«

»Ja, ich bin bei ihrer Mutter gewesen; ich habe das ganze Dorf durchstöbert, und Alles ohne Erfolg.«

»Kann man sich auf ihre Mutter verlassen?«

»Ja.«

»Sie hat *einmal* dein Geheimnis verrathen?«

»Sie wird es nicht zum zweiten Male versuchen.«

»Warum nicht? Ist ihr eigenes Interesse damit verbunden, sowohl wie das deinige?«

»Ja, eng damit verknüpft.«

»Es freut mich um deinetwillen, Percival, das zu hören. Laß den Muth nicht sinken, mein Freund. Vielleicht bin ich morgen glücklicher in meinen Nachforschungen nach Anna Catherick, als du heute gewesen bist. Noch eine letzte Frage, ehe wir schlafen gehen.«

»Was ist es?«

»Dies: Als ich nach dem Boothause ging, um Lady Glyde zu benachrichtigen, daß die kleine Schwierigkeit wegen der Unterschrift aufgeschoben sei, führte der Zufall mich zu rechter Zeit hin, um ein fremdes Frauenzimmer auf sehr verdächtige Weise von deiner Frau scheiden zu sehen. Aber der Zufall ließ mich nicht nahe genug heran kommen, um das Gesicht der Fremden deutlich zu unterscheiden. Ich muß wissen, woran ich unsere unsichtbare Anna zu erkennen habe. Wie sieht sie aus?«

»Wie sie aussieht? Nun! das will ich dir mit zwei Worten beschreiben. Sie ist ein krankes Ebenbild meiner Frau.«

Der Stuhl knarrte und der Pfeiler bebte abermals. Der Graf war wieder aufgesprungen – diesmal vor Erstaunen.

»Was!!!« rief er aus.

»Denke dir meine Frau nach einer schweren Krankheit mit einem Anfluge von Geistesverwirrung und du hast Anna Catherick,« antwortete Sir Percival.

»Sind sie miteinander verwandt?«

»Nicht im Geringsten.«

»Und doch einander so ähnlich?«

»Ja. Worüber lachst du?« rief Sir Percival aus.

»Vielleicht über meine eigenen Gedanken, mein bester Freund. Sieh' mir meinen italienischen Humor nach, gehöre ich nicht der berühmten Nation an, welche die Vorstellungen des Polichinell erfand? Schön, schön, schön, ich werde Anna Catherick erkennen, wenn ich sie sehe, und somit genug für heute Abend. Beruhige dich, Percival. Schlafe, mein Sohn, den Schlaf des Gerechten, und sieh, was ich für dich thun werde, wenn das Tageslicht kommt, um uns Beiden zu helfen. Ich habe meine Pläne und Projecte hier in meinem großen Kopfe. Du sollst diese Wechsel bezahlen und Anna Catherick finden, mein heiliges Ehrenwort darauf! Bin ich nun ein Freund, den man im besten Winkel des Herzens tragen sollte, oder nicht? Verdiene ich jene Geldvorschüsse, an die du mich auf so zartfühlende Weise vorhin erinnertest? Ich vergebe dir! Gib mir die Hand. Gute Nacht!«

Kein Wort wurde weiter gesprochen. Ich hörte den Grafen die Thür der Bibliothek schließen und Sir Percival die Eisenstangen vor die Fensterläden legen. Es hatte die ganze Zeit hindurch geregnet. Meine Glieder waren durch die so lange unverändert gebliebene, gezwungene Lage krampfhaft zusammengezogen und durch die Nässe und Kälte wie erstarrt. Als ich zuerst mich zu rühren versuchte, war die Anstrengung so schmerzhaft, daß ich genöthigt war, es aufzugeben. Ich versuchte es zum zweiten Male, und es gelang mir, mich auf dem nassen Dache auf meine Kniee zu erheben.

Als ich an die Wand kroch und mich an derselben aufrichtete, schaute ich zurück und sah, wie sich das Fenster in des Grafen Ankleidezimmer erhellte.

Die Uhr im Thurme schlug das Viertel nach ein Uhr, als ich meine Hände auf die Fensterschwelle meines Zimmers legte. Ich hatte nichts gesehen oder gehört, das mich vermuthen ließ, daß irgend Jemand meinen Ruckzug entdeckt hätte.

Den 6. Juli. – Acht Uhr. Die Sonne steht hell an dem klaren Himmel. Ich bin keinen Augenblick im Bette gewesen, habe nicht ein einziges Mal meine müden matten Augen geschlossen.

Wie kurze Zeit und doch wie lang für mich – seit ich in der Finsternis hier zu Boden sank, bis auf die Haut durchnäßt, starr an allen Gliedern, kalt bis in's Mark, ein nutz- und hilfloses, angstergriffenes Geschöpf.

Ich weiß kaum, wann ich wieder zu mir kam. Ich erinnere mich kaum, wann ich mich in mein Schlafzimmer zurückschleppte, ein Licht anzündete und mir trockene Kleider holte, um mich wieder zu erwärmen. Ich erinnere mich wohl, Alles dies gethan zu haben, aber nicht, wann es geschah.

Kann ich mich sogar entsinnen, wann das Gefühl der starren Kälte der glühenden Hitze wich?

Es muß vor Sonnenaufgang gewesen sein, – ja, ich hörte es drei Uhr schlagen. Ich erinnere mich meines Entschlusses, geduldig eins Stunde nach der anderen zu warten, bis sich eine Gelegenheit bieten würde, Laura aus diesem entsetzlichen Orte hinwegzuführen. Ich erinnere mich, wie sich meinem Geiste allmälig die Ueberzeugung aufdrang, daß das, was jene Beiden zusammen gesprochen hatten, uns nicht allein rechtfertigen würde, indem wir das Haus verließen, sondern auch uns mit Waffen der Vertheidigung gegen sie versehen mußte. Ich entsinne mich des Impulses, der mich trieb, ihre Worte, solange meine Zeit noch mir gehörte und sie noch frisch in meinem Gedächtnisse waren, schriftlich und genau so aufzubewahren, wie sie gesprochen wurden. Alles dessen erinnere ich mich noch ganz klar: es ist noch keine Verwirrung in meinem Geiste. Ich erinnere mich deutlich, wie ich vor Sonnenaufgang mit Feder, Tinte und

Papier aus meinem Schlafzimmer hier hereintrat – wie ich mich an das weit geöffnete Fenster setzte, um möglichst viel kühle Luft zu fühlen – wie ich unaufhörlich immer schneller und schneller schrieb, immer heißer und heißer glühte – wie klar es alles vor mir ist, vom Anfange beim Lampenlicht bis zum Ende auf der vorhergehenden Seite im hellen Sonnenschein des neuen Tages!

Wozu sitze ich noch immer hier? Wozu ermüde ich meine heißen Augen und meinen glühenden Kopf, indem ich noch immer weiter schreibe? Warum lege ich mich nicht nieder und ruhe aus und suche im Schlafe das Feuer zu löschen, das mich verzehrt?

Eine nie gefühlte Furcht hat mich ergriffen. Ich ängstige mich um diese Gluth, die mir die Haut austrocknet, und um das Klopfen und Hämmern in meinem Kopfe. Wie kann ich wissen, wenn ich mich niederlege, ob ich die Kraft und Besinnung haben werde, wieder aufzustehen?

»O, der Regen, der Regen – der grausame Regen, der mich in der Nacht erstarrte! – – – – – – – – – – – – – Neun Uhr. Schlug es neun soeben oder acht? Neun, gewiß? Ich schaudere wieder – schaudere am ganzen Körper in der Sommerluft. Habe ich hier gesessen und geschlafen? Ich weiß nicht, was ich gemacht habe.

O, mein Gott! werde ich krank?

Krank, zu einer solchen Zeit!

Mein Kopf – ich fürchte so sehr für meinen Kopf. Ich kann schreiben, aber die Zeilen verschwimmen alle ineinander. Ich sehe die Wörter. Laura – ich kann Laura schreiben und es lesen. Acht oder neun, was war es?

So kalt, so kalt – o, dieser Regen gestern Abend! Und die Schläge der Uhr; die Schläge, die ich nicht zählen kann, sie schlagen fortwährend in meinem Kopfe – – – – – – – – – – – – – – – – – – –

Anmerkung.

(An dieser Stelle fängt das in's Tagebuch Eingetragene an, unleserlich zu werden. Die zwei oder drei noch folgenden Zeilen enthalten bloße Bruchstücks von Wörtern, die durch Kleckse und Federstriche entstellt sind. Die letzten Zeichen auf dem Papiere gleichen den Anfangsbuchstaben (L und A) von Lady Glyde's Namen. Auf der nächsten Seite des Tagebuches findet sich eine andere Schrift. Es ist die Handschrift eines Mannes, groß, entschlossen, fest und regelmäßig; das Datum ist » *Den 7. Juli* «. Sie lautet folgendermaßen:

(Postscriptum eines aufrichtigen Freundes.)

Die Krankheit unserer vortrefflichen Miß Halcombe hat mir die Gelegenheit zu einem unerwarteten geistigen Genusse verschafft.

Ich meine die Durchsicht dieses interessanten Tagebuches, welche ich soeben beendet habe.

Ich kann, die Hand auf's Herz gelegt, gestehen daß jede Seite mich interessirt, erquickt und entzückt hat.

Bewunderungswürdiges Weib!

Ich meine Miß Halcombe.

Diese Blätter sind erstaunlich. Der Takt, den ich hier finde, die Umsicht, der seltene Muth, die wunderbare Gedächtniskraft, die genaue Beobachtungsgabe, die bezaubernden Ausbrüche weiblichen Gefühls, haben meine Bewunderung für diese superbe Marianne ganz unendlich vermehrt. Die Darstellung meines eigenen Charakters ist über alle Beschreibung meisterhaft. Ich bezeuge von ganzem Herzen die Treue des Portraits. Ich fühle, welch einen lebhaften Eindruck ich gemacht haben muß, um in so kräftigen, glänzenden Farben dargestellt zu werden. Ich beklage von Neuem die grausame Nothwendigkeit, welche unsere Interessen einander feindlich gegenüberstellt. Wären die Verhältnisse glücklicherer Art gewesen, wie würdig wäre Miß Halcombe *meiner* gewesen.

Die Gefühle, welche mein Herz bewegen, erheben mich über bloße persönliche Rücksichten. Ich bezeuge auf die unparteiischste Weise die Vortrefflichkeit der Kriegslist, durch welche dieses unvergleichliche Weib bei der heimlichen Unterredung zwischen Percival und mir zugegen war, wie auch die wunderbare Genauigkeit ihres Berichtes über die ganze Unterhaltung von Anfang bis zu Ende derselben.

Diese Gefühle haben mich bewogen, dem unzugänglichen Arzte, der sie behandelt, meine umfassende Kenntnis der Chemie und meine glänzenden Erfahrungen in den noch weit feineren Hilfsquellen, welche die medicinische und magnetische Wissenschaft der Menschheit zu Gebote stellen, anzutragen. Doch hat er bis jetzt ausgeschlagen, sich meines Beistandes zu bedienen. Elender Mann!

Endlich dictiren jene Gefühle diese Zeilen – dankbare, teilnehmende, väterliche Zeilen. Ich schließe das Buch. Mein strenges Rechtlichkeitsgefühl legt es (vermittelst der Hände meiner Gattin) wieder an seinen Platz auf den Tisch der Schreiberin. Die Ereignisse treiben mich fort. Die Verhältnisse leiten mich zu ernsten Ausgängen. Umfassende Perspectiven des Erfolges öffnen sich vor meinen Blicken. Nichts als der Tribut meiner Bewunderung ist mein eigen. Ich lege ihn mit huldigender Zärtlichkeit zu Miß Halcombe's Füßen nieder.

Ich bete für ihre Genesung.

Ich bezeige ihr mein innigstes Bedauern über das unvermeidliche Mißlingen jedes Planes, den sie für das Wohl ihrer Schwester gemacht hat. Zugleich aber bitte ich sie, mir zu glauben, daß die Kenntnis, welche ich ihrem Tagebuche entnommen, in keiner Weise zu diesem Mißlingen beitragen wird. Dieselbe bestärkt mich ganz einfach in dem Plane, den ich mir zuvor gebildet hatte. Ich habe es diesen Blättern zu danken, daß sie die feinsten Empfindungen meiner Natur erweckt haben, weiter nichts.

Miß Halcombe ist ein Wesen, das gleicher Empfindungen fähig ist.

In dieser Ueberzeugung zeichne ich mich

Fosco.

Die Aussage von Frederick Fairlie Esq ͬᵉ zu Limmeridge House.

[1]

Es ist das große Unglück meines Lebens, daß man mich nicht in Ruhe lassen will. Wozu plagt man mich? Verwandte, Freunde und Fremde – Alle vereinigen sich, um mich zu plagen. Ich frage mich und frage meinen Diener Louis fünfzigmal des Tages: was habe ich gethan? Keiner von uns Beiden weiß es.

Die letzte Plage, mit der man mich verfolgt hat, ist die, daß man von mir verlangt, diese meine Aussage niederzuschreiben. Ist nun wohl ein Mensch in meinem beklagenswerthen Zustande von Nervenschwäche im Stande, Aussagen zu schreiben? Wenn ich diese außerordentlich vernünftige Einwendung mache, so sagt man mir, daß gewisse sehr ernste Begebenheiten in Bezug auf meine Nichte sich mit meiner Wissenschaft zugetragen haben und ich deshalb die geeignete Person bin, dieselben zu beschreiben. Falls ich mich weigere, droht man mir mit Folgen, an die ich nicht denken kann, ohne mich vollkommen niedergeschmettert zu fühlen. Durch den traurigen Zustand meiner Gesundheit und betrübende Familiensorgen geschwächt, ist mir aller Widerstand unmöglich. Ich will versuchen (mit Protest) mir so viel wie möglich ins Gedächtnis zurückzurufen und soviel ich kann (ebenfalls mit Protest) niederzuschreiben; und wessen ich mich nicht erinnere oder was ich nicht schreibe, muß Louis sich für mich und statt meiner erinnern und niederschreiben.

Man verlangt, daß ich mich der Data erinnere. Gerechter Himmel! Ich habe das in meinem ganzen Leben noch nicht gethan.

Ich habe Louis gefragt. Er ist doch nicht ein ganz so großer Esel, wie ich bisher geglaubt. Er erinnert sich ungefähr bis auf einen oder zwei Tage des Datums des Ereignisses, und ich erinnere mich der Personen. Das Datum war entweder der fünfte, sechste oder sieben-

---

[1] Die Art und Weise, wie man sich Mr. Fairlie's Aussage und andere Aussagen verschaffte, welche in Kurzem folgen werden, bildet den Gegenstand einer Erklärung, welche in einem späteren Theile der Erzählung erscheinen wird.

te Juli, und der Name (meiner Ansicht nach ein unbeschreiblich ordinärer) war Fanny.

Am fünften, sechsten oder siebenten Juli lag ich in meinem gewöhnlichen Zustande, in meinem Ruhesessel, von meinen Kunstschätzen umgeben und auf einen ungestörten Vormittag hoffend, weil ich aber auf einen ruhigen Vormittag hoffte, kam natürlich Louis herein. Er hatte die Güte, mich zu benachrichtigen, daß »ein junges Frauenzimmer« draußen sei, das mich zu sprechen wünsche. Dann fügte er mit der unerträglichen Geschwätzigkeit von Dienern hinzu, daß es Fanny sei.

»Wer ist Fanny?«

»Lady Glyde's Jungfer, Sir.«

»Was will Lady Glyde's Jungfer von *mir*?«

»Sie hat einen Brief, Sir –«

»Nimm ihn ihr ab.«

»Sie weigert sich, ihn irgend Jemandem als Ihnen selbst zu geben, Sir.«

»Wer schickt den Brief?«

»Miß Halcombe, Sir.«

Sowie ich Miß Halcombe's Namen hörte, ergab ich mich. Es ist meine Gewohnheit, mich Miß Halcombe stets ohne Widerrede zu ergeben. Ich habe die Erfahrung gemacht, daß dies Lärm spart.

»Laß Lady Glyde's Jungfer hereinkommen, Louis. Halt! Knarren ihre Schuhe?«

Ich war gezwungen, diese Frage zu thun, denn knarrende Schuhe erschüttern meine Nerven stets für den Rest des Tages.

Louis erklärte entschieden, daß ich mich auf ihre Schuhe verlassen könne – und er führte sie herein. Ihre Schuhe knarrten in der That nicht. »Sie haben einen Brief für mich von Miß Halcombe? Haben Sie die Güte, legen Sie ihn auf den Tisch, aber stoßen Sie nichts um. Wie befindet sich Miß Halcombe?«

»Ganz wohl, ich danke, Sir.«

»Und Lady Glyde?«

Ich erhielt keine Antwort. Das junge Frauenzimmer fing an zu weinen. Ich schloß meine Augen und sagte zu Louis:

»Versuche zu erfahren, was sie meint.«

Louis versuchte und das junge Frauenzimmer versuchte, und es gelang ihnen, sich einander in dem Grade zu verwirren, daß mich die Dankbarkeit verpflichtet, zu gestehen, daß sie mich wirklich amusirten. Ich denke, das nächste Mal, wenn ich in gedrückter Laune bin, lasse ich sie Beide wieder zu mir kommen.

Doch erwartet man hoffentlich nicht von mir, daß ich wiederhole, was meiner Nichte Kammerjungfer zur Erklärung ihrer Thränen vorbrachte und wie mein Schweizer Kammerdiener dies in's Englische übertrug?

Mir ist, als ob sie damit angefangen hätte, mir (durch Louis) zu erzählen, daß ihr Herr sie aus dem Dienste ihrer Herrin entlassen habe. Nach ihrer Entlassung sei sie in's Wirthshaus gegangen, um dort die Nacht zuzubringen. Zwischen sechs und sieben Uhr sei Miß Halcombe zu ihr gekommen, um ihr Adieu zu sagen, und habe ihr zwei Briefe gegeben – einen an mich und einen an einen Herrn in London. Sie habe beide Briefe sorgfältig in ihren Busen gesteckt. Sie sei sehr unglücklich gewesen, als Miß Halcombe sie wieder verlassen. Kurz vor neun Uhr habe sie gedacht, sie wolle eine Tasse Thee trinken. Gerade, als sie den Topf gewärmt (ich schreibe die Worte auf Louis Verantwortung, welcher sagt, er weiß, was sie bedeuten) – gerade, als sie den Topf gewärmt, habe sich die Thür geöffnet und sie sei wie angedonnert gewesen, als sie Ihro Gnaden die Frau Gräfin in's Zimmer habe treten sehen. Ich schreibe den Titel, welchen meiner Nichte Kammerjungfer meiner Schwester beilegte, mit einem Gefühle wahren Hochgenusses. Meine arme liebe Schwester ist ein widerwärtiges Geschöpf, das einen Ausländer geheirathet hat. Um jedoch wieder zur Jungfer zurückzukommen: die Thür öffnete sich und Ihro Gnaden die Frau Gräfin trat herein, und das junge Frauenzimmer war wie angedonnert. Höchst merkwürdig!

Ich muß wirklich ein wenig ausruhen, ehe ich fortfahre, wenn ich ein paar Minuten mit geschlossenen Augen gelegen haben werde und Louis meine armen Schläfen mit etwas *Eau de Cologne* gebadet hat, mag ich im Stande sein, meine Aufgabe fortzusetzen.

Ihro Gnaden die Frau Gräfin erklärte ihr unerwartetes Erscheinen im Wirthshause, indem sie zu Fanny sagte, sie bringe ihr noch ein paar kleine Aufträge, welche Miß Halcombe in ihrer Eile vergessen habe. Das junge Frauenzimmer war sehr gespannt, diese Aufträge zu hören, aber Ihro Gnaden war ganz außerordentlich rücksichtsvoll dabei (sieht meiner Schwester nicht im Geringsten ähnlich) und sagte:»Unsere Aufträge können warten, bis sie sich gestärkt haben. Kommen Sie; wenn Sie durchaus nicht anders wollen, so werde ich den Thee machen und eine Tasse mittrinken.« Das Mädchen trank den Thee und dann – ihrem eigenen Berichte zufolge – feierte sie die außerordentliche Gelegenheit dadurch, daß sie in fünf Minuten zum ersten Male in ihrem Leben wie todt in Ohnmacht fiel.

Als sie nach ungefähr einer halben Stunde wieder zu sich kam, lag sie auf dem Sopha, und es war Niemand bei ihr außer der Wirthin. Die Gräfin, der es zu spät wurde, war fortgegangen, sowie sie gesehen, daß das Mädchen sich erholte, und die Wirthin war dann so freundlich gewesen, ihr zu helfen, sich in's Bett zu legen. Sobald sie allein geblieben, habe sie nach den Briefen in ihrem Busen gefühlt, die auch beide dort gewesen, obgleich in einem sehr zerknitterten Zustande. Sie habe in der Nacht Schwindel gefühlt, sei aber am Morgen wohl genug gewesen, um abreisen zu können. Sie hatte den Brief an den Herrn in London auf die Post und jetzt den anderen an mich in meine Hände gegeben, wie man ihr befohlen hatte. Dies sei die einfache Wahrheit und obgleich sie sich für keine absichtliche Nachlässigkeit tadeln könne, so fühlte sie sich doch sehr beunruhigt und sehr des Rathes bedürftig.

»Und worauf läuft alles dies hinaus?« fragte ich.

»Es ist unnöthig zu sagen, daß es mir im Verlaufe der Zeit gelang, mich mit dem eigentlichen Zwecke des Berichtes der Kammerjungfer bekannt zu machen. Ich entdeckte, daß es sie beunruhigte, durch den Gang der Ereignisse verhindert zu sein, jene nachträglichen Aufträge entgegenzunehmen, mit welchen Miß Halcombe die Gräfin an sie abgeschickt hatte. Sie fürchtete, daß diese Aufträge von größter Wichtigkeit für das Interesse ihrer Herrin gewesen seien, doch hatte ihre Furcht vor Sir Percival sie abgehalten, noch spät Abends nach Blackwater Park zurückzukehren um sich darüber zu unterrichten, und Miß Halcombe's ausdrücklicher Befehl, auf keinen Fall am nächsten Morgen den Zug zu verfehlen, hatte sie verhindert, noch den folgenden Tag im Wirthshause zu warten. Sie war in größter Sorge, daß das Unglück ihrer Ohnmacht nicht noch das zweite Unglück, daß ihre Herrin sie für nachlässig hielte, zur Folge haben möge, und sie wolle mich ergebenst bitten, ihr zu sagen, ob ich ihr rathe, Miß Halcombe ihre Erklärungen und Entschuldigungen hierüber zu schreiben und sie zu bitten, ihr brieflich jene Aufträge zu geben, falls es noch nicht zu spät dazu sei.

»Ich würde Ihnen sehr dankbar sein, Sir, wenn Sie die Güte haben wollten, mir zu sagen, was ich thun muß?« sagte das junge Frauenzimmer.

»Lassen Sie die Sachen, wie sie sind,« sagte ich. »Ich lasse die Sachen stets, wie sie sind. Jawohl. Ist das Alles?«

»Wenn Sie denken, Sir, daß ich mir eine Freiheit herausnähme, wenn ich schriebe, so würde ich es natürlich nicht wagen. Aber ich wünsche sehr, Alles zu thun, was in meiner Macht liegt, um meiner Herrin treue Dienste zu leisten –«

Die Leute der niederen Klassen wissen nie, wann es Zeit ist zu gehen. Sie bedürfen hierin stets der Hilfe von ihren Vorgesetzten. Es schien mir hohe Zeit, daß ich dem jungen Frauenzimmer diese Hilfe leistete und ich that dies mit zwei verständigen Worten:

»Guten Morgen!«

Es knarrte an diesem merkwürdigen Mädchen, entweder auswendig oder inwendig, plötzlich etwas. Louis sagt, daß sie knarrte, indem sie knixte. Louis meint, es sei ihr Schnürleibchen gewesen.

Sobald man mich allein gelassen, hielt ich ein kleines Schläfchen – ich bedurfte dessen wirklich sehr. Als ich wieder aufwachte, bemerkte ich den Brief dieser lieben Marianne. Hätte ich nur die entfernteste Ahnung gehabt von dem, was derselbe enthielt, so würde ich ihn gewiß nicht geöffnet haben. Da ich aber, unglücklicherweise für mich, frei von allem Argwohn bin, las ich den Brief. Er streckte mich für den Rest des Tages darnieder.

Nichts stellt meiner Meinung nach den hassenswerthen Egoismus der Menschen in ein so auffallend abstoßendes Licht, als die Behandlung, welche in allen Classen der Gesellschaft unverheiratheten

Leuten von den verheirateten zu Theil wird. Ich bin so rücksichtsvoll, unvermählt zu bleiben, und mein armer lieber Bruder Philipp ist so rücksichtslos, sich zu verheiraten, was thut er, wie er stirbt? Hinterläßt mir seine Tochter! Sie ist ein liebes Mädchen, aber sie ist eine furchtbare Verantwortlichkeit. Ich thue mein Bestes für die mir von meinem Bruder hinterlassene Verantwortlichkeit; ich verheirate meine Nichte nach unendlich viel Wirthschaft und Schwierigkeit mit dem Manne, den ihr Vater ihr bestimmt hat. Sie verunreinigt sich mit ihrem Manne, und die Sache hat unangenehme Folgen Was macht sie mit diesen Folgen? Sie übermacht sie *mir*.

Es ist ganz unnöthig zu sagen, daß Mariannes Brief Drohungen für mich enthielt. Alle möglichen Greuel sollten auf mein unglückliches Haupt fallen, falls ich zögerte, meiner Nichte und ihren Unannehmlichkeiten Limmeridge House als Zuflucht anzubieten.

Ich habe bereits erwähnt, daß mein gewöhnliches Verfahren bei solchen Gelegenheiten darin besteht, mich Mariannen zu fügen und auf diese Weise Lärm zu sparen. Diesmal aber waren die voraussichtlichen Folgen ihres außerordentlich rücksichtslosen Vorschlages so bedenklicher Art, daß sie mich zögern ließen. Welche Sicherheit hatte ich, falls ich Lady Glyde eine Zuflucht im Limmeridge House anbot, daß nicht Sir Percival, in einem Zustande heftigen Zornes gegen mich, ihr hierher folgen würde? Ich sah, daß mit einem solchen Verfahren ein wahres Labyrinth von Sorgen und Unannehmlichkeiten für mich verknüpft war, und beschloß daher, erst ein wenig hinzuhorchen, wie man sagt. Ich schrieb demzufolge an die gute Marianne und bat sie, erst allein herzukommen, um die Sache mit mir zu besprechen. Falls sie dann meine Einwürfe zu meiner vollkommenen Zufriedenheit beseitigen könne, so versichere ich sie, daß ich unsere liebe Laura mit dem größten Vergnügen wieder aufnehmen werde – widrigenfalls jedoch nicht. Demzufolge schickte ich meinen Brief mit umgehender Post ab. Ich gewann hiebei jedenfalls Zeit – und, o, mein Gott! das ist gleich ein großer Gewinn.

Am dritten Tage brachte die Post mir einen höchst impertinenten Brief von einem Menschen, der mir völlig unbekannt ist, Er gab sich als den activen Compagnon unseres Geschäftsführers an – des guten, halsstarrigen, alten Gilmore – und benachrichtigte mich, daß er kürzlich durch die Post einen Brief erhalten, dessen Adresse von Miß Halcombe's Hand geschrieben. Da er jedoch das Couvert geöffnet, habe er zu seinem Erstaunen in demselben nichts als ein Stück leeren Briefpapiers gefunden. Dieser Umstand sei ihm so verdächtig erschienen (weil derselbe in seinem unruhigen Advocatengeiste sofort die Idee erweckte, daß Spitzbüberei dabei im Spiele gewesen), daß er augenblicklich an Miß Halcombe geschrieben, jedoch keine Antwort von ihr erhalten habe. Anstatt nun wie ein vernünftiger Mann zu handeln und die Dinge ihren Lauf nehmen zu lassen, war sein nächstes lächerliches Verfahren, wie er dies selbst bewies, daß er mich belästigte, indem er an mich schrieb, um mich zu fragen, ob ich etwas von der Sache wisse, wozu mich auch noch beunruhigen, wenn er selbst schon beunruhigt war? Ich schrieb ihm einen Brief dieses Inhaltes, und es war dies einer der schärfsten, die ich je geschrieben habe.

Mein Brief brachte die von mir beabsichtigte Wirkung hervor: ich hörte nicht wieder von dem Advocaten. Dies war vielleicht nicht sehr zum Verwundern. Aber es war jedenfalls ein bemerkenswerther Umstand, daß ich keinen zweiten Brief von Mariannen erhielt und daß sich keine Warnungszeichen von ihrer Ankunft wahrnehmen ließen. Es war überaus beruhigend und angenehm, daraus zu schließen, daß meine verheirateten Verwandten wieder ausgesöhnt seien. Fünf Tage ungestörter Ruhe, köstlicher, einsamer Glückseligkeit, stellten mich ganz wieder her. Am sechsten Tage – entweder dem fünfzehnten oder sechzehnten Juli – hatte ich gerade angefangen, mit meinen Münzen zu coquettiren, als plötzlich Louis, mit einer Karte in der Hand, in's Zimmer trat.

»Wieder ein junges Frauenzimmer?« sagte ich. »Ich will sie nicht sehen. In meinem Gesundheitszustands sind mir junge Frauenzimmer im höchsten Grade nachtheilig. Nicht zu Hause!«

»Es ist ein Herr diesmal, Sir.«

Ein Herr war allerdings etwas anderes. Ich blickte auf die Karte.

Gerechter Himmel! der ausländische Gemahl meiner widerwärtigen Schwester, Graf Fosco!

Fortsetzung von Mr. Fairlie's Aussage

Brauche ich zu sagen, was mein erster Eindruck war, als ich auf die Karte meines Besuchers blickte? Gewiß nicht. Da meine Schwester einen Ausländer geheiratet hatte, gab es nur einen einzigen Schluß, zu dem ein Mann kommen konnte, der bei vollem Verstande war. Der Graf kam natürlich, um Geld von mir zu borgen.

»Louis,« sagte ich, »glaubst du, daß er gehen würde, wenn du ihm fünf Schillinge gäbst?«

Louis sah ganz entrüstet aus. Er überraschte mich unbeschreiblich, indem er erklärte, meiner Schwester Gemahl sei superb gekleidet und sehe wie ein Bild des Wohlstandes aus. Unter diesen Verhältnissen veränderten sich meine ersten Eindrücke. Ich nahm es jetzt für ausgemacht an, daß der Graf sich ebenfalls in ehelichen Schwierigkeiten befände und daß er komme, um mir dieselben aufzubürden.

»Hat er gesagt, was ihn herführt?« fragte ich.

»Graf Fosco sagte, er sei gekommen, Sir, weil es Miß Halcombe nicht möglich gewesen, Blackwater Park zu verlassen.«

»Bringe ihn herein,« sagte ich mit Ergebung.

Des Grafen Erscheinung erschreckte mich zuerst wirklich. Seine Persönlichkeit war von so großen Verhältnissen, daß ich förmlich erbebte. Ich war überzeugt, daß er den Fußboden erschüttern und meine Kunstschätze umstürzen werde. Er that weder das eine noch das andere. Sein Wesen war auf eine charmante Weise ruhig und unbefangen – und er hatte ein bezauberndes Lächeln. Mein erster Eindruck von ihm war im höchsten Grade günstig. Es spricht dies nicht sehr lobend für meinen Scharfblick, wie die Folgen beweisen werden, aber ich gestehe es dessenungeachtet.

»Erlauben Sie mir, mich ihnen vorzustellen, Mr. Fairlie,« sagte er, »ich komme von Blackwater Park und habe die Ehre und das Glück, der Gemahl der Gräfin Fosco zu sein. Lassen sie mich zum ersten und letzten Mal Gebrauch von diesem Umstande machen, indem ich Sie bitte, mich nicht als einen Fremden zu betrachten. Ich bitte Sie, sich nicht stören zu lassen – bitte, bleiben sie ruhig sitzen.«

»Sie sind sehr gütig,« erwiderte ich; »ich wollte, ich wäre kräftig genug, um aufstehen zu können. Bitte, nehmen sie Platz.«

»Ich fürchte, Sie sind heute leidend,« sagte der Graf.

»Wie gewöhnlich,« sagte ich; »ich bin nichts weiter, als ein Paquet Nerven, die man angekleidet hat, daß sie wie ein Mensch aussehen.«

»Sie sehen mich in Verwirrung,« sagte er, »auf mein Ehrenwort, Mr. Fairlie, ich bin verwirrt in ihrer Gegenwart.«

»Es macht mich sehr unglücklich, das zu hören. Darf ich fragen, warum?«

»Bitte, folgen sie meinem Gedankengange,« fuhr der Graf fort, »Ich, der ich selbst ein Mann von feinen Gefühlen bin, sitze hier in Gegenwart eines Mannes von ebenfalls seinen Gefühlen. Ich bin mir bewußt, daß ich diese Gefühle verwunden werde, indem ich von häuslichen Ereignissen rede, die sehr betrübender Natur sind, was ist die unvermeidliche Folge hievon? Ich habe mir bereits erlaubt, sie Ihnen anzudeuten – Sie sehen mich verwirrt.«

War es in diesem Augenblicke, daß ich zu ahnen begann, er werde mich langweilen? Ich glaube fast.

»Ist es durchaus nothwendig, jetzt von diesen unangenehmen Dingen zu reden?« fragte ich. »Muß ich sie wirklich hören?

Er zuckte mit den Achseln und blickte mich auf eine unangenehm prüfende Weise an. Mein Instinct sagte mir, daß ich besser thun würde, indem ich die Augen schlösse. Ich folgte meinem Instincte.

»Bitte, machen sie mir ihre Mittheilung mit Vorsicht,« bat ich ihn. »Ist irgend jemand todt?«

»Todt!« rief der Graf mit unnöthiger ausländischer Heftigkeit aus. »Mr. Fairlie, Ihre nationale Ruhe flößt mir Grauen ein. In des Himmels Namen, was habe ich gesagt oder gethan, daß Sie veranlaßte, mich für den Boten des Todes anzusehen?«

»O bitte, empfangen Sie meine Entschuldigungen,« erwiderte ich. »Ich mache es mir in solchen betrübenden Fällen zur Regel, stets das Schlimmste vorauszusehen. Unaussprechlich erleichtert, zu hören, daß Niemand todt ist. Ist Jemand krank?«

»Das macht einen Theil meiner schlimmen Nachrichten aus, Mr. Fairlie. Ja, es ist Jemand krank.«

Bin wirklich sehr bekümmert. Welche von ihnen ist es?«

»Zu meinem großen Kummer, Miß Halcombe. Vielleicht waren Sie einigermaßen hierauf vorbereitet? Vielleicht ließ schon Ihre liebende Besorgnis Sie dies fürchten, als Sie fanden, daß Miß Halcombe weder kam, noch Ihnen zum zweiten Male schrieb?«

Ich zweifle nicht, daß zu einer oder der anderen Zeit meine liebende Besorgnis mir diese traurige Befürchtung eingeflößt hatte, aber in dem Augenblicke war der Umstand gänzlich aus meinem erbärmlichen Gedächtnisse entschwunden. Indessen sagte ich, um mir Gerechtigkeit widerfahren zu lassen, Ja. Ich war sehr erschüttert. Es war so überaus uncharakteristisch für eine so robuste Persönlichkeit, wie die unserer lieben Marianne, krank zu sein, daß ich nur annehmen konnte, es müsse ihr irgend ein Unfall begegnet sein. Sie war vielleicht mit dem Pferde oder von der Treppe gestürzt, oder etwas derartiges.

»Ist die Sache ernstlich?« fragte ich.

»Ernstlich – ohne allen Zweifel,« entgegnete er, »doch nicht gefährlich, wie ich von ganzem Herzen hoffe. Miß Halcombe hat sich unglücklicherweise einem kalten, durchnässenden Regen ausgesetzt; die darauf erfolgte Erkältung war sehr heftiger Natur und ist jetzt in Fieber ausgeartet.«

Als ich das Wort *Fieber* hörte und mich in demselben Augenblicke erinnerte, daß der gewissenlose Mensch, der zu mir sprach, eben Blackwater Park verlassen, war mir's zu Muthe, als ob ich ohnmächtig werden müßte.

»Gerechter Gott!« sagte ich, »ist es ansteckend?«

»Bis jetzt noch nicht,« antwortete er mit einer abscheulichen Gelassenheit. »Ich habe dem angenommenen Arzte meinen besten Beistand bei der Beobachtung der Krankheit zu leisten gesucht und darf Ihnen persönlich die Versicherung geben, daß das Fieber nichts Ansteckendes hatte, als ich die Kranke zum letzten Male sah.«

Seine Versicherung! Ich war nie in meinem Leben entfernt, über etwas versichert zu sein. Er sah zu gelb aus, als daß ich ihm hätte glauben können. Er sah aus wie eine personificirte westindische Epidemie. Er war groß und dick genug, um Typhusfieber tonnenweise in sich zu tragen. Ich beschloß augenblicklich, ihn mir vom Halse zu schaffen.

»Sie werden die Güte haben, einen Kranken zu entschuldigen,« sagte ich, »aber eine lange Unterhaltung verschlimmert stets meinen Zustand. Darf ich Sie bitten, mich genau von dem Zwecke zu unterrichten, dem ich die Ehre Ihres Besuches zu verdanken habe?«

Ich hoffte inbrünstig, daß dieser ungemein deutliche Wink ihn aus seinem Gleichgewicht werfen und aus dem Zimmer treiben würde. Aber er saß nur umso fester. Er wurde jetzt doppelt feierlich, würdevoll und vertraulich. Er hielt zwei seiner abscheulichen Finger empor und gab mir noch einen seiner unangenehm durchdringenden Blicke.

»Der Zweck meines Besuches«, fuhr er unerschüttert fort, »ist ein zweifacher. Ich komme erstens um Ihnen mit aufrichtigem Bedauern mein Zeugnis in Bezug auf die beklagenswerthen Uneinigkeiten zwischen Sir Percival und Lady Glyde abzulegen. Ich bin Sir Percivals ältester Freund; ich bin – durch Heirat – mit Lady Glyde verwandt und bin ein Augenzeuge von allem, was sich in Blackwater Park zugetragen hat. In diesen drei Eigenschaften spreche ich mit Autorität und mit aufrichtiger Betrübnis. Sir, ich unterrichte Sie hiemit, als das Haupt von Lady Glyde's Familie, daß Miß Halcombe in dem kürzlich an Sie gerichteten Schreiben nichts übertrieben hat. Ich bestätige, daß das von dieser verehrungswürdigen Dame vorgeschlagene Hilfsmittel das einzige ist, welches Sie gegen die Greuel öffentlicher Bloßstellung schützen kann. Eine zeitweilige Trennung des Ehepaares ist die einzige friedliche Lösung dieser Schwierigkeit. Trennen Sie sie für jetzt, und sobald alle Ursache zu Zwistigkeiten beseitigt, verpflichte ich mich, Sir Percival zur Vernunft zu bringen. Lady Glyde ist unschuldig, ist tief beleidigt, aber gerade deshalb ist sie (ich sage es mit tiefer Beschämung) Ursache von Spannung, solange sie unter dem Dache ihres Gemahls bleibt. Kein anderes Haus als das Ihrige kann Lady Glyde mit Schicklichkeit aufnehmen, und ich fordere Sie daher auf, es ihr zu öffnen!«

Aeußerst trocken. Im Süden von England tobte ein eheliches Hagelwetter, und ein Mensch mit einem Fieber in jeder Falte seines

Rockes forderte mich auf, aus dem Norden herbeizueilen, um mir meinen Antheil an dem Schauer abzuholen. Ich versuchte ihm dies deutlich darzustellen, wie ich es hier gethan habe. Der Graf senkte ganz kaltblütig den einen seiner schauerlichen Finger, hielt den anderen nach wie vor empor und sagte:

»Folgen Sie gütigst meinem Gedankengange, Sie haben den ersten Zweck meines Besuches gehört. Der zweite besteht dann, das zu thun, was Miß Halcombe's Krankheit sie verhindert, selbst zu thun. In allen schwierigen Fallen zieht man im Blackwater Park meine ausgebreiteten Erfahrungen zu Rathe und es geschah dies auch in Bezug auf ihren interessanten Brief an Miß Halcombe. Ich begriff augenblicklich, warum sie Miß Halcombe hier zu sehen wünschten, ehe Sie einwilligten, Lady Glyde hierher einzuladen. Sie haben vollkommen Recht, Sir, wenn Sie zögern, die Damen zu empfangen, bis Sie die Versicherung empfangen, daß der Gemahl nicht seine Autorität geltend machen und seine Frau von Ihnen zurückfordern wird. Ich bin hierin ganz ihrer Ansicht; und auch darin, daß so zarte Erklärungen, wie sie aus dieser Schwierigkeit entspringen, nicht wohl schriftlich erledigt werden können. Meine Gegenwart hier (die mit großer persönlicher Unbequemlichkeit verbunden) ist ein Beweis von meiner Aufrichtigkeit, was die Erklärungen selbst betrifft, so versichere ich Sie, ich – Fosco – der ich Sir Percival viel besser kenne, als Miß Halcombe ihn kennt – auf mein Ehrenwort, daß er diesem Hause nicht nahe kommen soll, solange seine Frau sich darin befindet. Seine Angelegenheiten sind sehr verwirrt. Bieten Sie ihm Hilfe an unter der Bedingung, daß Lady Glyde ihre Freiheit erhält. Ich verspreche Ihnen, daß er die seinige auf diese Weise erkauft mit beiden Händen ergreifen und mit aller Schnelligkeit nach dem Festlande zurückkehren wird. Ist Ihnen dies klar? Ganz gewiß. Haben sie mir Fragen vorzulegen? ich bin hier, um sie zu beantworten.«

Er hatte bereits so viel gesagt, daß ich seine liebenswürdige Aufforderung ausschlug.

»Ich danke herzlich,« entgegnete ich. »Ich fühle mich sehr erschöpft. In meinem Gesundheitszustande muß ich dergleichen Dinge für ausgemacht annehmen. Erlauben Sie mir, dies auch bei der gegenwärtigen Gelegenheit zu thun.«

Er stand auf. Ich dachte, er wolle gehen. Nein. Er hatte noch mehr zu sprechen.

»Einen Augenblick,« sagte er, »nur noch einen Augenblick, ehe ich mich verabschiede. Ich bitte, Sie auf eine dringende Notwendigkeit aufmerksam machen zu dürfen. Dieselbe ist folgende, Sir: Sie müssen nicht daran denken, mit der Einladung an Lady Glyde zu warten, bis Miß Halcombe wieder hergestellt ist. Miß Halcombe genießt die Pflege des Arztes, der Haushälterin zu Blackwater Park und einer erfahrenen Krankenwärterin. Dies sage ich Ihnen und zugleich, daß die Unruhe und Besorgnis um ihre Schwester Lady Glyde's Gemüth und körperliches Befinden bereits dermaßen angegriffen hat, daß ihre Anwesenheit im Krankenzimmer vollkommen nutzlos wäre. Ihre Stellung ihrem Gemahl gegenüber wird täglich beklagenswerther und gefährlicher. Falls Sie Ihre Nichte noch länger in Blackwater Park lassen, so riskiren Sie eine öffentliche Bloßstellung, welche Sie und wir Alle die Verpflichtung haben, im Interesse der Familie zu vermeiden. Ich rathe Ihnen daher von ganzem Herzen, die Verantwortlichkeit eines Verzuges von sich abzuwerfen, indem Sie Lady Glyde auffordern, augenblicklich hierher zu kommen. Thun Sie Ihre Pflicht und was sich dann immer zutragen möge, so kann Niemand *Ihnen* die Schuld davon beilegen. Ich spreche nach meinen umfassenden Erfahrungen und biete Ihnen meinen freundschaftlichen Rath an. Nehmen Sie ihn an – ja oder nein?«

Ich sah ihn an, indem jede Linie meines Gesichtes meine Verwunderung über seine unbegrenzte Frechheit und den erwachenden Entschluß ausdrückte, Louis zu klingeln und ihm die Thür zeigen zulassen. Es ist völlig unglaublich, aber vollkommen wahr, daß mein Gesicht nicht den geringsten Eindruck auf ihn zu machen schien.

»Sie zögern?« sagte er. »Mr. Fairlie! ich begreife dieses Zögern. Sie wenden ein, daß Lady Glyde weder körperlich noch geistig sich in einem Zustande befindet, um allein die Reise von Hampshire hierher zu unternehmen. Ihre eigene Jungfer ist, wie Sie wissen, von ihr entfernt worden, und unter der übrigen Dienerschaft zu Blackwater Park gibt es Niemanden, der geeignet wäre, um von einem Ende Englands bis zum anderen mit ihr zu reisen. Sie wenden abermals ein, daß sie nicht gut in London bleiben kann, um sich auszuruhen, weil es sich nicht wohl paßte, daß sie in einem öffentlichen Gasthause übernachtete, wo sie vollkommen fremd ist. In einem Athem lasse ich beide Einwendungen zu und im nächsten beseitige ich sie beide. Als ich mit Sir Percival nach England zurückkehrte, war es meine Absicht, mich in der Umgegend von London niederzulassen. Diese Absicht habe ich soeben glücklich ausgeführt. Ich habe in dem Stadtviertel St. John's Wood auf sechs Monate ein kleines möblirtes Haus gemiethet. Haben Sie die Güte, dem Programme, welches ich entworfen habe, Ihre Aufmerksamkeit zu schenken. Lady Glyde reist bis London – eine kurze Station – ich selbst empfange sie an der Eisenbahnstation, führe sie in mein Haus, welches zugleich das Haus ihrer Tante ist, um auszuruhen und zu übernachten; sobald sie sich erholt hat, begleite ich selbst sie an die Station – sie reist bis hierher und ihre eigene Kammerjungfer (die sich augenblicklich unter Ihrem Dache befindet) empfängt sie am Wagenschlage. Auf diese Weise wird ihre Bequemlichkeit sowohl, wie die Schicklichkeit berücksichtigt und Ihre Pflicht – die Pflicht der Gastfreundschaft, der Theilnahme und der Beschützung – von Anfang bis zu Ende glatt und leicht für Sie gemacht. Ich fordere Sie voll Herzlichkeit auf, Sir, meine Bemühungen im geheiligten Interesse der Familie zu unterstützen. Ich rathe Ihnen ernstlich zu schreiben und der unglücklichen Dame, deren Sache ich heute führe, die Gastfreundschaft Ihres Hauses (und Herzens) anzutragen und den Brief mir zur Bestellung zu übergeben.«

Es war die höchste Zeit, irgend einen verzweifelten Entschluß zu fassen und ebenfalls die höchste Zeit, Louis kommen zu lassen, damit er das Zimmer durchräuchere.

In dieser äußersten Schwierigkeit kam mir ein unschätzbarer Gedanke, welcher sozusagen zwei lästige Fliegen mit einer Klappe schlug. Ich beschloß, mich dadurch, daß ich das Gesuch dieses widerlichen Ausländers erfüllte, indem ich sofort das von ihm gewünschte Billet schriebe, mich sowohl von des Grafen langweiliger Beredsamkeit, wie von Lady Glyde's langweiligen Bekümmernissen zu befreien. Es hatte nicht die geringste Gefahr, daß die Einladung angenommen würde, denn es war im höchsten Grade unwahrscheinlich, daß Lady Glyde Blackwater Park zu verlassen einwillige, solange ihre Schwester dort krank lag. Wie es möglich war, daß dies sehr willkommene Hinderniß des Grafen diensteifrigem

Scharfblicke entgangen, konnte ich nicht begreifen. Meine Angst, daß er dies noch jetzt einsehen möchte, falls ich ihm Zeit zur Ueberlegung ließe, stachelte mich in dem erstaunlichen Maße auf, daß ich mich bezwang, aufrecht zu sitzen, die Schreibmaterialien dicht neben mir zu ergreifen und den Brief mit einer Geschwindigkeit abzufassen, als ob ich ein ordinärer Abschreiber gewesen wäre. »Liebe Laura, bitte, komme sobald es Dir gefällt, verkürze Dir die Reise, indem Du in London im Hause Deiner Tante schläfst. Bedaure zu hören, daß die gute Marianne krank ist. Herzlich der Deine.« Ich reichte dem Grafen diese Zeilen, indem ich den Arm weit ausstreckte – dann sank ich in meinen Sessel zurück und sagte: » Entschuldigen Sie mich – ich bin gänzlich erschöpft, ich bin zu nichts weiterem fähig, wollen Sie sich ausruhen und unten frühstücken? Grüße an Alle und meine Theilnahme und so weiter. Guten Morgen.«

Er hielt abermals eine Rede – der Mann ist vollkommen unerschöpflich. Ich schloß meine Augen und suchte so wenig wie möglich zu hören. Ich hörte endlich seine Stimme sich langsam von mir entfernen, aber so groß er auch war – *ihn* hörte ich nicht. Er hatte das negative Verdienst, vollkommen geräuschlos zu sein. Ich weiß weder, wann er die Thür öffnete, noch wann er sie schloß. Ich wagte nach einem Zwischenraum der Stille die Augen zu öffnen und – er war fort.

Ich klingelte Louis und zog mich in mein Badezimmer zurück. Laues, durch aromatischen Essig gestärktes Wasser für mich und reichliche Räucherung des Zimmers waren offenbar die zu empfehlenden Vorsichtsmaßregeln, und ich wandte sie natürlich an. Es freut mich, sagen zu können, daß dieselben sich wirksam erwiesen. Ich genoß meine gewöhnliche Siesta, wonach ich frisch und kühl erwachte. Meine ersten Fragen galten dem Grafen, waren wir ihn wirklich los geworden? Ja – er war mit dem Nachmittagszuge abgereist. Hatte er gefrühstückt, und was? Nichts als Fruchttörtchen mit Sahne. Welch eine Verdauung! Erwartet man noch fernere Aufschlüsse von mir? Ich denke, hier bis an die mir vorgezeichneten Grenzen gekommen zu sein. Die erschütternden Ereignisse, welche sich später zutrugen, liegen, wie ich so glücklich bin, sagen zu können, nicht innerhalb meiner Erfahrungen. Ich that Alles in der besten Absicht. Man muß mich nicht für ein beklagenswerthes Unglück verantwortlich machen, das unmöglich vorauszusehen war. Es hat mich völlig daniedergestreckt; ich habe mehr dadurch gelitten als sonst irgend Jemand. Mein Kammerdiener Louis (der mir wirklich auf seine ungebildete Art ergeben ist) meint, ich werde mich nie vollkommen wieder davon erholen. Ich muß aus Billigkeit gegen mich selbst wiederholen, daß es nicht meine Schuld gewesen und daß es mich gänzlich niedergebeugt und mir das Herz gebrochen hat. Mehr kann ich nicht sagen.

Aussage der Elisa Michelson, Haushälterin zu Blackwater Park

Man fordert mich auf, genau anzugeben, was ich über den Fortgang von Miß Halcombe's Krankheit und über die Umstände weiß, unter welchen Lady Glyde Blackwater Park verließ, um nach London zu reisen.

Der Grund für diese Aufforderung ist, daß man meines Zeugnisses im Interesse der Wahrheit bedarf. Als Witwe eines Geistlichen (aber durch Unglück auf die Notwendigkeit zurückgeführt, eine Stelle anzunehmen) habe ich gelernt, die Rechte der Wahrheit über alle anderen Rücksichten zu stellen. Ich füge mich daher einer Bitte, welche zu erfüllen ich andernfalls, um mich nicht an höchst betrübenden Familienangelegenheiten zu betheiligen, gezögert haben würde.

Ich kann mit Bestimmtheit kein Datum angeben aber ich glaube mich nicht zu irren, wenn ich sage, daß Miß Halcombe's Krankheit in der ersten Woche des Juli begann. An dem Morgen, von dem ich jetzt spreche, erschien Miß Halcombe nicht am Frühstückstische. Nachdem die Herrschaften eine Viertelstunde auf sie gewartet hatten, schickten sie das Oberstubenmädchen zu ihr hinauf, welches aber ganz erschrocken wieder aus der Stube gestürzt kam. Ich begegnete ihr auf der Treppe und ging sogleich in Miß Halcombe's Zimmer, um zu sehen, was es gäbe. Die arme Dame war nicht im Stande, es mir zu sagen. Sie ging mit einer Feder in der Hand, phantasirend und in heftigem Fieber in der Stube auf und ab.

Lady Glyde war die erste, die aus ihrem Schlafzimmer herbeieilte. Sie war so furchtbar bestürzt, daß eine Frage an sie vergebens gewesen wäre. Graf Fosco und seine Gemahlin, welche gleich nach ihr heraufkamen, waren beide äußerst dienstfertig und gütig. Die Frau Gräfin half mir, Miß Halcombe in ihr Bett zu legen und Seine Gnaden der Herr Graf blieb im Wohnzimmer, und nachdem er sich seinen Medicinkasten hatte bringen lassen, mischte er einen Trank und eine kühlende Waschung für ihren Kopf, damit keine Zeit verloren würde, bis der Arzt käme, wir kühlten ihren Kopf mit der Waschung, konnten sie aber nicht überreden, die Medicin zu nehmen. Sir Percival schickte einen Reitknecht zu Pferde an den nächsten Arzt ab, welcher Mr. Dawson zu Oak Lodge war.

Mr. Dawson kam nach weniger als einer Stunde an. Er war ein achtbarer, ältlicher Mann, der in der ganzen Umgegend bekannt war, und wir waren sehr erschrocken, als er den Anfall einen höchst ernsten nannte. Seine Gnaden der Herr Graf unterhielt sich sehr freundlich mit Mr. Dawson und sprach seine Ansichten mit einer verständigen Unbefangenheit aus. Mr. Dawson frug – nicht sehr höflich – ob der Rath des Herrn Grafen der Rath eines Arztes sei und als Seine Gnaden ihm sagte, es sei der Rath eines Mannes, welcher die Medicin aus Liebhaberei studirt, entgegnete er, daß er nicht gewohnt sei, Konsultationen mit Dilettanten-Aerzten zu halten. Der Graf lächelte mit echt christlicher Milde und verließ das Zimmer. Doch ehe er ging, sagte er mir, falls man seiner im Verlaufe des Tages bedürfe, würde er im Boothause beim See zu finden sein. Er blieb den ganzen Tag bis Abends sieben Uhr, wo man zu Tische ging, fort, vielleicht wollte er das Beispiel geben, Alles im Hause so ruhig wie möglich zu halten.

Miß Halcombe verbrachte eine sehr schlimme Nacht, während welcher das Fieber abwechselnd kam und ging und gegen Morgen, anstatt sich zu legen, schlimmer wurde. Da in der Nachbarschaft keine Krankenwärtern, zu finden war, übernahm Ihre Gnaden die Frau Gräfin und ich diese Pflicht, indem wir einander ablösten. Lady Glyde war unweise genug, darauf zu bestehen, mit uns aufzubleiben. Sie war viel zu nervenschwach und bei zu schlechter Gesundheit, um die Besorgnis um Miß Halcombe mit Ruhe zu ertragen. Sie weinte und ängstigte sich – zwei Schwachheiten, die sich durchaus nicht für Krankenstuben eignen.

Sir Percival und der Graf kamen am Morgen, um sich nach dem Befinden zu erkundigen. Sir Percival schien mir (wahrscheinlich aus Kummer über Miß Halcombe's Krankheit) sehr verwirrt und unruhig. Der Herr Graf dagegen bewies eine sehr angemessene Fassung und Theilnahme. Er hielt seinen Strohhut in der einen und ein Buch in der anderen Hand und ich hörte ihn zu Sir Percival sagen, er werde wieder nach dem Boothause gehen, um zu studiren. »Laß uns alle mögliche Ruhe im Hause halten,« sagte er, »laß uns nicht im Hause rauchen, mein Freund, jetzt da Miß Halcombe krank ist.

Geh' du deiner Wege und ich will meiner Wege gehen, wenn ich studire, bin ich am liebsten allein. Guten Morgen, Mrs. Michelson.«

Sir Percival war nicht höflich genug, mich mit derselben höflichen Aufmerksamkeit zu grüßen. In der That die einzige Person im ganzen Hause, welche mir auf dem Fuße einer Dame in zurückgekommenen Verhältnissen begegnete, war der Graf, Sein Benehmen war das eines wahren Edelmannes: er war rücksichtsvoll gegen Alle. Sogar das junge Frauenzimmer, (Fanny hieß sie) welches Lady Glyde bediente, stand nicht zu tief unter seiner Beachtung. Als Sir Percival sie fortschickte, war der Herr Graf (der mir eben seine allerliebsten kleinen Vögel zeigte) auf das Freundlichste besorgt, zu wissen, was aus ihr geworden, wo sie den Tag zubringen werde, bis sie Blackwater Park verlassen könne und dergleichen mehr. Es ist hauptsächlich in solchen zarten kleinen Aufmerksamkeiten, daß sich die Vorzüge aristokratischer Geburt am deutlichsten zeigen.

Miß Halcombe's Zustand besserte sich nicht, und die zweite Nacht war wo möglich noch schlimmer als die erste. Mr. Dawson kam mit regelmäßiger Beständigkeit. Die praktischen Pflichten des Pflegens wurden noch immer von der Frau Gräfin und mir getheilt, während Lady Glyde darauf bestand, mit uns aufzusitzen, obgleich wir Beide sie auf das Dringendste baten, sich etwas Erholung zu gönnen. »Mein Platz ist an Mariannes Bette,« war ihre einzige Antwort, »und ob ich krank bin oder wohl – nichts soll mich bewegen, sie aus den Augen zu verlieren.«

Gegen Mittag sah ich den Grafen (welcher zum dritten Male früh des Morgens ausgegangen war) in den Flur kommen, und zwar dem Anscheine nach in der besten Laune. Sir Percival steckte zu gleicher Zeit den Kopf durch die Thür der Bibliothek und sagte mit großem Eifer zu seinem hohen Freunde:

»Hast du sie gefunden?«

Ein zufriedenes Lächeln zeichnete tausend Grübchen in Seiner Gnaden großem Gesichte, aber er gab keine Antwort. In demselben Augenblicke wandte Sir Percival den Kopf um, sah, daß ich auf die Treppe zuging und blickte mich auf höchst ungezogene, zornige Weise an.

»Komm' hier herein und erzähle mir das Ganze,« sagte er zum Grafen. »Wenn man Weiber im Hause hat, kann man stets sicher sein, sie auf den Treppen zu sehen.«

»Mein lieber Percival,« sagte der Graf gütig, »Mrs. Michelson hat ihre Pflichten. Sie sehen angegriffen aus, Mrs. Michelson. Es ist wirklich Zeit, daß Sie und meine Frau Hilfe in der Pflege bekommen. Es haben sich Sachen zugetragen, welche die Gräfin Fosco nöthigen werden, entweder morgen oder übermorgen nach London zu reisen. Sie wird Früh abreisen und Abends zurückkehren und wird zu ihrer Ablösung eine Krankenwärterin mitbringen, welche vorzügliche Eigenschaften als solche besitzt. Sie ist meiner Frau als eine Person bekannt, auf die man sich unbedingt verlassen kann. Bitte, sprechen Sie hierüber nicht zu dem Arzte, ehe sie da ist; denn er wird eine Krankenwärterin meiner Wahl jedenfalls mit scheelem Auge ansehen. Sobald sie aber im Hause erscheint, wird sie für sich selber sprechen und Mr. Dawson wird genöthigt sein, zuzugeben, daß man keine Entschuldigung haben würde, falls man sich nicht ihrer bediente. Lady Glyde wird dasselbe sagen.

Ich ging die Treppe hinauf. Es beschämt mich aufrichtig, bekennen zu müssen, daß ich bei dieser Gelegenheit einer eitlen Neugier unterlag, welche mich wißbegierig über die Frage machte, die Sir Percival von der Thür aus an seinen Freund gerichtet hatte. Wen sollte der Graf während seiner Morgenstudien im Parke gefunden haben? Ein weibliches Wesen, nach Sir Percivals Ausdrücken zu urtheilen. Ich traute dem Grafen keine Unschicklichkeit zu – dazu kannte ich seinen moralischen Charakter zu gut. Die einzige Frage, die ich mir wiederholte, war: hatte er sie gefunden?

Am folgenden Tags schien Miß Halcombe sich ein wenig zu erholen. Am Morgen darauf reiste die Frau Gräfin mit dem ersten Zuge nach London und ihr hoher Gemahl begleitete sie mit seiner gewohnten Aufmerksamkeit zur Station.

Es war jetzt Miß Halcombe's Pflege mir ganz allein überlassen und zugleich die Aussicht, da ihre Schwester trotz aller Ueberredung nicht von ihrem Bette weichen wollte, zunächst auch Lady Glyde in Pflege zu bekommen.

Der einzige Umstand von Wichtigkeit, welcher sich im Verlaufe des Tages zutrug, war ein abermaliger Wortstreit zwischen dem Grafen und dem Arzte.

Als Se. Gnaden von der Eisenbahnstation zurückkehrte, kam derselbe in Miß Halcombe's Wohnzimmer hinauf, um sich, wie gewöhnlich, nach ihrem Befinden zu erkundigen. Ich ging hinaus, um mit ihm zu sprechen, da Lady Glyde sowohl, wie Mr. Dawson in dem Augenblicke bei der Kranken waren. Der Herr Graf legte mir viele Fragen in Bezug auf die Behandlung und die Symptome vor. Ich sagte ihm, daß die Behandlung die sei, welche man mit dem Ausdrucke »salinisch« bezeichne, und daß die Symptome zwischen den Fieberanfällen allerdings auf eine zunehmende Schwäche und Erschöpfung hindeuteten. Gerade, als ich dieses letzten Umstandes erwähnte, trat Mr. Dawson aus dem Schlafzimmer.

»Guten Morgen, Sir,« sagte Se. Gnaden, indem er höchst leutselig auf den Doctor zuging. »Ich fürchte sehr, daß Sie noch immer keine Besserung in den Symptomen gefunden haben?«

»Ich finde im Gegentheil eine entschiedene Besserung,« sagte Mr. Dawson.

»Sie bestehen also noch immer auf Schwächung in diesem Fieberanfalle?« fuhr Se. Gnaden fort.

»Ich bestehe auf einer Behandlung, welche ich durch Berufserfahrungen gerechtfertigt finde,« sagte Mr. Dawson.

»Erlauben Sie mir eine Frage,« sagte der Graf. »Sie leben in einiger Entfernung, Sir, von den gigantischen Mittelpunkten wissenschaftlicher Thätigkeit: von London und Paris. Haben Sie nicht davon gehört, daß man die schwächende Wirkung des Fiebers dadurch wieder gut zu machen sucht, daß man den erschöpften Patienten durch Rum, Wein, Ammonium oder Chinin stärkt?« Ist diese neue Ketzerei der höchsten medicinischen Autoritäten je bis zu Ihren Ohren gedrungen oder nicht?«

»Sobald ein praktischer Arzt mir diese Frage vorlegt, werde ich das Vergnügen haben, ihm dieselbe zu beantworten,« sagte der Doctor, indem er die Thür öffnete, um hinaus zu gehen. »Sie sind kein praktischer Arzt und werden mich entschuldigen, wenn ich *Ihnen* nicht darauf antworte.«

Ihro Gnaden die Frau Gräfin kehrte an demselben Abende wieder zurück und brachte die Krankenwärterin aus London mit. Man sagte mir, daß der Name dieser Person Mrs. Rubelle sei. Ihr Aussehen und ihr unvollkommenes Englisch belehrten mich, daß sie eine Ausländerin sei.

Ich habe mich stets bemüht, eine menschenfreundliche Nachsicht für Ausländer zu fühlen. Deshalb erwähne ich hier nichts darüber, daß Mrs. Rubelle mir als eine kleine, steife, listige Person von ungefähr fünfzig Jahren auffiel, mit einer dunklen Hautfarbe und wachsamen, hellgrauen Augen, noch daß ihr Anzug, obgleich derselbe aus der einfachsten schwarzen Seide bestand, für eine Person in ihrer Stellung von unpassend schwerem Stoffe und mit unnöthig geschmackvollem Besatze verziert war. Ich will bloß erwähnen, daß ihr Wesen – wenn nicht gerade unangenehm steif – aber doch auffallend ruhig und zurückhaltend war; daß sie viel umherblickte und sehr wenig sprach und daß sie das Abendessen ausschlug (was vielleicht sonderbar war, aber doch nicht verdächtig?) obgleich ich selbst sie mit der größten Höflichkeit einlud, dieses Mahl in meinem Zimmer mit mir zu theilen.

Auf des Grafen besonderen Wunsch wurde bestimmt, daß Mrs. Rubelle ihre Pflichten nicht eher beginnen solle, als bis der Arzt sie am nächsten Morgen gesehen und seine Zustimmung gegeben habe. Lady Glyde schien sehr dagegen, daß die neue Wärterin zu Miß Halcombe gelassen würde. Ich wagte die Bemerkung: »Mylady, wir sollten nicht voreilig in unserem Urtheile über untergeordnete Personen sein – namentlich, wenn dieselben aus fremdem Lande kommen.« Lady Glyde seufzte bloß und küßte Miß Halcombe's Hand, welche auf der Bettdecke ruhte. Kein sehr vernünftiges Benehmen in einer Krankenstube und mit einer Patientin, die man so wenig als möglich aufregen sollte. Aber die arme Lady Glyde verstand nichts vom Krankenpflegen, wie ich zu meinem Bedauern gestehen muß.

Am folgenden Morgen wurde Mrs. Rubelle in das Wohnzimmer geschickt, um von dem Arzte in Augenschein genommen zu werden, wenn er durch dasselbe in Miß Halcombe's Schlafzimmer gehen würde.

Anstatt daß der Arzt aber zu uns herauf kam, ließ man mich zum Arzte rufen.

Mr. Dawson erwartete mich allein im Frühstückzimmer.

»In Betreff dieser neuen Wärterin, Mrs. Michelson, ...« sagte der Doctor.

»Ja, Sir?«

»... Höre ich, daß die Frau jenes dicken alten Ausländers, der sich fortwährend in meine Angelegenheiten mischt, sie mit aus London gebracht hat. Mrs. Michelson, der dicke alte Ausländer ist ein Quacksalber.«

»Wissen Sie, Sir,« sagte ich entrüstet, »daß Sie von einem Edelmann sprechen?«

»Bah! Er ist nicht der erste Quacksalber, der einen Titel besessen hätte. Die bestehen aus lauter Grafen – zum Henker mit ihnen!«

»Er würde nicht der Freund von Sir Percival Glyde sein, Sir, wenn er nicht der höchsten Aristokratie angehörte.«

»Schon gut, Mrs. Michelson, nennen Sie ihn, wie Sie wollen und lassen Sie uns wieder auf die Wärterin zurückkommen. Ich habe bereits Einwendungen gegen sie gemacht.«

»Ohne sie gesehen zu haben, Sir?«

»Jawohl, ohne sie gesehen zu haben. Sie mag die beste Wärterin von der Welt sein, aber sie ist nicht die Wärterin meiner Wahl. Ich habe diese Einwendung gegen Sir Percival als den Herrn des Hauses gemacht. Aber er sagt, wir müßten's mit der Frau versuchen, nachdem Lady Glyde's Tante sich die Mühe genommen, sie aus London zu holen. Das ist eigentlich billig und ich kann nicht wohl Nein sagen. Aber ich habe es zur Bedingung gemacht, daß sie augenblicklich fortgeschickt wird, sowie ich Ursache finde, unzufrieden mit ihr zu sein. Jetzt, Mrs. Michelson, fordere ich Sie auf, die Wärterin während der ersten paar Tage scharf zu beobachten und danach zu sehen, daß sie Miß Halcombe keine Medicin gibt, die ich nicht verordnet habe. Dieser ausländische Edelmann, für den Sie solche Bewunderung hegen, stirbt vor Sehnsucht, seine Quacksalbereien (unter anderen auch den Magnetismus) an meiner Patientin zu versuchen und eine Wärterin, die seine Frau hergebracht hat, mag nur zu bereit sein, ihm zu helfen. Verstehen Sie mich? Gut, dann können wir hinauf gehen. Ist die Wärterin da? Ich will mit ihr sprechen, ehe sie in's Krankenzimmer geht.«

Als ich Mrs. Rubelle dem Arzte vorstellte, schien sie weder durch seine zweifelhaften Blicke noch durch seine scharfen Fragen im Geringsten verlegen zu werden. Sie antwortete ihm mit großer Ruhe in gebrochenem Englisch und obgleich er alles that, um sie verwirrt zu machen, verrieth sie so weit doch nicht die kleinste Unwissenheit über ihre Pflichten.

Wir gingen alle in's Schlafzimmer. Mrs. Rubelle blickte die Kranke sehr aufmerksam an; verbeugte sich gegen Lady Glyde und nahm dann ruhig in einem Winkel Platz, bis man ihrer bedürfen würde. Mylady schien erschrocken über das Eintreten der fremden Wärterin. Niemand sprach, aus Besorgnis, Miß Halcombe, die schlummerte, aufzuwecken – ausgenommen der Doctor, der sich flüsternd erkundigte, wie sie die Nacht zugebracht habe. Ich antwortete leise, »ziemlich wie gewöhnlich«, worauf Mr. Dawson hinausging. Lady Glyde folgte ihm, vermuthlich um mit ihm über Mrs. Rubelle zu sprechen.

Indem ich mich der mir von Mr. Dawson gegebenen Warnung erinnerte, beobachtete ich Mrs. Rubelle während der ersten drei bis vier Tage sehr scharf. Ich trat zu wiederholten Malen leise und plötzlich in's Zimmer, ertappte sie aber nie bei irgend einer verdächtigen Handlung. Lady Glyde, welche sie ebenso aufmerksam beobachtete, wurde ebenfalls nie etwas gewahr. Ich bemerkte nie, daß die Medicinflaschen vertauscht waren; ich sah Mrs. Rubelle nie ein Wort zu dem Grafen sprechen, noch den Grafen zu ihr. Sie behandelte Miß Halcombe unbestritten mit Sorgfalt und Umsicht. Die arme Dame schwankte zwischen einer Art schläfriger Erschöpfung, die halb Ohnmacht und halb Schlummer war, und Anfällen von Fieber hin und her, die mehr oder weniger von Geistesverwirrung begleitet waren. Mrs. Rubelle war außerordentlich wenig mittheilsam über sich selbst und auf eine zu entschiedene Weise unabhängig von dem Rathe erfahrener Leute, welche die Pflichten eines Krankenzimmers kannten – aber niemals fanden weder Lady Glyde noch Mr. Dawson den Schatten einer Ursache, unzufrieden mit ihr zu sein.

Der nächste Umstand von Wichtigkeit, welcher sich im Hause ereignete, war eine kurze Abwesenheit des Grafen, der in Geschäften nach London gerufen wurde. Er reiste am vierten Tage (glaube ich) nach Mrs. Rubelle's Ankunft ab und sprach beim Abschiede sehr ernstliche Worte zu Lady Glyde in Rücksicht auf Miß Halcombe.

»Vertrauen Sie Mr. Dawson noch ein paar Tage länger, wenn Sie wollen,« sagte er. »Falls sich aber dann noch keine Besserung spüren läßt, da lassen Sie sofort geschickten ärztlichen Beistand aus London kommen, den dieser Maulesel von einem Doctor annehmen muß, ob er nun will oder nicht. Ich sage dies im Ernste, auf mein Ehrenwort und aus dem Grunde meines Herzens.«

Se. Gnaden sprach mit tiefem Gefühle. Die Nerven der armen Lady Glyde waren in dem Grade erschüttert, daß sie ganz erschrocken vor ihm schien. Sie zitterte an: ganzen Körper und ließ ihn gehen, ohne ein einziges Wort zu erwidern. Sie wandte sich zu mir, als er fort war, und sagte: »O, Mrs. Michelson, mir bricht das Herz um meine Schwester. Glauben Sie, daß Mr. Dawson sich täuscht? Er sagte mir heute Morgen selbst, es sei keine Gefahr mehr da.«

»Mit aller Achtung vor Mr. Dawson,« sagte ich, »würde ich doch an Ew. Gnaden Stelle nicht des Herrn Grafen Rath vergessen.«

»Lady Glyde wandte sich plötzlich und mit einem Ausdrucke der Verzweiflung von nur ab, den ich mir nicht zu erklären vermochte.

» *Seinen* Rath!« sagte sie zu sich selbst. »Gott helfe uns – *seinen*-Rath!«

Der Graf blieb wohl beinahe eine Woche von Blackwater Park abwesend.

Sir Percival schien in manchen Beziehungen den Verlust seines Freundes zu empfinden und auch sehr gedrückt zu sein über die Krankheit und Sorge im Hause. Er kam und ging und wanderte dann fortwährend in den Anlagen umher. Seine Erkundigungen nach Miß Halcombe und seiner Gemahlin (deren schwankende Gesundheit ihm aufrichtige Besorgnis zu verursachen schien) waren unausgesetzt. Ich glaube, sein Herz war sehr erweicht.

Ihro Gnaden die Frau Gräfin, die jetzt die einzige Gesellschaft für Sir Percival unten war, vernachlässigte ihn einigermaßen, wie es mich dünkte. Oder vielleicht vernachlässigte er sie. Ein Fremder hätte fast vermuthen können, daß diese Beiden, jetzt, wo sie allein waren, einander förmlich auswichen.

Im Verlaufe der nächsten Tage schien es uns allerdings allen, als ob Miß Halcombe sich ein wenig erholte. Unser Zutrauen zu Mr. Dawson erwachte wieder; er versicherte Lady Glyde, daß er selbst vorschlagen würde, noch einen Arzt herbeizurufen, sobald er nur den Schatten eines Zweifels in sich erwachen fühlte.

Die einzige von uns, der diese Worte keine Beruhigung zu sein schienen, war die Gräfin. Sie sagte heimlich zu mir, daß sie sich nach Mr. Dawson's Reden nicht über Miß Halcombe's Zustand beruhigen könne und daß sie voll Besorgnis der Rückkehr ihres Mannes entgegensehe, um dessen Meinung zu hören. Diese Rückkehr sollte, wie sie seine Briefe unterrichteten, in drei Tagen stattfinden. Der Herr Graf und die Frau Gräfin unterhielten während der Abwesenheit des ersteren einen regelmäßigen täglichen Briefwechsel.

Am Abend des dritten Tages bemerkte ich eine Veränderung an Miß Halcombe, die mich ernstlich besorgt machte. Mrs. Rubelle bemerkte dieselbe ebenfalls, wir sagten indessen nichts davon zu Lady Glyde, die, völlig von Erschöpfung überwältigt, auf dem Sopha im Wohnzimmer eingeschlafen war.

Mr. Dawson machte seinen Abendbesuch später als gewöhnlich. Sowie er seiner Patientin ansichtig wurde, sah ich, daß sich sein Gesicht veränderte. Er sah sowohl verlegen als erschrocken aus. Es wurde ein Bote nach seiner Wohnung geschickt, um seinen Arzneikasten zu holen, desinficirende Vorkehrungen wurden im Zimmer angewandt und es wurde ihm auf seine eigene Anordnung im Hause ein Bett gemacht. »Ist das Fieber ansteckend geworden?« flüsterte ich ihm zu. »Ich fürchte es,« entgegnete er, »doch werden wir morgen Früh besser im Stande sein, darüber zu urtheilen.«

Auf Mr. Dawson's eigenen Befehl wurde Lady Glyde über diese beunruhigende Veränderung in Unwissenheit gelassen. Er selbst verbot ihr aus Rücksicht für ihre Gesundheit, diesen Abend zu uns in's Schlafzimmer zu kommen. Sie versuchte, sich dem zu widersetzen, aber es unterstützte ihn seine ärztliche Autorität und er gewann die Oberhand.

Nächsten Morgen um elf Uhr wurde einer der Bedienten mit einem Briefe an einen Arzt in London abgeschickt, mit dem Befehle, den neuen Doctor mit dem nächstmöglichen Zuge mitzubringen. Eine halbe Stunde nachdem der Bote fort war, langte der Graf wieder in Blackwater Park an.

Die Gräfin brachte ihn sogleich herein, um die Kranke zu sehen. Ich sah in diesem Verfahren durchaus nichts Unpassendes. Dennoch aber protestirte Mr. Dawson gegen seine Anwesenheit im Zimmer, aber ich konnte deutlich wahrnehmen, daß der Doctor selbst zu sehr beunruhigt war, um bei dieser Gelegenheit ernstlichen Widerstand zu bieten.

Die arme kranke Dame kannte niemanden mehr von denen, die sie umgaben. Sie schien ihre Freunde für Feinde anzusehen. Als der Graf sich ihrem Bette nahte, heftete sie ihre Augen, die bisher wild umhergewandert waren, mit einem so furchtbaren Stieren des Entsetzens auf sein Gesicht, daß ich es bis zu meiner letzten Stunde nicht vergessen werde. Der Graf setzte sich neben ihr nieder, fühlte ihren Puls und ihre Schläfe, betrachtete sie sehr aufmerksam und wandte sich dann mit einem solchen Ausdrucke von Entrüstung gegen den Doctor um, daß dieser einen Augenblick bleich vor Zorn und Bestürzung dastand – bleich und völlig sprachlos.

Dann wandte sich Se. Gnaden zu mir.

»Wann fand diese Veränderung statt?« fragte er.

Ich gab ihm die Zeit an.

»Ist Lady Glyde seitdem im Zimmer gewesen?«

Ich sagte ihm, daß sie nicht dagewesen. Der Arzt habe es ihr gestern Abend ausdrücklich untersagt und den Befehl heute Morgen wiederholt. »Hat man Sie und Mrs. Rubelle mit der ganzen Größe des Unheils bekannt gemacht?« war seine nächste Frage.

Ich entgegnete, wir wüßten, daß die Krankheit eine ansteckende sei. Er unterbrach mich, ehe ich noch ein Wort hinzufügen konnte.

»Es ist Typhus,« sagte er.

In der Minute, welche unter diesen Fragen und Antworten verging, erholte Mr. Dawson sich wieder und wandte sich mit seiner gewohnten Festigkeit zum Grafen.

»Es ist *kein* Typhus,« sagte er scharf. »Ich protestire gegen diese Einmischung, Sir. Ich habe nach meinen besten Kräften meine Pflicht gethan. Man hat nach einem Arzte in London geschickt. Mit ihm will ich über die Art des Fiebers consultiren und mit sonst niemandem. Ich bestehe darauf, daß Sie das Zimmer verlassen.«

»Ich betrat dieses Zimmer, Sir, im heiligen Interesse der Menschlichkeit,« sagte der Graf, »und will es in demselben Interesse abermals betreten, falls die Ankunft des Arztes sich verzögert. Ich sage Ihnen nochmals, daß das Fieber sich in Typhus verwandelt hat. Falls diese unglückliche Dame sterben sollte, will ich es vor einem Gerichtshofe bezeugen, daß Ihre Unwissenheit und Hartnäckigkeit ihren Tod herbeigeführt haben.«

Ehe noch Mr. Dawson antworten und der Graf uns verlassen konnte, öffnete sich die Thür des Wohnzimmers und Lady Glyde erschien auf der Schwelle.

»Ich *muß* und *will* hereinkommen,« sagte sie mit ungewohnter Festigkeit.

Anstatt sie aufzuhalten, trat der Graf in's Wohnzimmer und machte Platz für sie; in der Ueberraschung des Augenblicks vergaß er offenbar die dringende Nothwendigkeit, Lady Glyde zu zwingen, sich in Acht zu nehmen.

Zu meiner Verwunderung bewies Mr. Dawson mehr Geistesgegenwart. Er hielt Mylady beim ersten Schritte, den sie dem Bette zu that, zurück.

»Ich bedaure aufrichtig,« sagte er. »Ich fürchte, das Fieber ist ansteckend. Bis ich mich aber vom Gegentheil überzeugt habe, bitte ich Sie inständigst, nicht in's Zimmer zu kommen.«

Sie kämpfte einen Augenblick, dann sanken plötzlich ihre Arme zu ihren Seiten nieder und sie fiel vorwärts. Sie war in Ohnmacht gefallen. Die Gräfin und ich nahmen sie dem Doctor ab und trugen sie in ihr Zimmer. Der Graf ging uns voran und wartete dann im Corridor, bis ich wieder herauskam und ihm sagte, daß sie wieder zu sich gekommen sei. Ich kehrte zum Doctor zurück, um ihm auf Lady Glyde's Befehl zu sagen, daß sie ihn augenblicklich sprechen müsse. Er ging sofort, um Mylady's Aufregung zu beruhigen und sie von der Ankunft des Arztes, die in wenigen Stunden erfolgen müsse, in Kenntnis zu setzen. Sir Percival und der Graf waren zusammen unten und ließen sich von Zeit zu Zeit nach dem Befinden der Damen erkundigen. Zwischen fünf und sechs Uhr langte zu unserer großen Erleichterung der Arzt an.

Er war ein jüngerer Mann als Mr. Dawson, aber sehr ernst und entschlossen, was er von der vorherigen Behandlung dachte, kann ich nicht sagen; aber es fiel mir auf, daß er mir und Mrs. Rubelle weit mehr Fragen vorlegte, als dem Doctor, und daß er nicht mit vieler Aufmerksamkeit anhörte, was Mr. Dawson sagte, während er die Patientin betrachtete. Nach diesen meinen Bemerkungen begann ich zu argwöhnen, daß der Graf von Anfang an in Bezug auf die Krankheit Recht gehabt hatte und diese Vermuthung wurde natürlich bestätigt, als Mr. Dawson nach einigem Verzuge die eine wichtige Frage that, welche zu lösen der Arzt aus London geholt worden war.

»Was halten Sie von dem Fieber?« fragte er.

»Es ist Typhus,« entgegnete der Arzt, »Typhus ohne den geringsten Zweifel.«

Mrs. Rubelle faltete ihre dünnen braunen Hände und sah mich mit einem bedeutsamen Lächeln an.

Nachdem der Arzt uns einige Anweisungen in Bezug auf die Pflege der Kranken gegeben und versprochen hatte, daß er nach Verlauf von fünf Tagen wiederkommen werde, zog er sich mit Mr. Dawson zurück, um sich mit ihm zu besprechen. Er wollte in Bezug auf die Wahrscheinlichkeit von Miß Halcombe's Genesung keine Meinung aussprechen, da es, wie er sagte, in dem gegenwärtigen Stadium der Krankheit unmöglich sei, mit Bestimmtheit zu urtheilen.

Die fünf Tage vergingen uns in großer Besorgnis.

Die Gräfin Fosco und ich lösten Mrs. Rubelle abwechselnd ab, denn Miß Halocmbe's Zustand wurde immer schlimmer und erforderte unsere äußerste Sorgfalt. Es war eine sehr, sehr schwere Zeit. Lady Clyde (welche, wie Mr. Dawson sagte, die fortwährende Spannung über den Zustand ihrer Schwester aufrecht erhielt) erholte sich auf wunderbare Weise und bewies eine Festigkeit und Entschlossenheit, die ich ihr nimmer zugetraut hätte. Sie bestand darauf, täglich drei oder viermal Miß Halcombe mit eigenen Augen zu sehen, indem sie versprach, nicht zu nahe an das Bett zu treten. Mr. Dawson gab seine Erlaubnis hiezu mit großem Widerstreben; er sah wohl ein, daß es nutzlos sein würde, ferner mit ihr darüber zu streiten. Sie kam jeden Tag und hielt ihr Versprechen mit großer Selbstverleugnung.

Am fünften Tage kam der Arzt wieder und gab uns einige Hoffnung. Er sagte, der zehnte Tag, von dem angerechnet, an welchem der Typhus zuerst aufgetreten sei, werde wahrscheinlich den Erfolg der Krankheit entscheiden und versprach uns für diesen Tag seinen dritten Besuch. Die Zwischenzeit verging wie vorher – ausgenommen, daß der Graf eines Morgens abermals nach London reiste und Abends wieder zurückkehrte.

Am zehnten Tage erlöste die barmherzige Vorsehung unser ganzes Haus von aller ferneren Angst und Sorge. Der Arzt gab uns die Versicherung, daß Miß Halcombe völlig außer Gefahr sei.

»Sie bedarf jetzt keines Arztes mehr, – Alles was sie jetzt noch braucht, ist sorgfältige Aufsicht und Pflege.«

Die Wirkung dieser guten Nachricht auf die arme Lady Glyde war zu meinem Bedauern förmlich überwältigend. Sie war zu schwach, um diese heftige Reaction zu ertragen und in ein paar Tagen darauf verfiel sie in einen Zustand von Schwäche und Abgespanntheit, welcher ihr nicht gestattete, ihr Zimmer zu verlassen. Ruhe und später vielleicht eine Luftveränderung waren die einzigen Mittel, die Mr. Dawson für sie empfehlen konnte. An demselben Tage, an welchem sie sich in ihr Zimmer zurückziehen mußte, hatten der Graf und Mr. Dawson wieder einen Wortwechsel und diesmal war derselbe so ernster Art, daß Mr. Dawson das Haus verließ.

Ich war nicht gegenwärtig, aber ich hörte später, daß der Streit über die Nahrung entstand, welcher Miß Halcombe bedürfe, um sich nach der Erschöpfung des Fiebers wieder zu kräftigen. Mr. Dawson war jetzt noch weniger als vorher geneigt, sich unberufenen Ansichten zu fügen; und der Graf (ich begreife nicht warum) verlor alle Selbstbeherrschung und verhöhnte den Doctor wiederholt über sein Versehen in Bezug auf das Fieber, als dasselbe sich in Typhus verwandelt hatte. Die unglückselige Geschichte endete damit, daß Mr. Dawson an Sir Percival appellirte und drohte, (da Miß Halcombe jetzt außer Gefahr sei) Blackwater Park ganz zu verlassen, falls nicht dem Grafen von diesem Augenblicke an entschieden alle weitere Einmischung untersagt werde. Sir Percivals Antwort hatte nur dazu gedient, die Sache noch zu verschlimmern und Mr. Dawson hatte in Folge der unerhörten Behandlung, die ihm vom Grafen Fosco zu Theil geworden, das Haus verlassen und am folgenden Morgen seine Rechnung eingesandt.

Wir waren also jetzt ohne ärztlichen Beistand. Obgleich wir in Wirklichkeit um denselben nicht mehr benöthigt waren, so hätte ich doch, falls *meine* Autorität für etwas gegolten hätte, aus dem einen oder anderen Viertel von London wieder einen Arzt herzugerufen.

Doch schien Sir Percival die Sache nicht in diesem Lichte zu sehen. Er sagte, es werde früh genug sein, einen neuen Arzt zu holen, falls Miß Halcombe einen Rückfall bekäme. Inzwischen sei ja der Graf da, den wir in kleineren Schwierigkeiten um Rath fragen könnten. Ich blieb dessenungeachtet ein wenig ängstlich. Außerdem schien es mir nicht ganz billig, Lady Glyde die Abwesenheit des Arztes zu verhehlen, wie wir es thaten. Ich gebe zu, daß es eine wohlgemeinte Täuschung war – denn ihr Zustand war nicht der Art, daß sie neue Besorgnisse hätte ertragen können.

Ein zweiter Umstand, der sich an demselben Tage zutrug und mich unbeschreiblich überraschte – ein Umstand, der mir unbegreiflich war, vergrößerte noch um ein Bedeutendes das Gefühl der Unruhe, das jetzt auf meinem Gemüthe lastete.

Ich wurde zu Sir Percival in die Bibliothek beschieden. Der Graf, welcher bei ihm war, als ich eintrat, erhob sich augenblicklich und ließ uns allein im Zimmer. Sir Percival war so höflich, mich zum Sitzen aufzufordern, und redete mich dann zu meinem Erstaunen folgendermaßen an:

»Ich habe über eine Angelegenheit mit Ihnen zu sprechen, Mrs. Michelson, über die ich schon seit einiger Zeit meinen Entschluß gefaßt hatte, wenn nicht Kummer und Krankheit in's Haus eingezogen wären. Mit wenigen Worten: ich fühle mich bewogen, den hiesigen Haushalt sofort aufzugeben, indem ich das Haus selbst natürlich, wie sonst, Ihrer Aufsicht übergebe. Sobald Lady Glyde und Miß Halcombe im Stande sind zu reisen, müssen beide Damen eine

Luftveränderung genießen. Meine Verwandten, der Graf und die Gräfin Fosco, werden uns schon vorher verlassen und eine Wohnung in der Umgegend von London beziehen. Mein Zweck, indem ich seine Gäste mehr in diesem Hause empfange, ist, so sparsam wie möglich zu leben. Ich werde die Pferde verkaufen und sofort die ganze Dienerschaft entlassen; es ist meine Absicht, daß das Haus morgen um diese Zeit von einem Rudel unnützer Leute befreit sei.«

Ich hörte ihm wie angewurzelt vor Erstaunen zu.

»Wollen Sie damit sagen, Sir Percival, daß ich die Hausbedienung, die unter meiner Aufsicht steht, entlassen soll, ohne ihr, wie üblich, einen Monat vorher zu kündigen?« fragte ich.

»Allerdings, wir werden wahrscheinlich Alle, ehe ein Monat verflossen ist, das Haus verlassen haben und ich beabsichtige durchaus nicht, eine Menge von Bedienten hier in Müßigkeit zu erhalten.«

»Wer soll die Küche besorgen, Sir Percival, solange Sie noch hier bleiben?«

»Margaret Porcher kann kochen und braten – behalten Sie sie hier, wozu brauche ich einen Koch, wenn ich keine Mittagsgesellschaften zu geben beabsichtige?«

»Die Person, welche Sie eben genannt haben, Sir Percival, ist die allerunverständigste von allen Stubenmädchen –«

»Behalten Sie sie, sage ich Ihnen, und lassen Sie eine Frau aus dem Dorfe kommen, die das Aufwaschen besorgt. Es muß und soll eine augenblickliche Einschränkung in meinen Ausgaben stattfinden. Ich habe Sie nicht rufen lassen, damit Sie mir Einwendungen machen, Mrs. Michelson. Sie werden morgen die ganze faule Bande von Hausdienern – die Horcher ausgenommen – entlassen. Die Horcher hat die Constitution eines Pferdes und wie ein Pferd soll sie arbeiten.«

»Sie werden mich entschuldigen, Sir Percival, wenn ich Sie daran erinnere, daß die Dienerschaft ihren Lohn für einen Monat haben muß, falls ich ihr nicht einen Monat vorher aufsage.«

»Geben Sie ihn ihr! Ein Monatslohn erspart mir eines Monats Verschwendung in der Bedientenstube.«

Diese letzte Bemerkung enthielt eine höchst beleidigende Verleumdung gegen mein Haushaltungssystem. Christliche Rücksicht für Lady Glyde's und Miß Halcombe's hilflose Lage und auf die ernstlichen Beschwerlichkeiten, die aus meiner Abwesenheit für sie erwachsen konnten, hielten mich allein davon ab, sofort mein Amt niederzulegen. Es hätte mich in meinen eigenen Augen heruntergesetzt, wenn ich hiernach die Unterredung noch einen Augenblick länger hätte dauern lassen.

»Nach dieser letzten Bemerkung, Sir Percival, habe ich nichts weiter zu sagen. Ihre Befehle sollen erfüllt werden.« Mit diesen Worten machte ich eine kalte Verbeugung und ging aus dem Zimmer.

Am folgenden Tage ging die ganze Dienerschaft ab. Sir Percival selbst lohnte die Reitknechte und Stallleute ab und schickte sie mit allen Pferden, ein einziges ausgenommen, nach London. Die einzigen Personen, welche zurückblicken, waren Margaret Porcher, ich und der Gärtner. Dieser Letztere wohnte jedoch in seinem eigenen Hause und er mußte nach dem *einen* im Stalle zurückgebliebenen Pferde sehen.

An dem Tage, an welchem alle Diener das Haus verlassen, wurde ich abermals zu Sir Percival beschieden.

Ich fand wieder den Grafen Fosco bei ihm. Doch blieb der Graf diesmal bei der Unterredung anwesend und half Sir Percival seine Pläne entfalten.

Der Gegenstand, auf den sie jetzt meine Aufmerksamkeit lenkten, bezog sich auf die gesunde Luftveränderung, von der wir Alle große Vortheile für Lady Glyde's und Miß Halcombe's Genesung hofften. Sir Percival sagte, daß beide Damen wahrscheinlich (in Folge einer Einladung von Frederick Fairlie Esquire) den Herbst zu Limmeridge in Cumberland zubringen würden. Er sei jedoch der Ansicht und der Graf (welcher hier das Wort nahm und bis zu Ende der Unterredung behielt) stimmte hierin mit ihm überein, daß es von großem Vortheile für sie sein würde, wenn sie, ehe sie nach dem Norden aufbrächen, erst auf eine Weile das milde Klima von Torquay genössen. Man wünsche daher ernstlich, an diesem Orte eine Wohnung zu miethen, welche alle Bequemlichkeiten und Vortheile bieten würde, derer die Damen so sehr bedürften; doch sei die Schwierigkeit die, eine erfahrene Person zu finden, welche im Stande sei, eine Wohnung zu wählen, wie sie ihrer bedurften. In dieser dringenden Lage wünschte der Graf – in Sir Percivals Auftrage – zu hören, ob ich etwas dawider habe, den Damen meinen Beistand zu leisten, indem ich selbst in ihrem Interesse die Reise nach Torquay machte.

Ich konnte bloß wagen, auf die ernste Unangemessenheit meiner Abreise von Blackwater Park bei der Abwesenheit aller Diener mit Ausnahme von Margaret Porcher hinzudeuten. Aber Sir Percival sowohl wie der Graf erklärten, daß sie die Unbequemlichkeit im Interesse der kranken Dame sehr gern ertragen wollten. Ich machte dann den achtungsvollen Vorschlag, daß man an einen Hausagenten in Torquay schriebe; aber man erinnerte mich daran, daß es eine Unvorsichtigkeit sein würde, ein Haus zu miethen, das man nicht vorher gesehen habe. Man sagte mir außerdem, daß die Gräfin (welche andernfalls selbst die Reise nach Devonshire gemacht haben würde) ihre Nichte in ihrem gegenwärtigen Zustande nicht verlassen könne, und daß Sir Percival und der Graf Geschäfte mit einander hätten, die sie nöthigten, in Blackwater Park zu bleiben. Kurz, es wurde mir klar gemacht, daß, falls ich die Sache nicht übernähme, Niemand anders da sei, dem man sie anvertrauen könne. Unter diesen Verhältnissen konnte ich bloß Sir Percival ankündigen, daß meine Dienste Miß Halcombe und Lady Glyde zu Gebote stünden.

Es wurde darauf ausgemacht, daß ich am nächsten Morgen abreisen, den darauf folgenden Tag mich mit Untersuchung der passendsten Häuser in Torquay beschäftigen und am dritten mit meinem Berichte zurückkehren sollte. Se. Gnaden schrieb ein Memorandum für mich, das die verschiedenen Erfordernisse angab, welche das von mir zu miethende Haus besitzen mußte, und Sir Percival fügte eine Anmerkung in Bezug auf die pecuniäre Grenze bei.

Meine eigene Ansicht, als ich diese Instructionen durchlas, ging dahin, daß in keinem Badeorte in ganz England eine Wohnung zu finden sei, wie die, welche hier beschrieben war; und daß man sie, selbst wenn man sie zufälligerweise entdeckte, nimmer für irgend welchen Zeitraum unter den mir vorgeschriebenen Bedingungen erhalten würde. Ich machte beide Herren auf diese Schwierigkeit aufmerksam, aber Sir Percival schien dieselbe nicht einzusehen. Es war nicht meine Sache, den Punkt zu bestreiten, und ich sagte nichts weiter; aber ich war fest überzeugt, daß das Geschäft, in welchem man mich fortschickte, so mit Schwierigkeiten behaftet war, daß es mir schon, ehe ich abreiste, als hoffnungslos erschien.

Vor meiner Abreise überzeugte ich mich indessen, daß Miß Halcombe Fortschritte in der Genesung machte. Doch drückte sich in ihrem Gesichte eine schmerzliche Sorge aus. Sie schickte Lady Glyde liebevolle kleine Botschaften, daß sie bereits wieder ganz wohl sei und sie nur bitte, sich nicht zu früh anzustrengen. Ich überließ sie der Sorgfalt von Mrs. Rubelle. Als ich an Lady Glyde's Thür klopfte, sagte man mir, daß sie noch immer in einem sehr traurigen Zustande der Schwäche und Abspannung sei; es war die Gräfin, die mich hievon unterrichtete und welche zur Zeit ihrer Nichte in ihrem Zimmer Gesellschaft leistete.

Sir Percival und der Graf gingen zusammen auf dem Wege zur Wohnung des Parkhüters spazieren, als ich abfuhr.

Der Erfolg meiner Reise nach Torquay war genau der, welchen ich vorausgesehen hatte. Es war in dem ganzen Orte keine Wohnung zu finden, wie ich sie zu miethen beauftragt war, und der Preis, den man mir zu bieten gestattet, war viel zu niedrig, als daß man mir die Wohnung dafür gelassen hätte, selbst wenn sie gefunden worden. Ich kehrte am dritten Tage nach Blackwater Park zurück und benachrichtigte Sir Percival, welcher mir an der Thür begegnete, daß meine Reise eine vergebliche gewesen. Er schien zu sehr mit anderen Dingen beschäftigt, um sich um das Mißlingen meines Auftrages zu bekümmern, und seine ersten Worte unterrichteten mich, daß sogar in der kurzen Zeit meiner Abwesenheit sich eine große Veränderung im Hause zugetragen habe.

Der Graf und die Gräfin Fosco hatten Blackwater Park verlassen und ihre neue Wohnung in St. John's Wood bezogen.

Als ich Sir Percival zu fragen wagte, ob Lady Glyde in Abwesenheit der Gräfin jetzt Jemanden habe, der ihr aufwartete, erwiderte er, sie habe Margaret Porcher und fügte dann hinzu, daß man eine Frau aus dem Dorfe habe kommen lassen, um die Arbeit in der Küche zu verrichten.

Ich war wirklich entrüstet über diese Antwort – es lag eine so grelle Ungeschicklichkeit darin, eine untere Stubenmagd in einem Vertrauensposten bei Lady Glyde anzustellen. Ich ging sofort hinauf und traf die Margaret auf dem Schlafstuben-Vorsaal. Man hatte ihrer Dienste nicht bedurft (natürlich nicht); ihre Herrin habe sich am Morgen wohl genug befunden, um ihr Bett zu verlassen. Ich erkundigte mich zunächst nach Miß Halcombe, erhielt jedoch eine so verdrießliche, unverständliche Antwort, daß ich dadurch um nichts klüger wurde. Ich enthielt mich einer Wiederholung meiner Frage, um mich nicht etwa einer impertinenten Antwort auszusetzen. Es war für eine Person in meiner Stellung in jeder Beziehung passender, mich sofort zu Lady Glyde zu begeben.

Ich fand, daß Mylady sich allerdings während der letzten drei Tage bedeutend erholt hatte. Obgleich noch immer matt und nervenschwach, war sie doch im Stande, sich ohne Hilfe zu erheben und mit langsamen Schritten in ihrem Zimmer umher zu gehen. Sie hatte den Morgen eine Besorgnis um Miß Halcombe gefühlt, da sie durch niemanden Nachrichten von ihr erhalten. Mir erschien dies als ein höchst tadelnswerter Mangel an Aufmerksamkeit von Mrs. Rubelle, doch sagte ich nichts, sondern blieb bei Lady Glyde und half ihr Toilette machen. Als sie damit fertig war, verließen wir zusammen das Zimmer, um zu Miß Halcombe zu gehen.

Im Corridor trafen wir Sir Percival. Er sah aus, als ob er uns dort erwartet habe.

»Wohin gehst du?« sagte er zu Lady Glyde.

»Nach Mariannens Zimmer,« antwortete sie.

»Es mag dir vielleicht eine Täuschung ersparen,« bemerkte Sir Percival, »wenn ich dir sage, daß du sie dort nicht finden wirst.«

»Daß ich sie nicht finden werde?«

»Nein. Sie hat gestern mit Fosco und seiner Frau das Haus verlassen.«

Lady Glyde erbleichte, daß es zum Erschrecken war, und lehnte sich an die Wand, indem sie in tiefem Schweigen ihren Gemahl anblickte.

Ich selbst war so überrascht, daß ich kaum wußte, was ich sagen sollte. Ich frug Sir Percival, ob er wirklich damit sagen wolle, daß Miß Halcombe Blackwater Park verlassen habe.

»Ganz gewiß,« entgegnete er.

»In ihrem Zustande, Sir Percival! und ohne Lady Glyde von ihrer Absicht in Kenntnis zu setzen!«

Ehe er noch eine Antwort geben konnte, erholte Mylady sich wieder etwas und sprach.

»Unmöglich!« rief sie mit lauter, erschrockener Stimme, indem sie sich ein paar Schritte von der Wand entfernte, »Wo war der Arzt? Wo war Mr. Dawson, als Marianne fortging?«

»Wir bedurften Mr. Dawson's nicht und er war nicht hier,« sagte Sir Percival. »Er verließ uns aus eigenem Antriebe, was hinlänglichen Beweis liefert, daß sie wohl genug war, um die Reise zu machen. wie du mich angaffst! Wenn du mir nicht glauben willst, daß sie fort ist, so sieh' selbst nach.«

Sie nahm ihn beim Worte, und ich folgte ihr. Es war niemand in Miß Halcombe's Zimmer außer Margaret Porcher, die dort aufräumte. Und es war niemand in den Fremdenstuben und im Toilettenzimmer. Sir Percival erwartete uns wieder im Corridor. Als wir das letzte Zimmer, in dem wir nachgesucht hatten, verließen, flüsterte Lady Glyde mir zu: »Gehen Sie nicht fort, Mrs. Michelson! Um Gotteswillen, verlassen Sie mich nicht!«

»Ehe ich noch ein Wort der Erwiderung sagen konnte, war sie schon draußen im Corridor und sprach mit ihrem Gemahl.

»Was soll dies bedeuten, Sir Percival! Ich bestehe darauf – ich bitte und flehe Sie an, mir zu sagen, was es bedeuten soll!«

»Es bedeutet,« entgegnete er, »daß Miß Halcombe gestern Morgen wohl genug war, um aufzusitzen und sich ankleiden zu lassen, und daß sie darauf bestand, die Gelegenheit zu benutzen und Fosco nach London zu begleiten.«

»Nach London!«

»Ja, auf der Durchreise nach Limmeridge!«

Lady Glyde wandte sich zu mir.

»Sie sahen Miß Halcombe zuletzt,« sagte sie. »Fanden Sie, daß sie aussah, als ob sie im Stande sein würde, in vierundzwanzig Stunden eine Reise anzutreten?«

» *Meiner* Ansicht nach nicht, Mylady.« Sir Percival wandte sich jetzt seinerseits ebenfalls zu mir.

»Haben Sie, ehe Sie abreisten,« sagte er, »zu der Wärterin geäußert, Miß Halcombe sehe weit wohler aus, oder haben Sie das nicht gesagt?«

»Die Bemerkung habe ich allerdings gethan, Sir Percival.

Er wandte sich wieder zu Mylady.

»Vergleiche die eine von Mrs. Michelson's Ansichten ruhig mit der anderen,« sagte er, »und versuche, vernünftig und klar über die Sache zu denken. Glaubst du, daß, falls sie nicht wohl genug gewesen wäre, wir riskirt hatten, sie reisen zu lassen? Sie hat drei zuverlässige Leute um sich – Fosco, deine Tante und Mrs. Rubelle, die ausdrücklich zu dem Zwecke mitreiste. Sie nahmen ein ganzes Coupé und machten auf dem einen langen Sitze ein Lager für sie, falls sie sich vom Aufsitzen ermüdet fühlen sollte. Heute setzen Fosco und Mrs. Rubelle mit ihr die Reise nach Cumberland fort.«

»Warum geht Marianne nach Limmeridge und läßt mich hier allein?« sagte Mylady.

»Weil dein Onkel dich nicht aufnehmen will, ohne vorher mit deiner Schwester gesprochen zu haben,« entgegnete er. »Hast du den Brief vergessen, den er ihr zu Anfang ihrer Krankheit schrieb? Man zeigte ihn dir doch – du lasest ihn und solltest dich dessen entsinnen.«

»Ich erinnere mich.«

»Warum wunderst du dich dann darüber, daß sie dich verlassen hat? Dich verlangt's, nach Limmeridge zurückzukehren, und deine Schwester ist hingereist, um dir deines Onkels Erlaubnis hiezu nach seinen eigenen Bedingungen zu verschaffen.«

Die Augen der armen Lady Glyde füllten sich mit Thränen.

»Marianne hat mich noch niemals verlassen,« sagte sie, »ohne mir Lebewohl zu sagen.«

»Sie würde dir auch diesmal Lebewohl gesagt haben,« entgegnete Sir Percival, »hätte sie nicht für dich und für sich selbst gefürchtet. Sie wußte, daß du suchen würdest, sie zurückzuhalten und daß du sie durch Thränen betrüben würdest. Hast du sonst noch Einwendungen zu machen? Dann mußt du hinunter kommen und mir deine Fragen im Eßzimmer vorlegen. Diese ewigen Quälereien langweilen mich. Ich muß ein Glas Wein haben.«

Er verließ uns plötzlich.

Seine Manier während dieser ganzen seltsamen Unterhaltung war vollkommen verschieden gewesen von dem, was sie gewöhnlich war. Er schien alle Augenblicke fast ebenso aufgeregt und ängstlich, wie seine Gemahlin selbst. Ich hätte mir nimmer gedacht, daß er so leicht außer Fassung zu bringen gewesen wäre.

Ich versuchte Lady Glyde zu überreden, in ihr Zimmer zurückzukehren; doch war dies nutzlos. Sie blieb im Vorsaale stehen und hatte das Aussehen, als ob sie von einem panischen Schrecken ergriffen sei.

»Es ist meiner Schwester etwas zugestoßen!« sagte sie.

»Bitte, bedenken Sie, Mylady, welche erstaunliche Energie Miß Halcombe besitzt,« sagte ich. »Sie ist wohl im Stande, eine Anstrengung zu machen, der andere Damen in ihrer Lage nicht gewachsen wären.«

»Ich muß Mariannen nachreisen,« sagte Mylady mit demselben erschrockenen Blicke. »Ich muß mit meinen eigenen Augen sehen, daß sie gesund ist. Kommen Sie! Kommen Sie mit mir zu Sir Percival hinunter.«

Ich zögerte, aus Furcht, daß meine Gegenwart als eine Zudringlichkeit angesehen werden mochte; ich wagte Mylady dies vorzustellen, aber sie war taub gegen mich. Sie hielt meinen Arm fest genug, um mich zu zwingen, sie hinunter zu begleiten, und hing sich mit all der wenigen Kraft, die ihr noch blieb, an mich, als ich die Thür des Eßzimmers für sie öffnete.

Sir Percival saß am Tische vor einer Caraffe Wein. Als wir eintraten, führte er das Glas an seine Lippen und leerte es in einem Zuge. Da ich bemerkte, daß er mich zornig anblickte, indem er es wieder niedersetzte, versuchte ich, eine Entschuldigung für meine Anwesenheit im Zimmer zu machen.

»Denken Sie etwa, daß hier Geheimnisse vorgehen?« rief er plötzlich aus, »da irren Sie sich – es ist hier nichts, das Ihnen oder sonst irgend Jemandem verhehlt würde.« Nachdem er diese seltsamen Worte mit lauter, strenger Stimme ausgesprochen, fragte er Lady Glyde, was sie von ihm wolle.

»Wenn meine Schwester im Stande ist, zu reisen, so bin ich es ebenfalls,« sagte Mylady mit größerer Festigkeit, als sie noch bisher gezeigt hatte. Ich bitte dich, mir zu erlauben, ihr sofort mit dem Nachmittagszuge nachzureisen.«

»Du wirst bis morgen warten müssen,« entgegnete Sir Percival, »und dann, wenn ich dich nicht vom Gegentheil unterrichte, kannst du reisen. Ich will deshalb mit der Abendpost an Fosco schreiben.«

»Wozu wolltest du an Graf Fosco schreiben?« frug sie im größten Erstaunen.

»Um ihm zu sagen, daß er dich mit dem Mittagszugs erwarten möge,« sagte Sir Percival. »Er wird dich an der Station empfangen und dich von da mitnehmen, damit du die Nacht im Hause deiner Tante in St. John's Wood schläfst.«

Lady Glyde's Hand fing heftig auf meinem Arme zu zittern an – ich begriff nicht warum.

»Es ist nicht nöthig, daß Graf Fosco mich auf der Station abholt,« sagte sie, »ich will die Nacht lieber in London bleiben.«

»Du kannst die ganze Reise nach Cumberland nicht in einem Tage machen, und ich will nicht, daß du allein in ein Hotel gehst. Fosco hat deinem Onkel das Anerbieten gemacht, dich in seinem Hause zu empfangen, und dein Onkel hat es angenommen. Da, da ist ein Brief von ihm an dich. Ich hätte ihn dir heute Morgen hinaufschicken sollen, aber ich vergaß es. Lies ihn und sieh, was Mr. Fairlie selbst dir darüber schreibt.«

Lady Glyde blickte den Brief einen Augenblick an und reichte ihn dann mir hin.

»Lesen Sie ihn,« sagte sie mit matter Stimme, »ich weiß nicht, was mir fehlt – ich kann ihn nicht selbst lesen.«

Das Billett war so kurz und theilnahmlos, daß ich darüber erstaunte. Falls mich mein Gedächtnis nicht täuscht, enthielt es nichts als folgende Worte:

»Liebste Laura – bitte, komm, sobald es dir gefällt, verkürze die Reise, indem du in London im Hause deiner Tante schläfst. Bedaure zu hören, daß die gute Marianne krank ist. Herzlich der deine, Frederick *Fairlie*.«

»Ich möchte lieber nicht dorthin gehen – ich möchte die Nacht lieber in London bleiben,« sagte Mylady eifrig. »Schreibe nicht an Graf Fosco! Bitte, bitte schreibe nicht an ihn!«

Sir Percival nahm nochmals die Weincaraffe zur Hand und füllte sein Glas, aber mit solchem Ungeschick, daß er es umstieß und den Wein über den Tisch hingoß. Er stellte das Glas wieder auf, füllte es und leerte es mit *einem* Zuge. Ich begann, nach seinem Wesen und Aussehen, zu fürchten, daß ihm der Wein zu Kopf steige.

»Bitte, schreibe nicht an Graf Fosco,« bat Lady Glyde dringender denn je.

»Ich möchte wissen, warum nicht!« rief Sir Percival mit einem plötzlichen Zornesausbruchs aus, der uns Beide erschreckte, »wo kannst du wohl mit größerer Schicklichkeit die Nacht in London zubringen, als in dem Hause deiner Tante? Frage Mrs. Michelson.«

Das vorgeschlagene Arrangement war so ohne Frage das richtigste und passendste, daß ich durchaus nichts dagegen einwenden konnte. So sehr ich auch in anderen Beziehungen mit Lady Glyde sympatisirte, ihre ungerechten Vorurtheile gegen Graf Fosco konnte ich nicht theilen. Weder das Billett ihres Onkels noch Sir Percivals zunehmende Ungeduld schienen den geringsten Eindruck auf sie zu machen. Sie weigerte sich immer wieder, die Nacht in London zu bleiben und wiederholte ihre Bitten an ihren Gemahl, doch nicht an den Grafen Fosco zu schreiben.

»Hör' auf!« sagte Sir Percival, indem er uns unhöflich den Rücken zuwandte. »Ich habe es nun einmal so bestimmt und damit Punctum. Du sollst bloß thun, was Miß Halcombe bereits vor dir gethan –«

»Marianne!« wiederholte Mylady in verwirrtem Erstaunen, »Marianne hätte in Graf Fosco's Hause die Nacht zugebracht?!«

»Ja, sie schlief dort vergangene Nacht, um nicht die ganze Reise mit einem Male zu machen. Und du sollst ihrem Beispiele folgen und thun, was dein Onkel dir sagt. Du sollst morgen Abend in Fosco's Hause ausruhen, um die Reise zu verkürzen, wie deine Schwester gethan hat. Mache mir nicht zu viele Einwendungen, oder du wirst es noch dahin bringen, daß ich es bereue, dich überhaupt fortzulassen!«

Er sprang auf und ging schnell durch die offene Glasthür auf die Veranda hinaus.

Sobald wir Beide wieder oben angelangt waren, that ich mein Möglichstes, um Mylady zu beruhigen. Ich erinnerte sie daran, daß Mr. Fairlie's Briefe an Miß Halcombe das vorgeschriebene Verfahren nothwendig machten. Sie stimmte hierin mit mir überein und gab sogar zu, daß beide Briefe genau in dem eigenthümlichen Geiste ihres Onkels geschrieben seien – aber ihre Sorge um Miß Halcombe und ihre unbegreifliche Angst vor einer Nacht in Graf Fosco's Hause in London blieben ungeachtet all meiner dringenden Gegenvorstellungen, dieselben. Ich hielt es für meine Pflicht, gegen Lady Glyde's ungünstige Meinung von Sr. Gnaden zu protestiren.

»Mylady werden mir verzeihen, daß ich mir die Freiheit nehme,« bemerkte ich zum Schlusse, »aber des Grafen unausgesetzte Güte und Aufmerksamkeit gleich vom Anfang von Miß Halcombe's Krankheit an verdienen wirklich unser ganzes Zutrauen und die größte Achtung. Selbst Sr. Gnaden ernstliche Entzweiung mit Mr. Dawson war ganz und gar seiner Sorge um Miß Halcombe zuzuschreiben.«

»Welche Entzweiung?« frug Mylady mit einem plötzlichen Ausdrucke des Interesses.

Ich theilte ihr die unglücklichen Umstände mit, unter welchen Mr. Dawson sich zurückgezogen hatte.

Mylady stand heftig und allem Anscheine nach durch das, was ich ihr erzählt, doppelt beunruhigt auf.

»Dies ist schlimmer noch, als ich gedacht hatte!« sagte sie, indem sie in höchster Bestürzung im Zimmer auf und ab ging. »Der Graf wußte, daß Mr. Dawson nimmermehr in Mariannes Reise willigen würde, und beleidigte ihn absichtlich, um ihn aus dem Hause zu schaffen.«

»O Mylady! Mylady!« sagte ich in vorstellendem Tone.

»Mrs. Michelson!« fuhr sie heftig fort, »keine Worte werden mich überzeugen, daß meine Schwester sich mit ihrer Zustimmung im Hause und in der Gewalt jenes Mannes befindet. Mein Entsetzen vor ihm ist der Art, daß nichts, was Sir Percival sagen oder mein Onkel schreiben konnte, mich bewegen sollte – falls ich bloß meine eigenen Gefühle zu berücksichtigen hätte – unter seinem Dache zu schlafen. Aber meine Angst der Ungewißheit um Mariannen gibt mir den Muth, ihr zu folgen, wohin es auch sei – ja selbst bis in Graf Fosco's Haus.«

Ich hielt es hier für recht zu erwähnen, daß Miß Halcombe nach Sir Percivals Angabe bereits nach Cumberland abgereist sein müsse.

»Ich wage es nicht zu glauben!« entgegnete Mylady. »Ich fürchte, sie ist noch immer in jenes Mannes Hause. Falls ich mich täusche – falls sie wirklich schon auf dem Wege nach Limmeridge ist – bin ich entschlossen, morgen Nacht nicht unter Graf Fosco's Dache zu schlafen. Die liebste Freundin, die ich, nächst meiner Schwester, in der Welt besitze, wohnt nahe bei London. Sie haben mich und Miß Halcombe doch von Mrs. Vesey sprechen hören? Ich werde an sie schreiben und ihr sagen, daß ich die Nacht in ihrem Hause zubringen will. Ich weiß nicht, wie ich dem Grafen ausweichen soll, aber zu ihr will ich fliehen, sollte meine Schwester bereits nach Cumberland abgereist sein. Alles, worum ich Sie bitte, ist, daß sie Sorge tragen, daß mein Brief an Mrs. Vesey sicher heute Abend nach London abgeht. Ich habe Grund, mich nicht auf die Posttasche zu verlassen. wollen sie mein Geheimnis bewahren und mir hierin helfen? Es wird vielleicht die letzte Gefälligkeit sein, um die ich sie je ersuchen werde.«

Ich zögerte, ich fürchtete beinahe, daß Myladys Geist durch die kürzlich ausgestandenen Sorgen und Leiden ein wenig zerrüttet sei. Doch endete ich damit, daß ich auf eigene Gefahr hin einwilligte. Ich danke Gott – wenn ich bedenke, was sich später ereignete – ich danke Gott, daß ich Lady Glyde weder diesen noch irgend einen anderen Wunsch versagte, den sie während dieses letzten Tages ihres Aufenthaltes in Blackwater Park aussprach.

Sie schrieb den Brief und übergab ihn mir. Abends trug ich ihn selbst in's Dorf und that ihn in den Briefkasten.

Wir hatten während des ganzen übrigen Tages Sir Percival nicht wieder zu Gesicht bekommen. Ich schlief auf Lady Glyde's Wunsch in dem Zimmer neben dem ihrigen, und die Thür zwischen beiden Zimmern blieb offen stehen. Mylady blieb spät auf, indem sie beschäftigt war, Briefe zu lesen und zu verbrennen und aus ihren Auszügen und Schränkchen kleine Gegenstände, die ihr Werth waren, herauszunehmen, als ob sie nicht erwarte, je nach Blackwater Park zurückzukehren. Ihr Schlaf war sehr unruhig: sie schrie mehrere Male laut auf. Ich war sehr bekümmert um sie.

Der folgende Tag war schön und sonnenhell. Sir Percival kam nach dem Frühstück zu uns herauf und benachrichtigte uns, daß der Wagen um ein Viertel vor zwölf Uhr vor der Thür sein werde – der Zug, mit dem wir nach London gehen wollen, hielt zwanzig Minuten nach zwölf bei unserer Station an. Er sagte, er sei genöthigt, auszugehen, fügte aber hinzu, daß er vor ihrer Abreise zurück zu sein hoffe. Falls er aber durch irgend einen Zufall hieran verhindert würde, so sollte ich sie nach der Station begleiten. Sir Percival gab uns diese Instruction, indem er sehr hastig sprach und fortwährend aufgeregt im Zimmer auf und ab ging. Mylady blickte ihm aufmerksam nach, wohin er ging. Er sah sie nicht ein einziges Mal an.

Sie hielt ihn zurück, als er aus der Thür gehen wollte, indem sie ihm die Hand hinreichte.

»Ich werde dich nicht mehr sehen,« sagte sie sehr deutlich; »hier scheiden wir – vielleicht auf immer, willst du versuchen, mir zu vergeben, Percival, so von Herzen, wie ich dir vergebe?«

Es zog sich eine furchtbare Blässe über sein Gesicht, und große Schweißperlen standen ihm auf der kahlen Stirn. »Ich werde zurückkommen,« sagte er und eilte nach der Thür, als ob die Worte seiner Frau ihn hinausgesagt hätten.

Ich wollte der armen Dame ein paar trostreiche, christliche Worte sagen, aber es lag etwas in ihrem Gesichte, als sie ihrem Manne nachblickte, bis er die Thür hinter sich geschlossen hatte, das mich umstimmte und zu schweigen bewog.

Zur bestimmten Zeit fuhr der Wagen vor. Mylady hatte Recht: Sir Percival kam nicht zurück.

Es ruhte keine Verantwortlichkeit auf mir und doch war ich unruhigen Geistes. »Es ist doch Myladys freier Wille,« sagte ich, als wir durch das Thor fuhren, »daß Sie jetzt nach London reisen?«

»Ich würde hingehen, wohin man wollte, um die furchtbare Ungewißheit zu enden, die ich in diesem Augenblicke erdulde!« entgegnete sie.

Sie hatte es dahin gebracht, daß ich fast ebenso unruhig und besorgt um Miß Halcombe geworden, wie sie selbst. Ich wagte, sie um eine Zeile der Nachricht zu bitten, falls in London Alles gut ginge. Sie antwortete:

»Sehr gern, Mrs. Michelson.«

»Ich fürchte, Mylady schliefen schlecht in der Nacht,« bemerkte ich nach einer kleinen Weile. »Ja,« sagte sie, »ich wurde durch furchtbare Träume gestört.« »Wirklich, Mylady?« Ich dachte, sie sei im Begriffe, mir ihre Träume zu erzählen; aber nein; als sie das nächste Mal wieder sprach, war es, um eine Frage zu thun. »Haben Sie den Brief an Mrs. Vesey mit eigener Hand in die Post gethan?«

»Ja Mylady«.

»Sagte Sir Percival gestern, daß der Graf Fosco mich an der Station in London empfangen werde?«

»Ja, Mylady.«

Sie seufzte schwer auf, als ich diese letzte Antwort gab, und sagte nichts weiter.

Wir kamen kaum zwei Minuten vor Abgang des Zuges auf der Station an. Der Gärtner, welcher uns gefahren hatte, sah nach dem Gepäcke, während ich Myladys Billett besorgte. Es wurde bereits zur Abfahrt gepfiffen, als ich zu Mylady auf den Perron zurückkehrte. Sie sah sehr seltsam aus und preßte plötzlich die Hand auf's

Herz, wie wenn sie ein heftiger Schmerz oder Schreck durchfahren hätte.

»Ich wollte, Sie kämen mit mir!« sagte sie, mich hastig beim Arme ergreifend, als ich ihr das Billett übergab.

Wäre noch Zeit dazu gewesen und hätte ich den Tag vorher gefühlt, was ich jetzt fühle, so würde ich meine Vorbereitungen getroffen haben, um sie zu begleiten, selbst wenn ich dadurch genöthigt worden wäre, Sir Percival auf der Stelle meine Dienste aufzukündigen. So aber wurden ihre Wünsche mir zu spät bekannt, um ihnen zu willfahren. Sie schien dies selbst einzusehen und wiederholte ihren Wunsch nicht. Der Zug hielt vor dem Perron. Sie gab dem Gärtner, ehe sie in den Waggon stieg, ein Geschenk für seine Kinder und reichte mir auf ihre einfache, herzliche Weise die Hand.

»Sie sind sehr freundlich gegen mich und meine Schwester gewesen,« sagte sie, »sehr freundlich, da wir Beide freundlos waren. Ich werde mich ihrer dankbar erinnern, solange ich mich noch an irgend etwas werde erinnern können. – Adieu – und Gott segne Sie!«

Sie sprach diese Worte in einem Tone und mit einem Blicke, daß mir darüber die Thränen in die Augen traten – sie sprach sie, als ob sie mir auf immer Lebewohl sagte.

Sie schauderte zusammen, als sie sich in den Wagen setzte. Der Schaffner schloß die Thür. »Glauben sie an Träume?« flüsterte sie mir durch's Fenster zu. »Meine Träume in der vorigen Nacht waren solche, wie ich sie noch nie gehabt habe und das Entsetzen derselben verfolgt mich noch immer.«

Es wurde gepfiffen, ehe ich noch etwas erwidern konnte, und der Zug setzte sich in Bewegung. Ihr weißes, ruhiges Gesicht sah mich an – schaute mich noch einmal durch's Fenster kummervoll und feierlich an – sie winkte mit der Hand – und ich sah sie nicht mehr.

Gegen fünf Uhr an demselben Nachmittage machte ich einen kleinen Gang durch den Garten. Sir Percival war, soviel mir bekannt, noch nicht zurückgekehrt, und ich brauchte daher keinen Anstand zu nehmen, mich in den Parkanlagen sehen zu lassen.

Als ich um die Ecke des Hauses bog und den Garten sehen konnte, war ich überrascht, eine fremde Person darin spazierengehen zu sehen. Es war eine Frau, die langsam, den Rücken mir zugewendet, dem Pfade entlang ging und Blumen pflückte.

Als ich näher herankam, hörte sie mich und wandte sich um.

Mein Blut erstarrte mir in meinen Adern. Die fremde Person im Garten war Mrs. Rubelle.

Ich konnte mich weder rühren noch sprechen. Sie trat so gelassen, wie immer, mit den Blumen in der Hand zu mir heran.

»Was gibt es, Madame?« frug sie ganz ruhig.

»Sie hier?« sagte ich mühsam. »Nicht in London! Nicht in Cumberland?«

Mrs. Rubelle athmete mit einem Lächeln maliciösen Mitleids den Duft ihrer Blumen ein.

»Gewiß nicht,« sagte sie. »Ich habe Blackwater Park keinen Augenblick verlassen.«

Ich sammelte Muth und Athem zu einer zweiten Frage.

»Wo ist Miß Halcombe?«

Mrs. Rubelle lachte mir diesmal gerade in's Gesicht und antwortete:

»Miß Halcombe, Madame, hat Blackwater Park ebenfalls nicht verlassen.«

Miß Halcombe hatte Blackwater Park nicht verlassen!

Als ich diese Worte hörte, hätte ich gern die sauren Ersparnisse von vielen Jahren darum gegeben, wenn ich vier Stunden früher gewußt hätte, was ich jetzt wußte.

Mrs. Rubelle stand ruhig da und machte sich mit ihren Blumen zu schaffen, als ob sie erwarte, daß ich etwas sagen werde.

Ich konnte nichts sagen. Ich dachte an Lady Glyde's erschöpfte Kräfte und schwache Gesundheit und zitterte bei dem Gedanken an den Augenblick, wo der Schlag dieser Entdeckung auf sie fallen würde. Meine Befürchtungen für die gute Dame ließen mich ein paar Minuten völlig verstummen. Nach Verlauf derselben blickte Mrs. Rubelle seitwärts von ihren Blumen auf und sagte: »Hier kommt Sir Percival von seinem Ritte zurück, Madame.«

Er kam auf uns zu, indem er grimmig mit der Reitpeitsche in die Blumen hieb. Als er nahe genug herangekommen war, um mein Gesicht zu sehen, stand er still, schlug mit der Peitsche an seine Stiefeln und brach in ein rauhes, widriges Lachen aus.

»Nun, Mrs. Michelson,« sagte er, »sind Sie endlich dahinter gekommen?«

Ich erwiderte nichts, und er wandte sich gegen Mrs. Rubelle.

»Wann ließen Sie sich im Garten sehen?«

»Vor ungefähr einer halben Stunde, Sir. Sie sagten, ich könne meine Freiheit haben, sobald Lady Glyde nach London abgereist ist.

»Ganz recht.« Er wandte sich dann wieder zu mir. »Sie können's nicht glauben, wie?« sagte er spöttisch. »Hier! kommen Sie mit und sehen Sie es selbst.«

Er ging voran bis zur Vorderseite des Hauses. Ich folgte ihm und Mrs. Rubelle mir. Nachdem wir durch die eisernen Thore gegangen, stand er still und wies mit der peitsche auf das unbewohnte Centrum des Gebäudes.

»Da!« sagte er, »sehen Sie nach den Fenstern der ersten Etage hinauf. Sie wissen die alten Elisabethischen Schlafzimmer? Miß Halcombe befindet sich in diesem Augenblicke sicher und gemüthlich in dem besten derselben. Führen Sie sie hinein, Mrs. Rubelle, (Sie haben doch Ihren Schlüssel?) führen Sie Mrs. Michelson hinein, damit ihre eigenen Augen sie überzeugen, daß diesmal keine Täuschung stattfindet.«

Der Ton, in welchem er zu mir sprach, und die wenigen Minuten, die verflossen waren, seit wir den Garten verlassen, halfen mir, mich wieder zu sammeln. Da ich die Grundsätze und Erziehung einer gebildeten Dame besaß, konnte ich natürlich über mein weiteres Verhalten keinen Augenblick im Zweifel sein. Meine Pflicht gegen mich selbst wie gegen Lady Glyde verboten mir, im Dienste eines Mannes zu bleiben, der uns Beide auf so schnöde Weise hintergangen hatte.

»Ich muß um Erlaubnis bitten, Sir Percival,« sagte ich, »ein paar Worte allein mit Ihnen sprechen zu dürfen. Ich werde danach bereit sein, mit dieser Frau zu Miß Halcombe zu gehen.«

Mrs. Rubelle, auf welche ich mit einer leichten Kopfbewegung hingedeutet hatte, ging mit ihrer gewohnten Gelassenheit der Hausthür zu.

»Nun,« sagte Sir Percival scharf, »was gibt's jetzt?«

»Ich wünsche Ihnen anzukündigen, Sir, daß ich das Amt, welches ich augenblicklich in Blackwater Park bekleide, hiemit niederlege.«

Er betrachtete mich mit einem seiner finstersten Blicke und fuhr wüthend mit den Händen in die Taschen seines Reitrockes.

»Warum?« sagte er, »ich möchte wissen, warum?«

»Es steht mir nicht zu, Sir Percival, eine Meinung über das abzugeben, was sich in diesem Hause zugetragen hat. Ich wünsche Niemanden zu beleidigen, sondern bloß zu bemerken, daß ich es nicht mit meiner Pflicht gegen Lady Glyde und gegen mich selbst vereinbar halte, länger in Ihren Diensten zu bleiben.«

»Ist es mit Ihrer Pflicht gegen mich vereinbar, dazustehen und geradezu Verdacht auf mich zu werfen?« schrie er auf seine allerheftigste Art. »Ich seh' schon, wo Sie hinaus wollen. Sie haben sich Ihre eigene gemeine, hinterlistige Ansicht über eine unschuldige Täuschung gebildet, die zu ihrem eigenen Besten gegen Lady Glyde begangen worden. Es war durchaus nothwendig für ihre Gesundheit, daß sie sofort eine Luftveränderung genösse – und Sie wissen so gut wie ich, daß sie nimmer gegangen wäre, solange sie Miß Halcombe noch hier wußte. Sie ist zu ihrem eigenen Besten getäuscht worden, und Jeder mag das wissen. Gehen Sie, wenn Sie wollen, aber nehmen Sie sich in Acht, wie Sie mich und meine Angelegenheiten verlästern, sobald Sie einmal aus meinem Dienste sind. Sagen Sie die Wahrheit und nichts als die Wahrheit, oder es soll Ihnen schlimm ergehen! Sehen Sie Miß Halcombe selbst und überzeugen Sie sich, ob sie nicht in dem einen Theile des Hauses so gute Pflege genossen hat, wie in dem anderen. Denken Sie an des Doctors eigene Worte, daß Lady Glyde sobald wie möglich eine Luftveränderung genießen müsse. Denken Sie an alles dies und dann wagen Sie es, etwas gegen mich und mein Verfahren zu sagen!«

Er entlud sich dieser Worte mit einer wahren Wuth, wobei er auf und ab ging und mit der peitsche in der Luft umher hieb.

Doch konnte nichts, was er sagte, meine Meinung über die Reihe abscheulicher Unwahrheiten schwankend machen, welche er am gestrigen Tage in meiner Gegenwart gesprochen, noch in meinen Gefühlen über die grausame Täuschung, durch welche er Lady Glyde von ihrer Schwester getrennt hatte, eine Aenderung bewirken. Ich behielt diese Gedanken natürlich für mich, aber ich war entschlossen, meine ausgesprochene Absicht auszuführen.

»Solange ich in Ihren Diensten bin, Sir Percival,« sagte ich, »hoffe ich hinlänglich meine Pflicht zu kennen, um mich nicht um Ihre Beweggründe zu bekümmern. Sobald ich aber Ihren Dienst verlassen haben werde, denke ich meine Stellung gut genug zu kennen, um nicht über Dinge zu sprechen, die mich nichts angehen –«

»Wann wollen Sie fort?« unterbrach er mich.

»Ich möchte gehen, sobald es Ihnen nur paßte, Sir Percival.«

»Ich werde morgen Früh das Haus ganz und gar verlassen und kann heute Abend mit Ihnen abschließen. Falls Sie auf irgend Jemanden Rücksichten zu nehmen wünschen, so können Sie es für Miß Halcombe thun. Mrs. Rubelle's Zeit ist heute abgelaufen und sie hat Ursache, zu wünschen, schon heute Abend in London zu sein. Falls Sie gleich abgehen, so wird kein lebendes Wesen da sein, um nach Miß Halcombe zu sehen.«

Ich hoffe, es ist unnöthig zu sagen, daß es nicht in meiner Natur lag, Lady Glyde und Miß Halcombe in einer Lage zu verlassen, wie die, in der sie sich jetzt befanden. Nachdem ich mir erst entschieden von Sir Percival die Versicherung hatte geben lassen, daß Mrs. Rubelle sofort abreisen werde, falls ich ihre Stelle übernähme und ferner seine Erlaubnis erhalten, Mr. Dawson zu seiner Patientin zurückzurufen, gab ich bereitwillig meine Zustimmung, in Blackwater Park zu bleiben, bis Miß Halcombe meiner Dienste nicht länger bedürfen würde. Es wurde ausgemacht, daß ich Sir Percivals Advocaten eine Woche vorher davon benachrichtigte, sobald ich fortzugehen wünschte, und daß derselbe die nothwendigen Anstalten treffen solle, eins Stellvertreterin für mich einzusetzen.

Sir Percival, schon im Begriffe zu gehen, wandte sich noch einmal nach mir um.

»Weshalb verlassen Sie meinen Dienst?« fragte er. Diese Frage war nach dem, was soeben zwischen uns vorgegangen, so merkwürdig, daß ich kaum wußte, was ich darauf erwidern sollte.

»Denken Sie an dies: ich weiß es nicht, weshalb Sie fortgehen«, fuhr er fort. »Sie werden aber vermutlich einen Grund dafür angeben müssen, wenn Sie eine neue Stelle antreten wollen. Was ist Ihr Grund? Das Auseinandergehen der Familie? Ist es das?«

»Ich habe nichts Entschiedenes dagegen, Sir Percival, dies als den Grund –«

»Schon gut! Das ist alles, was ich wissen wollte. Wenn man sich also bei Ihnen erkundigt, so ist das der Grund, den Sie selbst dafür angegeben haben. Sie gehen ab in Folge des Auseinandergehens der Familie.«

Er wandte sich wieder um, ehe ich noch ein Wort erwidern konnte und ging mit schnellen Schritten, den Anlagen zu. Sein Wesen war ebenso sonderbar wie seine Reden.

»Selbst Mrs. Rubelle's Geduld war erschöpft, als ich mich an der Hausthür zu ihr gesellte.

»Endlich!« sagte sie, indem sie mit ihren mageren Achseln zuckte. Sie ging voran in den bewohnten Theil des Hauses, dann die Treppe hinauf und öffnete mit ihrem Schlüssel die Thür am Ende des Corridors, welcher zu den alten Elisabethischen Zimmern führte – eine Thür, die noch nie geöffnet worden, solange ich in Blackwater Park gewesen. Die Zimmer selbst waren mir wohl bekannt, da ich sie zu verschiedenen Gelegenheiten von der anderen Seite des Hauses aus betreten hatte. Mrs. Rubelle stand an der dritten Thür in der alten Gallerie still, überreichte mir den Schlüssel zu derselben sowie den Schlüssel zur Verbindungsthür und sagte mir, ich würde Miß Halcombe in diesem Zimmer finden. Ehe ich hineinging, erachtete ich es als zweckmäßig, ihr zu verstehen zu gebe», daß man ihrer Aufwartung nicht mehr bedürfe, und benachrichtigte sie mit wenigen kurzen Worten, daß die Pflege der kranken Dame hinfort gänzlich mir anheimfalle.

»Ich freue mich es zu hören, Madame,« sagte Mrs. Rubelle. »Ich sehne mich sehr danach, zu gehen.«

»Werden sie heute abreisen?« fragte ich, um meiner Sache gewiß zu sein.

»Jetzt, da Sie die Pflege übernommen haben, Madame, werde ich in einer halben Stunde den Ort verlassen. Sir Percival hat die Güte gehabt, den Wagen und den Gärtner zu meiner Disposition zu stellen. Ich werde ihrer in einer halben Stunde bedürfen, um nach der Station zu fahren. Ich habe in Erwartung dessen bereits eingepackt. Ich wünsche Ihnen einen guten Tag, Madame.«

Sie machte einen flinken Knix und ging die Gallerie entlang, wobei sie eine Melodie vor sich hinsummte. Ich sage es mit aufrichtiger Dankbarkeit, daß dies das letzte war, was ich von Mrs. Rubelle sah.

Als ich in's Zimmer trat, fand ich, daß Miß Halcombe schlief. Ich betrachtete sie mit Besorgnis, während sie in dem finsteren, hohen, altmodischen Bette dalag. Jedenfalls hatte sich ihr Zustand, dem Aussehen nach zu urtheilen, nicht verschlimmert, seit ich sie zuletzt gesehen, und ich muß zugeben, daß, soviel ich sehen konnte, man sie nicht vernachlässigt hatte. Das Zimmer war traurig, staubig und finster; aber das Fenster (welches auf den einsamen Hof an der Hinterseite des Hauses hinausging) war geöffnet, um die frische Luft einzulassen, und Alles, was geschehen konnte, um die Stube wohnlich zu machen, war gethan worden. Die ganze Grausamkeit des von Sir Percival ausgeübten Betruges war auf die arme Lady Glyde gefallen. Das Einzige, worin er oder Mrs. Rubelle Miß Halcombe schlecht behandelt, war, soviel ich bemerken konnte, der Umstand, daß sie dieselbe versteckt hatten.

Ich schlich mich wieder hinaus, während die kranke Dame noch in sanftem Schlummer lag, um dem Gärtner meine Weisungen zu geben. Ich bat ihn, nachdem er Mrs. Rubelle werde nach der Station gebracht haben, bei Mr. Dawson vorzufahren und ihn mit meiner Empfehlung zu bitten, zu mir zu kommen. Ich wußte, daß er *meinet* wegen kommen würde, sobald er erfuhr, das Graf Fosco das Haus verlassen.

Im Verlaufe der Zeit kehrte der Gärtner zurück und sagte, der Doctor befinde sich selbst nicht wohl, wolle aber womöglich am folgenden Morgen zu mir kommen.

Als er seine Botschaft ausgerichtet, war er im Begriffe zu gehen, aber ich hielt ihn zurück, um ihn zu bitten, die Nacht in einem der leeren Schlafzimmer zu wachen, damit ich ihn rufen könne, falls irgend etwas vorfallen sollte. Er begriff vollkommen, wie ungern ich die ganze Nacht allein in diesem einsamsten Theile des verlassenen Hauses zubringen würde, und willigte bereitwillig ein, zwischen acht und neun Uhr wiederzukommen. Er kam pünktlich, und ich hatte alle Ursache, mir zu der Vorsicht Glück zu wünschen, die mich ihn hatte bestellen lassen. Noch vor Mitternacht brach Sir Percivals seltsame Wuth auf die heftigste und beunruhigendste Weise aus und wäre nicht der Gärtner da gewesen, um ihn zu besänftigen, fürchte ich mich, zu denken, was hätte geschehen können.

Er war während des ganzen Nachmittags und Abends mit unstetem, aufgeregtem Wesen im Hause und im Garten umhergewandert, nachdem er, wie mir's schien, bei seinem einsamen Diner eine übermäßige Menge Wein getrunken. Ich hörte seine Stimme im neuen Flügel des Hauses laut und zornig ausrufen, als ich, gerade, ehe ich zu Bett gehen wollte, einen Gang durch die Gallerie machte. Der Gärtner lief augenblicklich zu ihm hinunter, und ich schloß schnell die Verbindungsthür, damit der Lärm nicht bis zu Miß Halcombe dringen und sie wecken möge. Es währte eine gute halbe Stunde, ehe der Gärtner zurückkam. Er meinte, sein Herr sei gänzlich von Sinnen – nicht durch die Aufregung vom Weine, wie ich vermuthet hatte, sondern durch eine Art Furcht oder Geistesangst, die wir uns auf keine Weise erklären konnten. Er hatte Sir Percival in dem Flur gefunden, wo er heftig auf und ab ging, indem er mit jedem Anzeichen der leidenschaftlichsten Wuth schwor, er wolle keine Minute länger in einem solchen alten Kerker, wie es sein eigenes Haus sei, bleiben und die erste Station seiner Reise sofort mitten in der Nacht antreten. Er hatte den Gärtner, als dieser sich ihm genähert, mit Flüchen und Drohungen hinausgetrieben und ihm befohlen, augenblicklich anzuspannen und den Wagen vor die Thür zu bringen. Eine Viertelstunde später war Sir Percival zu ihm in den Hof gekommen, auf den Wagen gesprungen und, indem er das Pferd zum Galop gepeitscht, sei er im Mondenlichte mit kreideweißem Gesichte davongefahren. Der Gärtner hatte dann gehört, wie er dem Parkthorhüter zugeschrieen und auf ihn geflucht hatte, weil er nicht schnell genug herausgekommen, um das Thor zu öffnen, und dann, wie die Räder im rasenden Laufe wieder weiter gerollt – worauf Alles still geworden – und weiter wußte er nichts.

Ein paar Tage später hatte der Stallknecht aus dem alten Wirthshause zu Knowlesbury – unserer nächsten Stadt – den Wagen wieder zurückgebracht. Sir Percival hatte dort angehalten und war später mit dem Bahnzuge weiter gereist – wohin, konnte der Mann uns nicht sagen. Sir Percival Glyde und ich sind einander nicht mehr begegnet, seit jener Nacht, wo er wie ein ausbrechender Uebelthater aus seinem eigenen Hause entfloh, und es ist mein inbrünstiges Gebet, daß wir einander auch nie wieder begegnen mögen.

Mein eigener Antheil an dieser traurigen Familiengeschichte naht jetzt seinem Ende.

Man hat mir gesagt, daß die Einzelheiten in Bezug auf Miß Halcombe's Erwachen und auf das, was sich zwischen uns zutrug, als sie mich an ihrem Bette sitzen fand, für den Zweck meiner gegenwärtigen Aussage nicht von Wichtigkeit sind. Es wird genügen, wenn ich hier erwähne, daß sie selbst sich der Art und Weise unbewußt war, auf welche man sie von dem bewohnten Theile des Hauses nach dem unbewohnten geschafft hatte. Sie mußte zur Zeit in einem tiefen Schlafe gewesen sein, ob derselbe aber ein natürlicher oder künstlich herbeigeführter, war sie nicht im Stande zu sagen, während meiner Abwesenheit in Torquay und der aller Diener vom Hause (mit Ausnahme von Margaret Porcher), war die heimliche Wegschaffung Miß Halcombe's von einem Theile des Hauses zum anderen bewerkstelligt worden. Mrs. Rubelle hatte (wie ich entdeckte, da ich mich im Zimmer umsah) Mundvorräthe und sonstige Erfordernisse, während der wenigen Tage ihrer Gefangenschaft mit der kranken Dame oben gehabt. Sie hatte sich geweigert, die Fragen zu beantworten, welche Miß Halcombe ihr natürlicherweise vorlegte, doch hatte sie die letztere in anderer Beziehung weder mit Unfreundlichkeit noch Vernachlässigung behandelt. Die Schande, sich zu einem so abscheulichen Betruge hergegeben zu haben, ist die einzige, welcher ich Mrs. Rubelle mit Gewissenhaftigkeit anklagen kann.

Man verlangt keine Einzelheiten von mir (und es ist dies eins große Erleichterung für mich) über die Wirkung der Nachricht von

Lady Glyde's Abreise auf Miß Halcombe oder der weit traurigeren Nachrichten, welche wir nur zu bald darauf in Blackwater Park erhielten. Ich bereitete sie in beiden Fällen so zart und sorgfältig wie möglich darauf vor, indem ich nur in dem letzteren den Rath des Arztes als Leitung hatte, da Mr. Dawson während mehrerer Tage zu unwohl gewesen, um zu kommen, als ich zu ihm geschickt. Es war eine traurige Zeit, an die zu denken mich noch jetzt betrübt. Die kostbaren Segnungen religiösen Trostes, durch welche ich Miß Halcombe aufzurichten suchte, wollten lange nicht bis in ihr Herz eindringen; aber ich hoffe und glaube, daß sie endlich doch Platz darin gefunden. Ich verließ sie nicht, bis sie völlig wiederhergestellt war. Der Zug, mit dem ich jenes unglückselige Haus verließ, war derselbe, der auch sie fortführte, wir trennten uns mit sehr traurigen Gefühlen in London. Ich ging zu einer Verwandten in Islington. und Miß Halcombe reiste nach Cumberland zu Mr. Fairlie.

Ich wünsche hiemit meine eigene feste Ueberzeugung auszusprechen, daß in den soeben von mir mitgetheilten Ereignissen durchaus kein Tadel irgend einer Art auf den Grafen Fosco fällt. Man sagt mir, daß ein furchtbarer Verdacht gehegt und über Sr. Gnaden Betragen sehr ernste Betrachtungen angestellt werden. Doch bleibt mein Glaube an des Grafen Unschuld völlig unerschüttert. Falls er sich mit Sir Percival vereinigte, um mich nach Torquay zu schicken, so that er dies in einem Irrthum befangen, für den er als Fremder nicht getadelt werden kann. Falls er dazu beitrug, daß Mrs. Rubelle nach Blackwater Park kam, so war es sein Unglück und nicht seine Schuld, wenn diese Ausländerin schlecht genug war, sich an einem Betruge zu betheiligen, den der Herr des Hauses erdachte und ausführte. Ich protestire im Interesse der Moralität dagegen, daß leichtfertigerweise und unverdienterlaßen das Verhalten des Grafen Fosco in Frage gezogen werde.

Zweitens wünsche ich, mein aufrichtiges Bedauern darüber auszusprechen, daß ich nicht im Stande bin, mich genau des Datums zu erinnern, an welchem Lady Glyde Blackwater Park verließ, um nach London zu reisen. Ich höre, daß die genaue Angabe des Tages, an welchem diese beklagenswerthe Reise unternommen wurde, von der größten Wichtigkeit ist und habe mein Gedächtnis deshalb auf das Gewissenhafteste angestrengt; aber leider vergeblich. Ich kann mich nur noch entsinnen, daß es gegen Ende Juli war. Ich wünsche von ganzem Herzen, ich hätte es mir damals notirt oder daß meine Erinnerung an das Datum noch so lebhaft wäre wie meine Erinnerung an das Gesicht der armen Dame, als es mich zum letzten Male kummervoll durch's Wagenfenster anblickte.

Aussage der Hester Pinhorn, Köchin im Dienste des Grafen Fosco.

(Nach ihrer eigenen Aussage niedergeschrieben.)

Ich bedaure, sagen zu müssen, daß ich nie weder lesen noch schreiben gelernt habe. Ich habe mein Lebelang schwere Arbeit zu thun gehabt und mir stets einen guten Ruf bewahrt. Ich weiß, daß es sündhaft und gottlos ist, etwas zu sagen, was nicht wahr ist, und ich will mich aufrichtig vorsehen, so etwas bei dieser Gelegenheit zu thun. Ich will Alles sagen, was ich weiß, und den Herrn, der dies aufschreibt, ergebenst gebeten haben, meine Sprache zu berichtigen, während er schreibt.

Während dieses letzten Sommers war ich zufälligerweise (und ganz ohne meine Schuld) einige Zeit ohne Stelle; dann hörte ich, daß man in Numero 5°, Forest Road, St. John's Wood, eine Köchin suche. Ich nahm die Stelle auf den Versuch an. Der Name meines Herrn war Fosco. Meine gnädige Frau war eine Engländerin. Er war ein Graf und sie eine Gräfin. Als ich hinkam, hatten sie ein Mädchen, das die Stubenarbeit that. Sie war nicht besonders reinlich oder ordentlich, aber sonst war weiter nichts Böses an ihr. Ich und sie waren die einzige Dienerschaft im Hause.

Ich war noch nicht lange in meiner neuen Stelle gewesen, als das Stubenmädchen zu mir in die Küche kam und mir sagte, es werde Besuch vom Lande erwartet. Dies war die Nichte meiner gnädigen Frau und es wurde das Schlafzimmer in der ersten Etage für sie hergerichtet. Meine gnädige Frau sagte mir, daß Lady Glyde (so hieß ihre Nichte) eine schwache Gesundheit habe und daß ich mich im Kochen danach einrichten möge. Sie sollte am folgenden Tage eintreffen oder vielleicht den Tag darauf oder auch noch später. Alles was ich weiß, ist, daß es allerdings nicht lange währte, bis Lady Glyde ankam und zwar verursachte sie uns gleich bei ihrer Ankunft einen schönen Schrecken! Ich weiß nicht, auf welche Art der Herr sie in's Haus brachte. Aber mich dünkt, es war Nachmittags, daß sie ankamen, und das Stubenmädchen öffnete ihnen die Hausthür und führte sie in die Wohnstube. Ehe sie noch lange wieder unten bei mir in der Küche gewesen, hörten wir oben ein Specktakel und ein tolles Klingeln und die Stimme meiner gnädigen Frau, die um Hilfe schrie.

Wir rannten Beide hinauf und da sahen wir die Dame auf den, Sopha liegen, mit todtenbleichem Gesichte und geballten Händen und den Kopf auf eine Seite herunter hängend. Sie hatte einen plötzlichen Schrecken gehabt, sagte meine gnädige Frau, und der Herr sagte, es seien Zufälle und Confusionen. Ich lief hinaus, um den nächsten Doctor zu Hilfe zu rufen. Die nächsten Doctoren waren Goodricke und Garth, die Zusammen practicirten und im ganzen St. John's Wood einen guten Ruf haben.

Mr. Goodricke war zu Hause und kam gleich mit mir.

Die arme, unglückliche Dame fiel immer aus einer Ohnmacht in die andere, daß sie ganz erschöpft und so machtlos wurde, wie ein neugeborenes Kind. Dann legten wir sie in's Bett. Mr. Goodricke ging nach Hause, um Medicin zu holen und kam in weniger als einer Viertelstunde wieder zurück. Außer der Medicin brachte er noch ein Stückchen hohlen, Mahagoniholzes mit, das wie eine Trompete geformt war, und nachdem er eine kleine Weile gewartet, hielt er es mit einem Ende auf das Herz der Dame und mit dem anderen an sein Ohr, worauf er dann aufmerksam zu horchen schien. Als er damit fertig, war sagte er zu meiner gnädigen Frau, die auch im Zimmer war: »Dies ist ein sehr schlimmer Fall,« sagte er, »ich empfehle Ihnen, sogleich an Lady Glyde's Angehörige zu schreiben.« Da sagte meine gnädige Frau zu ihm: »Ist es ein Herzleiden?« und er antwortete: »Ja und von der gefährlichsten Art.« Er erklärte ihr genau, worin die Krankheit bestände, was ich aber nicht verstehen konnte. So viel aber weiß ich, daß er nämlich damit schloß: er fürchte, weder er noch sonst ein Doctor werde im Stande sein, ihr zu helfen.

Meine gnädige Frau fand sich ruhiger in diese schlimme Nachricht, als der Herr. Er war ein dicker, großer, sonderbarer, ältlicher Mann, der sich Vögel und weiße Mäuse hielt und mit ihnen schwatzte, als ob sie Christenkinder gewesen wären. Er schien furchtbar ergriffen. »Ach! die arme Lady Glyde! Die arme, liebe Lady Glyde!« schrie er immer los, indem er m der Stube umher marschirte und seine fetten Hände rang. Für eine Frage, die meine gnädige Frau über die Aussicht auf die Genesung der armen Dame an den Doctor richtete, that er wenigstens fünfzig. Als er sich endlich zufrieden gab, ging er in den kleinen Hintergarten hinaus, wo er lumpige kleine Blumensträuße pflückte und mich dann bat, sie hinauf zu tragen und das Krankenzimmer damit aufzuputzen. Als ob das helfen konnte! Ich denke mir, er muß zu Zeiten ein bißchen närrisch im Kopfe gewesen sein. Aber er war kein schlechter Herr: er besaß eine ungeheuer höfliche Zunge und hatte ein lustiges, unbefangenes, schmeichelndes Wesen. er gefiel mir viel besser als meine gnädige Frau, wenn es je eine harte Person gegeben hat, so war sie es.

Gegen Nachtzeit erholte sich die Dame ein wenig. Sie rührte sich jetzt im Bette und blickte verwirrt im Zimmer umher. Sie mußte, als sie noch gesund war, eine hübsche Dame gewesen sein, mit blondem Haar und blauen Augen und so weiter. Sie hatte eine sehr unruhige Nacht, wenigstens sagte dies die gnädige Frau, welche die Nacht allein bei ihr wachte. Ich ging bloß einmal hinein, ehe ich zu Bette ging, um zu fragen, ob ich noch etwas thun könne und hörte, daß sie auf unruhige, verwirrte Weise mit sich selber sprach. Sie schien so gern mit Jemand sprechen zu wollen, der irgendwo fern von ihr war. Das erste Mal konnte ich den Namen nicht verstehen und als sie ihn zum zweiten Male aussprach, klopfte gerade der Herr, wie gewöhnlich den Mund voll Fragen und in der Hand einen seiner bettelhaften Blumensträuße, an die Thür.

Als ich am folgenden Morgen hineinging, war die Dame abermals völlig erschöpft und lag in einer Art matten Schlafes da. Mr. Goodricke brachte seinen Kompagnon, Mr. Garth, mit, um sich mit ihm zu berathen. Sie sagten, wir dürften sie auf keinen Fall aus ihrer Ruhe stören. Ich hörte sie am anderen Ende des Zimmers eine Menge Fragen an meine gnädige Frau thun: welcher Art früher der Gesundheitszustand der Dame, wer ihr Arzt gewesen und ob sie je lange an gestörter Gemüthsruhe gelitten. Ich erinnere mich, daß meine gnädige Frau »Ja« zu der letzten Frage sagte; worauf Mr. Goodricke Mr. Garth, und Mr. Garth Mr. Goodricke ansah und Beide den Kopf schüttelten. Sie schienen der Ansicht, daß die Gemüthsunruhe mit dem Unheil im Herzen der Dame zu thun haben müsse. Sie war dem Ansehen nach nur ein sehr schwaches Wesen, die arme Dame! und konnte, wie mir schien, nie besonders kräftig gewesen sein.

Etwas später an demselben Morgen erholte sich die Dame plötzlich und war dem Anscheine nach viel wohler. Ich wurde nicht wieder zu ihr hineingelassen – noch das Stubenmädchen – damit sie nicht, wie sie sagten, durch fremde Gesichter beunruhigt würde, was ich von ihrem Befinden erfuhr, hörte ich von meinem Herrn. Er war in wunderbar vergnügter Laune über diese Veränderung und sah vom Garten aus in seinem großen weißen Hut mit umgekrämptem Rande – er wollte gerade ausgehen – durch's Küchenfenster hinein. »Meine gute Frau Köchin,« sagte er, »Lady Glyde befindet sich wohler. Ich fühle mich jetzt etwas ruhiger und will einen schönen sonnigen kleinen Sommerspaziergang machen, um meine großen Glieder etwas zu strecken. Was machen Sie da? Eine schöne Fruchtpastete zum Diner? Machen Sie nur recht viel Kruste, gute Frau, recht viel kruspelige Kruste, die so schön im Munde schmilzt und krümelt.« Das war so seine Art. Er war über Sechzig und liebte Zuckerbäckerei, denk' sich Einer!

Der Doctor kam Nachmittags wieder und sah selbst, daß die Dame wohler aufgewacht war. Er verbot uns mit ihr zu sprechen oder sie zu uns sprechen zu lassen, weil sie möglichst ruhig bleiben und möglichst viel schlafen müsse. Sie schien übrigens nie besonders zum Sprechen geneigt, wenn ich sie sah, ausgenommen m der Nacht, wo ich aber nicht verstehen konnte, was sie sagte – sie schien zu sehr erschöpft, um deutlich zu sprechen. Mr. Goodricke war lange nicht so beruhigt ihretwegen, als mein Herr. Er sagte nichts, als er herunter kam, außer daß er gegen fünf Uhr wieder vorkommen werde. Ungefähr um diese Zeit (ehe mein Herr noch wieder nach Hause gekommen war) wurde heftig m der Schlafstube geklingelt; meine gnädige Frau kam auf den Vorsaal herausgelaufen und rief mir zu, schnell zu Mr. Goodricke zu laufen und ihm zu sagen, daß die Dame ohnmächtig geworden sei.

Ich hatte kaum meinen Hut aufgesetzt und mein Tuch umgebunden, als der Doctor glücklicherweise schon, wie er versprochen hatte, selbst ankam.

Ich begleitete ihn die Treppe hinauf. »Lady Glyde schien sich ganz wie gewöhnlich zu befinden,« sagte die gnädige Frau zu ihm an der Thür; »sie wachte und blickte auf eine sonderbare, verwirrte Weise um sich, als ich sie plötzlich etwas wie eine Art kleinen Schrei ausstoßen hörte, worauf sie augenblicklich ohnmächtig wurde.« Der Doctor trat an's Bett und beugte sich zu der kranken Dame herab. Er wurde plötzlich sehr ernst, als er sie anblickte und legte seine Hand auf ihr Herz.

Die gnädige Frau sah ihm gespannt in's Gesicht. »Doch nicht todt?« sagte sie flüsternd, indem sie vom Kopf bis zu den Füßen zu zittern anfing.

»Ja,« sagte der Doctor sehr ernst. »Todt. Ich fürchtete schon gestern, als ich ihr Herz untersuchte, daß es sehr plötzlich kommen werde.« Die gnädige Frau trat vom Bette zurück und zitterte immer mehr. »Todt!« flüsterte sie vor sich hin, »todt! so plötzlich! Was wird der Graf sagen!« Mr. Goodricke rieth ihr, hinunter zu gehen und sich zu fassen zu suchen.

»Sie haben die ganze Nacht gewacht,« sagte er, und ihre Nerven sind angegriffen. Diese Frau,« sagte er, womit er mich meinte, »diese Frau kann in der Stube bleiben, bis es mir möglich sein wird, den notwendigen Beistand zu schicken.« Meine gnädige Frau that, was er ihr sagte.

»Ich muß den Grafen darauf vorbereiten,« sagte sie, ich muß den Grafen mit großer Vorsicht darauf vorbereiten.«

Und mit den Worten verließ sie uns, noch immer am ganzen Körper zitternd.

»Ihr Herr ist Ausländer,« sagte Mr. Goodricke, als die gnädige Frau hinausgegangen war. »versteht er etwas vom Registriren des Todesfalles?«

»Das kann ich nicht sagen, Sir,« erwiderte ich, »aber vermuthlich nicht.«

Der Doctor überlegte einen Augenblick und dann sagte er: »Ich thue dergleichen sonst nicht, aber in diesem Falle mag es den Familien möglicherweise Unannehmlichkeiten ersparen, wenn ich den Tod dieser Dame selbst registrire. Ich werde in einer halben Stunde am Districtsbureau vorbeigehen und kann es dann leicht besorgen. Sagen Sie, wenn Sie so gut sein wollen, daß ich es übernommen habe.«

»Ja, Sir,« sagte ich.

»Sie haben nichts dagegen, hier zu bleiben, bis ich Ihnen die geeignete Person dazu herschicken kann?« sagte er.

»Nein, Sir,« sagte ich, »ich will so lange bei der armen Dame bleiben. Es konnte wohl weiter nichts gethan werden, Sir, als gethan worden ist?«

»Nein,« sagte er, »nichts. Sie muß schon lange, ehe ich sie sah, bedeutend gelitten haben; ihr Zustand war bereits hoffnungslos, als ich hergerufen wurde.« Er ging.

Ich blieb dann bis zu dem Augenblicke, wo Mr. Goodricke Jemand schickte, am Bette sitzen. Die Frau, welche er schickte, hieß Jane Gould. Sie schien mir eine respectable Frau zu sein. Sie machte weiter keine Bemerkung, außer daß sie sagte, sie verstehe, was sie zu thun habe und sie habe schon viele Todte eingelegt.

Wie mein Herr die Nachricht ertrug, als er zuerst von dem Tode der Dame hörte, ist mehr, als ich sagen kann, denn ich war nicht gegenwärtig. Als ich ihn aber wiedersah, hatte er wirklich ein furchtbar ergriffenes Aussehen. Er saß ruhig in einem Winkel, seine fetten Hände hingen auf seine dicken Knies herab, sein Kopf tief auf der Brust und seine Augen stierten in's Leere. Er schien nicht so sehr betrübt, über das, was sich zugetragen, als erschrocken und verblüfft.

Meine gnädige Frau besorgte Alles, was zur Beerdigung nothwendig war. Es muß eine Masse Geld gekostet haben; der Sarg besonders war prachtvoll anzusehen. Der Gemahl der todten Dame war, wie wir hörten, fort in der Fremde. Aber meine gnädige Frau, die ja ihre Tante war, kam mit ihren Angehörigen auf dem lande (in Cumberland glaube ich) überein, daß sie dort mit ihrer Mutter in einem Grabe beerdigt werde.

Mein Herr reiste nach Cumberland, um selbst als Leidtragender dabei zu sein. Er sah prächtig aus in seiner tiefen Trauer, mit seinem großen feierlichen Gesichte, seinem langsamen Gange und breiten Creppbande, das muß wahr sein!

Zum Schlusse muß ich als Antwort auf mir vorgelegte Fragen hinzufügen:

1. Daß weder ich noch das Stubenmädchen je gesehen haben, daß mein Herr selbst Lady Glyde Medicin gegeben hätten.
2. Daß er meines Wissens nie allein bei Lady Glyde im Zimmer war.
3. Daß ich nicht im Stande bin, zu sagen, was der Dame, wie meine gnädige Frau nur gesagt, bei ihrer Ankunft im Hause den plötzlichen Schrecken verursacht hatte, weder mir noch dem Stubenmädchen ist die Ursache hievon je erklärt worden.

Obigem habe ich nichts weiter hinzuzufügen. Ich bekräftige als christliche Frau mit meinem Eide, daß dies die Wahrheit ist.

(Unterzeichnet-)

Hester Pinhorn -/- ihr Zeichen.

Aussage des Arztes

»An den Registrator des engeren Districts, in welchem der untengenannte Tod stattfand.

»Ich bezeuge hiemit, daß ich Lady Glyde, welche an ihrem letzten Geburtstage einundzwanzig Jahre alt wurde, in ihrer Krankheit behandelte; daß ich sie am 28. Juli 1850 zuletzt gesehen, daß sie an selbigem Tage zu Nr. 5 Forest Road, St. John's Wood starb und daß die Ursache ihres Todes

Ursache des Todes	*Dauer der Krankheit*
Aneurismna.	Unbekannt.

(Unterzeichnet:)

Alfred Goodricke,
M. R. C. S. Eng. 3. S. A.

Adresse: Croydon Gärten,
St. John's Wood.

Aussage der Jane Gould.

Ich war die Frau, welche von Mr. Goodricke geschickt wurde, um an den irdischen Ueberresten einer Dame, welche in dem Hause, das in der vorstehenden Bescheinigung namhaft gemacht worden, gestorben, zu thun, was recht und nothwendig war. Ich fand die Leiche in der Obhut der Köchin Hester Pinhorn. Ich blieb bei der Todten und bereitete dieselbe zur gehörigen Zeit für das Grab vor; später war ich anwesend, als man den Sarg, ehe er fortgefahren wurde, niederschraubte. Nachdem dies geschehen und keinen Augenblick früher, erhielt ich, was mir zukam und verließ dann das Haus. Falls Jemand Erkundigungen einzuziehen wünscht, so bitte ich, daß man sich deshalb an Mr. Goodricke wende. Er hat mich länger als sechs Jahre gekannt und wird bezeugen, daß man sich darauf verlassen kann, daß ich die Wahrheit sage.

(Unterzeichnet:)

Jane Gould.

Noch eine Aussage.

Zur

Erinnerung

an

LAURA

Lady Glyde

Gemahlin des Sir Percival Glyde, Baronet,
zu Blackwater Park, Hampshire,
und
Tochter des weiland Philipp Fairlie Esqre,
zu Limmeridge House, in diesem Kirchspiel.

Geboren den 27 sten März 1829.

Vermählt den 23 sten December 1849.

Gestorben den 23 ten Juli 1850.

Fortsetzung der Aussage Walter Hartright's.

Erste Abtheilung.

I.

Im Frühsommer des Jahres 1850 verließen ich und die noch Überlebenden meiner Gefährten die Wüsten und Wälder von Central-Afrika und traten unsere Heimkehr an. An der Küste angelangt, schifften wir uns nach Europa ein. Das Schiff scheiterte im Golf von Mexiko und ich war einer der wenigen Geretteten. Es war dies meine dritte Rettung aus Todesgefahr. Tod durch Krankheit, Tod durch die Wilden, Tod durch Ertrinken – allein dreien war ich nahe gewesen und allen dreien entgangen.

Die aus dem Schiffbruche Geretteten wurden von einem amerikanischen Schiffe aufgenommen, das nach Liverpool bestimmt war. Dasselbe erreichte den Hafen am 3. Oktober im Jahre 1850. wir stiegen spät am Nachmittag an's Land, und ich kam noch selbigen Abend in London an.

Diese Blätter sind nicht dazu bestimmt, über meine Wanderungen und Gefahren in der Fremde zu berichten. Man kennt bereits die Beweggründe, aus denen ich meine Heimat und meine Angehörigen verließ und eins neue Welt der Abenteuer und Gefahren aufsuchte. Aus dieser selbstauferlegten Verbannung kehre ich zurück, wie ich zurückzukehren gehofft, gebetet und geglaubt hatte – als ein veränderter Mann. In der strengen Schule der Gefahren und der äußersten Noth hatte mein Wille gelernt, fest, mein Herz, entschlossen zu sein, und mein Geist, sich selbst zu vertrauen. Ich ging fort, um meiner Zukunft zu entweichen. Ich kehre zurück, um ihr wie ein Mann entgegenzutreten.

Ich hatte die schlimmste Bitterkeit der Vergangenheit überwunden, nicht aber die Herzenserinnerung an den Schmerz und die Liebe jener unvergeßlichen Zeit. Ich hatte nicht aufgehört, das unverbesserliche Mißgeschick meines Lebens zu fühlen – ich hatte nur gelernt, es zu ertragen. Laura Fairlie war mein einziger Gedanke, als das Schiff mich davontrug und meine letzten Blicke auf England fielen – und als ich heimkehrte und das Morgenlicht mir die befreundeten Gestade zeigte, war mein einziger Gedanke wiederum Laura Fairlie.

Ich nenne sie noch immer Laura Fairlie. Es ist so bitter, unter ihres Mannes Namen an sie zu denken oder von ihr zu sprechen.

Meine ersten Gedanken und Hoffnung, als der Morgen kam, richteten sich auf meine Mutter und meine Schwester. Ich fühlte die Nothwendigkeit, sie nach einer Abwesenheit, während welcher es mir monatelang unmöglich gewesen, ihnen Nachrichten von mir zu geben, auf die Ueberraschung meiner Heimkehr vorzubereiten. Früh am Morgen schickte ich ein Billet nach dem Häuschen in Hampstead und folgte selbst eine Stunde später.

Als unsere ersten Begrüßungen vorüber waren und die Ruhe und Fassung früherer Zeit sich allmälig wieder zwischen uns herzustellen begann, sah ich in den Zügen meiner Mutter etwas, das mir sagte, daß ein geheimer Druck auf ihrem Herzen laste. Es lag Kummer in den besorgten Blicken, die so zärtlich auf mir ruhten. Es lag Mitleid in dem langsamen, liebenden Drucke der Hand, welche die meinige hielt, wir hatten einander nie etwas verhehlt. Sie wußte, woran die Hoffnung meines Lebens gescheitert – wußte, weshalb ich sie verlassen hatte.

Ich hatte es auf der Zunge, so gelassen wie mir dies möglich, zu fragen, ob Briefe von Miß Halcombe für mich angekommen – ob man Nachrichten über ihre Schwester habe. Als ich aber meiner Mutter in's Auge blickte, verlor ich den Muth, die Frage zu thun. Ich konnte bloß mit zweifelnder, gezwungener Stimme sagen:

»Du hast mir etwas mitzutheilen.«

Meine Schwester, welche uns gegenüber gesessen hatte, stand plötzlich auf, ohne ein Wort zu sagen – und verließ das Zimmer.

Meine Mutter schlang Ihre Arme um meinen Nacken. Die treuen Arme zitterten und Thränen stürzten über das liebevolle Antlitz.

»Walter!« flüsterte sie, »mein Herzensliebling! Mein Herz ist schwer für dich. O, mein Sohn! mein Sohn! Versuche, dich zu erinnern, daß wenigstens ich dir noch bleibe!«

Mein Haupt sank auf ihre Brust, Sie hatte mir mit diesen Worten Alles gesagt.

II.

Es war der Morgen des dritten Tages seit meiner Rückkehr – der Morgen des sechzehnten October.

Ich war bei meinen Lieben in Hampstead geblieben, hatte mein Möglichstes gethan, um *ihnen* das Glück meiner Heimkehr nicht zu verbittern, wie es *mir* verbittert war. Ich hatte Alles aufgeboten, was in der Macht eines Mannes liegt, um mich unter dem Schlage zu erheben und mein Leben in Ergebung anzunehmen – um diesen großen Schmerz in Liebe in meinem Herzen aufzunehmen und nicht in Verzweiflung. Es war nutzlos und hoffnungslos. Keine Thränen kamen in meine brennenden Augen; die Theilnahme meiner Schwester und die Liebe meiner Mutter brachten mir keinen Trost.

An diesem dritten Morgen öffnete ich ihnen mein Herz.

»Laßt mich eine Weile allein fortgehen,« sagte ich, »ich werde es allein besser zu ertragen im Stande sein, wenn ich noch einmal die Stelle sehe, an der ich sie zuerst erblickt – wenn ich an dem Grabe gekniet und gebetet haben werde, in welchem man sie zur Ruhe gelegt hatte.«

Ich trat meine Reise an – meine Reise zu Laura Fairlie's Grabe.

Es war an einem stillen Herbstnachmittage, als ich auf der einsamen Station abstieg und zu Fuße den wohlbekannten Weg hinabging. Die erblassende Sonne leuchtete matt durch die dünnen weißen Wolken hindurch; die Luft war lau und stille; der Frieden der einsamen Landschaft erhielt einen traurigen Schatten durch den Einfluß des schwindenden Jahres.

Ich erreichte die Heide; ich stand wieder auf dem Gipfel des Hügels; ich schaute hinaus – den Pfad hinab und da, in der Entfernung standen die bekannten Gartenbäume, die hohen, weißen Mauern von Limmeridge House. Die Wanderschaften und Gefahren vieler Monate schwanden plötzlich aus meinem Geiste, als ob sie nie stattgehabt. Mir war, als ob erst gestern meine Füße über diesen duftigen Heideboden gewandert! Mir war, als müsse ich sie mir entgegenkommen sehen, mit dem runden Strohhütchen, der ihr

Gesicht beschattete, ihrem einfachen Kleide, das im Winde flatterte, und ihrem wohlgefüllten Zeichenbuche in der Hand.

O Tod, du hast deinen Stachel. O Grab, du hast deinen Sieg!

Ich wandte mich um und da unter mir lag die einsame graue Kirche; da war das Wohnhäuschen, in welchem ich die Frau in Weiß erwartet hatte; rings die Hügel, welche den stillen Begräbnisplatz umzogen; der Bach, welcher über sein kaltes Steinbette rieselte. Da endlich stand das Marmorkreuz, hoch und weiß am Hauptende des Grabes – des Grabes, das jetzt sowohl Mutter als Tochter bedeckte.

Ich näherte mich dem Grabe. Ich überstieg nochmals die steinernen Stufen und entblößte das Haupt, als ich den geweihten Boden betrat: – der Lieblichkeit und Herzensgüte der Ehrfurcht und dem Schmerz geweiht.

Ich stand vor dem Postamente stille, aus dem sich das Kreuz erhob. Auf der einen Seite desselben, die mir am nächsten, begegnete die neu gravirte Inschrift meinen Blicken: die harten, deutlichen, grausamen Buchstaben, welche die Geschichte ihres Lebens und ihres Todes erzählten. Ich las, bis ich an den Namen kam. »Zur Erinnerung an LAURA –.« Die lieben blauen Augen von Thränen trübe, das schöne Haupt, das matt herabgesunken; die unschuldigen Scheideworte, mit denen sie mich anflehte, sie zu verlassen – o Gott, was hätte ich nicht um eine glücklichere letzte Erinnerung an sie gegeben, als die, welche ich mit mir fortgenommen und wieder mit mir an ihr Grab zurückbrachte!

Ich versuchte zum zweiten Male, die Inschrift zu lesen. Ich sah am Schlusse das Datum ihres Todes und darüber –

Darüber standen Zeilen auf dem Marmor – es war ein Name unter ihnen, der meine Gedanken an sie störte. Ich ging nach der anderen Seite des Grabes herum, wo Nichts zu lesen war – wo Nichts zu lesen war – wo Nichts von irdischer Schlechtigkeit sich zwischen ihren Geist und den meinigen drängte.

Ich kniete nieder am Grabe. Ich legte meine Hände und mein Haupt auf den großen weißen Stein und schloß meine müden Augen vor dem Lichte des Himmels und der Erde Trauer. Ich rief sie zurück zu mir. O, mein Lieb! mein Lieb! *jetzt* darf mein Herz zu dir sprechen! Es ist wieder gestern, da wir schieden – gestern, da deine liebe Hand in der meinen ruhte – gestern, da meine Augen dich zuletzt erblickten. O, mein Lieb! mein Lieb!

Die Zeit verging.

Der erste Laut, welcher der himmlischen Ruhe folgte, war ein leichtes Rauschen, wie von einem vorüberziehenden Lüftchen, im Grase des Begräbnisplatzes. Ich hörte es mir langsam näher kommen, bis es meinem Ohre verändert schien – wie Fußtritte, welche näher kamen – dann stille standen.

Ich blickte auf.

Es war nahe Sonnenuntergang. Die Wolken hatten sich zertheilt; die schrägen Strahlen der scheidenden Sonne ergossen sich mit einem milden Lichte über die Hügel. Das Ende des Tages war kalt und klar in diesem stillen Thale der Todten.

Weiter abwärts in dem Friedhofe sah ich zwei Frauengestalten in der kalten Klarheit des unteren Lichtes stehen. Ihre Blicke waren auf das Grab – auf mich gerichtet.

Zwei.

Sie kamen ein wenig näher – und standen wieder stille. Ihre Schleier verbargen mir ihre Züge. Als sie stille standen, erhob die Eine ihren Schleier. In dem stillen Abendlichte erkannte ich Marianne Halcombe.

Verändert, o, verändert, als ob viele Jahre indessen vergangen gewesen! Die Augen waren groß und wild und blickten mit einem seltsamen Entsetzen auf mich hin. Das Gesicht war bleich und abgefallen. Wehe, Angst und Kummer standen darin geschrieben, wie mit feurigen Buchstaben.

Ich that einen Schritt vom Grabe näher zu ihr hin. Sie rührte sich nicht – sie sprach nicht. Die verschleierte Frauengestalt neben ihr stieß einen matten Schrei aus. Ich stand stille. Mein Lebensquell schien zu erstarren und ein Schaudern wie von unsäglicher Furcht durchrieselte mich vom Kopf bis zu den Füßen.

Die Verschleierte verließ ihre Gefährtin und kam langsam auf mich zu. Als Marianne Halcombe allein stand, begann sie zu sprechen.

»Mein Traum! mein Traum!« In der tiefen Stille hörte ich sie leise diese Worte ausrufen. Sie sank auf ihre Kniee und erhob die gefalteten Hände zum Himmel. »Vater! stärke ihn. Vater! stehe ihm bei! hilf ihm in seiner Stunde der Noth.«

Die verschleierte Gestalt kam näher – langsam und schweigend immer näher. Ich sah sie an – und von diesem Augenblicke an nur sie und nichts weiter.

Die Stimme, welche für mich betete, zitterte und erstarb – dann plötzlich erhob sie sich und rief mir voll Angst und Verzweiflung zu, hinwegzukommen.

Aber die Verschleierte hielt mich an Leib und Seele gefesselt. Sie war auf der einen Seite des Grabes angelangt, wir standen einander gegenüber und zwischen uns der Grabstein. Sie stand dicht an der Inschrift auf dem Postamente; ihr Kleid berührte die schwarzen Buchstaben.

Die Stimme kam näher und erhob sich immer leidenschaftlicher. »Bedecken Sie Ihr Gesicht! Sehen Sie sie nicht an! O, um Gotteswillen, schone ihn! –«

Die Gestalt lüftete ihren Schleier

Zur Erinnerung
an
LAURA
Lady Glyde ...

Laura , Lady Glyde stand neben der Inschrift und blickte über das Grab zu mir herüber –!

Fortsetzung der Aussage Hartright's.

Zweite Abtheilung.

I.

Ich brach meine Erzählung in den stillen Schatten der Kirche zu Limmeridge ab, eine Woche später nehme ich sie in dem Gewoge und Getümmel einer Straße von London wieder auf.

Es ist eine Straße in einem armen, bevölkerten Stadttheile. Das Erdgeschoß eines der Häuser desselben wird von einem Zeitungshändler bewohnt und die erste und zweite Etage werden als möblirte Wohnungen der anspruchslosesten Art vermiethet.

Ich habe diese beiden Etagen unter einem angenommenen Namen gemiethet. In der oberen wohne ich; sie besteht aus einem Schlafzimmer und einem Arbeitszimmer. In der unteren Etage wohnen – ebenfalls unter angenommenen Namen – zwei Frauen, welche für meine Schwestern gelten. Ich erwerbe mir meinen Lebensunterhalt, indem ich für eine der billigen Zeitschriften Zeichnungen und Holzschnitte anfertige. Meine Schwestern helfen mir, wie es heißt, durch Handarbeit. Unser ärmlicher Wohnort, unsere bescheidene Beschäftigung, unsere vorgebliche Verwandtschaft und angenommenen Namen dienen uns Allen als Mittel, uns in dem Häuserwalde zu verstecken. Marianne Halcombe ist jetzt meine älteste Schwester, die durch ihrer Hände Arbeit unseren Haushaltbedürfnissen nachkommt. Beide sind wir die Opfer und zugleich die Ausüber eines verwegenen Betruges. Wir sind die Mitschuldigen der wahnsinnigen Anna Catherick, welche den Namen, die Stellung und das Eigenthum der verstorbenen Lady Glyde beansprucht.

Vor Vernunft und Gesetz, vor der Meinung der verwandten und Angehörigen, sowie jeder herkömmlichen Auffassung der Gesellschaft nach, lag »Laura, Lady Glyde« bei ihrer Mutter im Grabe auf dem Friedhofe zu Limmeridge. Bei Lebzeiten aus dem Leben gerissen, durfte die Tochter von Philipp Fairlie und die Gemahlin von Percival Glyde allenfalls für ihre Schwester und für mich noch existiren, aber für die ganze übrige Welt war sie todt. Todt für ihren

Onkel, der sie verleugnet – todt für die Diener des Hauses, die sie nicht erkannt hatten – todt für die Obrigkeit, welche ihr Vermögen ihrem Manne und ihrer Tante übergeben – todt für meine Mutter und meine Schwester, welche mich für das Opfer einer Abenteurerin und eines Betruges hielten – gesetzlich, gesellschaftlich und moralisch todt.

Und doch am Leben! – Am Leben und unter dem Schutze eines armen Zeichenlehrers, der ihr ihren Platz unter den Lebenden wieder erkämpfen und erringen wollte!

Regte sich, da ich selbst von der Aehnlichkeit zwischen ihr und Anna Catherick Zeuge gewesen, sein Argwohn in mir, als sie mir zuerst ihr Gesicht enthüllte? Nein, auch nicht der Schatten eines Argwohns von dem Augenblicke an, wo sie, neben der Grabschrift stehend, die ihren Tod verkündete, den Schleier erhob.

Ehe noch an jenem Tage die Sonne untergegangen, ehe noch die Heimat, welche ihre Thore gegen sie verschlossen, unseren Blicken entschwunden, hatten wir Beide der Abschiedsworte gedacht, die ich bei unserem Scheiden in Limmeridge House gesprochen: »Falls je eine Zeit kommen sollte, wo die Hingebung meines ganzen Herzens, meiner ganzen Seele und all meiner Kräfte Ihnen einen Augenblick des Glückes geben oder einen Augenblick des Kummers ersparen kann, wollen Sie sich des armen Zeichenlehrers erinnern, der Ihnen Unterricht gab?« Sie, die sich jetzt so wenig der Schrecken und Sorgen der letztvergangenen Zeit zu erinnern im Stande war, erinnerte sich doch jener Worte und legte ihr armes Haupt unschuldig und vertrauensvoll auf die Brust des Mannes, der sie gesprochen.

In diesem Augenblicke, wo sie mich bei meinem Namen nannte, indem sie sagte: »Sie haben versucht, mich Alles vergessen zu machen, Walter, aber ich erinnere mich Mariannens und erinnere mich *Deiner*–« in diesem Augenblicke gab ich, der ich ihr längst meine ganze Liebe gegeben, ihr mein Leben und dankte Gott, daß er es mir dazu gelassen.

Ja! die Zeit war gekommen. Aus einer Entfernung von Tausenden von Meilen, durch Wälder und Wüsteneien, durch dreimal erneute und dreimal überwundene Todesgefahren hindurch hatte die *Hand*, welche die Menschen auf die dunklen Pfade der Zukunft leitet, mich dieser Zeit entgegengeführt. Da sie jetzt verlassen und verleugnet, bitter geprüft und traurig verändert, ihre Schönheit verblichen, ihr Geist umwölkt; da sie ihrer Stellung in der Welt, ihres Platzes unter den Lebenden beraubt war, durfte ich sonder Tadel die Hingebung meines ganzen Herzens, meiner ganzen Seele und all meiner Kräfte zu jenen lieben Füßen niederlegen. Durch ihre große Trübsal und Verlassenheit war sie endlich mein mit Recht! Mein, um sie zu beschützen, zu verehren und wiederherzustellen. Mein, um sie als Bruder zu lieben und zu ehren. Mein, um sie durch alle Gefahren und Opfer – durch hoffnungsloses Kämpfen gegen Rang und Macht, durch den langen Streit mit bewaffnetem Truge und befestigtem Glücke, durch den Verlust meines Rufes und meiner Angehörigen, durch das Wagnis meines Gebens hindurch wieder in ihre Stelle einzusetzen.

II.

Als Lady Glyde das Haus ihres Mannes verlassen, unterrichtete die Haushälterin Miß Halcombe von dieser Thatsache sowohl wie notwendigerweise von den Umständen, welche ihre Abreise begleitet hatten. Es war einige Tage später, als ein Brief von der Gräfin Fosco eintraf, welcher Lady Glyde's Tod, der plötzlich im Hause des Grafen Fosco erfolgt, ankündigte. Der Brief enthielt keine Data und überließ es Mrs. Michelson's Ermessen, Miß Halcombe diese Nachricht sogleich mitzutheilen, oder sie zu verschieben, bis sich die Gesundheit der Dame werde befestigt haben.

Nachdem sie hierüber Dr. Dawson zu Rathe gezogen, theilte Mrs. Michelson der Kranken die Nachricht in des Doctors Gegenwart mit.

Es ist unnöthig, hier bei der Wirkung zu verweilen, welche die Nachricht von Lady Glyde's plötzlichem Tode auf ihre Schwester hatte. Für unseren gegenwärtigen Zweck ist es nur nothwendig zu sagen, daß sie auf drei Wochen nicht im Stande war, zu reisen. Nach Verlauf derselben begab sie sich in Begleitung der Haushälterin nach London. Hier trennten sie sich, nachdem Mrs. Michelson zuvor Miß Halcombe ihre Adresse gegeben, für den Fall, daß letztere in Zukunft Befehle oder Wünsche für sie haben möchte.

Sobald Miß Halcombe von der Haushälterin Abschied genommen, ging sie nach dem Geschäftsbureau der Herren Gilmore und Kyrle, um letzteren in Mr. Gilmore's Abwesenheit zu consultiren. Sie sprach gegen Mr. Kyrle aus, was sie allen Anderen zu verbergen rathsam erachtet: ihren Argwohn in Bezug auf die Umstände, unter welchen Lady Glyde ihren Tod gefunden haben sollte. Mr. Kyrle unterzog sich sofort der Aufgabe, solche Nachforschungen anzustellen, wie die zarte und gefährliche Natur der ihm vorgeschlagenen Untersuchung sie zuließ.

Um mit diesem Theile der Sache abzuschließen, ehe ich weiter gehe, kann ich gleich hier bemerken, daß Graf Fosco Mr. Kyrle allen gewünschten Beistand leistete, als letzterer ihm sagte, er sei von Miß Halcombe abgesandt, um über Lady Glyde's Ableben alle Einzelheiten für sie zu sammeln, über die sie bisher in Unwissenheit geblieben. Mr. Kyrle wurde an den Arzt, Mr. Goodricke, und an die beiden Dienerinnen, die Köchin und das Stubenmädchen verwiesen. In Ermanglung aller Mittel, genau das Datum von Lady Glyde's Abreise aus Blackwater Park zu erfahren, erschienen das Zeugnis des Arztes und der beiden Mägde, sowie Graf Fosco's Auskünfte – und die seiner Frau – Mr. Kyrle als entscheidend. Er konnte nur annehmen, daß Miß Halcombe's tiefer Schmerz über den Verlust ihrer Schwester auf beklagenswerthe Weise ihre Urtheile irre geleitet hatte und er schrieb ihr in diesem Sinne und fügte noch hinzu, daß der schreckliche Verdacht, dessen sie gegen ihn erwähnt, seiner Ansicht nach auch nicht im Entferntesten begründet sei. So endeten die Nachforschungen von Mr. Gilmore's Kompagnon.

Unterdessen war Miß Halcombe nach Limmeridge House zurückgekehrt und hatte dort alle referneren Erkundigungen eingezogen, die sie noch erhalten konnte.

Mr. Fairlie hatte die ersten Nachrichten vom Tode seiner Nichte durch seine Schwester, die Gräfin Fosco, erhalten, deren Brief jedoch auch kein einziges Datum enthielt. Er hatte in den Vorschlag seiner Schwester, daß die Verstorbene in das Grab ihrer Mutter im Friedhofe zu Limmeridge gelegt werde, gewilligt. Graf Fosco hatte die Leiche nach Cumberland begleitet und der Beerdigung in Limmeridge, welche am 22. August stattgefunden, beigewohnt.

Am Tage des Begräbnisses und den darauf folgenden war Graf Fosco in Limmeridge House als Gast aufgenommen worden, aber Mr. Fairlie's Wunsche zufolge waren die beiden Herren nicht zusammengekommen. Sie hatten sich schriftlich unterhalten und Graf Fosco hatte Mr. Fairlie auf diesem Wege mit den Einzelheiten des Todes seiner Nichte bekannt gemacht. Der Brief, welcher dieselben enthielt, fügte seine neuen Auskünfte zu denen, welche bereits bekannt waren; nur das Postscriptum enthielt eine bemerkenswerthe Stelle.

Es begann damit, Mr. Fairlie zu benachrichtigen, daß Anna Catherick in der Umgegend von Blackwater Park wieder aufgefunden und sofort wieder unter dieselbe ärztliche Obhut gestellt worden, der sie sich durch die Flucht entzogen.

Dies war der erste Theil des Postscriptums. Der zweite bereitete Mr. Fairlie darauf vor, daß sich Anna Catherick's Geisteskrankheit durch die lange Aussetzung der Ueberwachung bedeutend verschlimmert habe und daß ihr wahnsinniger Haß gegen Sir Percival Glyde, der früher ihre hervorragendste Sinnesverwirrung ausgemacht, auch noch jetzt und zwar unter einer neuen Form, existiere. Diese letzte Idee der unglücklichen Person in Bezug auf Sir Percival Glyde bestand darin, ihn zu ärgern und zu kränken und sich selbst, wie sie denke, in den Augen der Patienten und Wärterinnen zu erheben, indem sie sich für seine Gemahlin ausgebe: eine Idee, die sich ihr wahrscheinlich nach einer verstohlenen Zusammenkunft, die sie sich mit Lady Glyde zu verschaffen gewußt, in den Kopf gesetzt habe, bei welcher Gelegenheit sie die auffallende Aehnlichkeit zwischen der Verstorbenen Dame und sich selbst wahrgenommen haben müsse. Es sei im höchsten Grade unwahrscheinlich, daß es ihr je wieder gelingen würde, aus der Anstalt zu entfliehen, jedoch nicht unmöglich, daß es ihr gelingen möchte, die Angehörigen der verstorbenen Lady Glyde mit Briefen zu belästigen und Mr. Fairlie sei deshalb hiemit gegen solche gewarnt.

Dieses Postscriptum wurde Miß Halcombe gezeigt, als sie nach Limmeridge kam, und es wurden ihr außerdem die Kleider und andere Effecten übergeben, welche Lady Glyde mit in das Haus ihrer Tante gebracht hatte.

Dies war die Tage der Sache, als Miß Halcombe Anfangs September in Limmeridge eintraf. Kurze Zeit darauf fesselte ein Rückfall sie wieder an das Zimmer, da ihre geschwächte physische Kraft dem Seelenschmerze um ihre Schwester erlag. Als sie sich nach ungefähr einem Monate wieder erholt, war ihr Argwohn in Bezug auf die den Tod ihrer Schwester begleitenden Umstände noch immer unerschüttert derselbe.

Sie hatte inzwischen nichts von Sir Percival Glyde gehört; Graf Fosco und seine Frau hatten – durch die Hand der letzteren – wiederholte, herzliche Nachfragen über Miß Halcombe's Befinden angestellt. Anstatt jedoch diese Briefe zu beantworten, hatte Miß Halcombe das Haus in St. John's Wood, sowie das Verfahren der Bewohner desselben heimlich beobachten lassen. Doch war nichts Verdächtiges dabei entdeckt worden. Ihre nächsten Nachforschungen, welche sie im Geheimen über Mrs. Rubelle veranstaltete, hatte denselben Erfolg. Diese war etwa sechs Monate vorher mit ihrem Manne in London angekommen. Sie waren aus Lyon und hatten bei ihrer Ankunft in London in der Nachbarschaft vom Leicester-Platze ein Haus gemiethet und dasselbe zur Aufnahme von Fremden hergerichtet, die zur Industrieausstellung von 1851, in England erwartet wurden. Sie waren ruhige Leute und hatten bisher redlich Zahlung geleistet.

Ihre letzten Nachforschungen bezogen sich auf Sir Percival Glyde. Er lebte in Paris und zwar sehr ruhig in einem Kreise englischer und französischer Bekanntschaften.

Doch ungeachtet der Erfolglosigkeit all ihrer Bemühungen konnte Miß Halcombe nicht ruhen und beschloß zunächst, die Anstalt zu besuchen, in welcher Anna Catherick zum zweiten Male gefangen war. Sie wünschte sich zu überzeugen, erstens: ob es wahr sei, daß Anna Catherick sich für Lady Glyde auszugeben versuche, und zweitens (falls dem wirklich so), welche Beweggründe das arme Geschöpf hatte, um diesen Betrug zu wagen.

Obgleich Graf Fosco's Brief an Mr. Fairlie nicht die Adresse der Anstalt angab, so legte doch dieses Versehen Miß Halcombe keine Schwierigkeiten in den weg. Als ich Anna Catherick im Friedhofe zu Limmeridge gesprochen, hatte sie mich von der Oertlichkeit des Hauses unterrichtet und Miß Halcombe hatte die Adresse sofort genau in ihr Tagebuch eingetragen. Sie ließ sich des Grafen Brief an Mr. Fairlie von letzterem geben, damit derselbe ihr im Nothfalle als eine Art von Beglaubigungsschreiben diene und brach dann ohne Begleitung am 11. October nach London auf.

Die Anstalt lag in nicht großer Entfernung nördlich von London.

Sie wurde sofort eingelassen, um mit dem Besitzer zu sprechen. Dieser schien anfangs entschieden abgeneigt, sie seine Patientin sehen zu lassen. Als sie ihn: jedoch Graf Fosco's Postscriptum zeigte und ihn daran erinnerte, daß sie selbst die darin genannte »Miß Halcombe« und eine nahe Anverwandte der verstorbenen Lady Glyde sei und deshalb ganz natürlich ein Interesse daran nehme, sich persönlich von Anna Catherick's Sinnentäuschung in Bezug auf ihre verstorbene Schwester zu überzeugen – da änderten sich Ton und Wesen des Besitzers der Anstalt und er nahm seine Einwendungen zurück.

Miß Halcombe's eigene Ansicht war, daß Graf Fosco und Sir Percival den Besitzer der Anstalt nicht in ihr Vertrauen gezogen hatten. Ein Beweis hievon schien darin zu liegen, daß er überhaupt einwilligte, sie mit seiner Patientin zusammenkommen zu lassen, und ging noch ferner aus Einräumungen hervor, welche sicherlich nicht von einem Mitschuldigen gemacht sein würden.

Zum Beispiel unterrichtete er Miß Halcombe im Laufe ihrer vorläufigen Unterredung, daß Anna Catherick ihm am 30. Juli durch Graf Fosco wieder zurückgebracht worden, welcher ihm dabei einen von Sir Percival Glyde unterzeichneten Brief mit Erklärungen und Instructionen übergeben. Er (der Besitzer der Anstalt) gestand, daß er, als er seine Pflegebefohlene wieder gesehen, einige auffallende persönliche Veränderungen an ihr wahrgenommen. Allerdings seien solche Veränderungen an Geisteskranken durchaus nicht ohne Beispiel. Solche Leute seien sich oft innerlich sowohl, wie äußerlich zu verschiedenen Zeiten im höchsten Grade ungleich, indem eine Besserung oder Verschlimmerung des geistigen Krankheitszustandes notwendigerweise Veränderung im äußeren Erscheinen des Patienten hervorbringe. Dennoch aber verwirrte es ihn zu Zeiten, daß seine Patientin, ehe sie ihm entwichen, verschieden war von der Patientin, die ihm zurückgebracht worden. Diese Verschiedenheiten waren zu geringfügiger Natur, um beschrieben werden zu können. Er könnte natürlich nicht sagen, daß sie sich in Größe, Gestalt, Gesichtsfarbe oder allgemeiner Gesichtsform entschieden verändert: es war eine Veränderung, welche er mehr fühlte als sah. Kurz, der ganze Fall war ihm von Anfang an ein Räthsel gewesen, dessen Dunkelheit jetzt noch vermehrt werden sollte. Miß Halcombe fühlte sich von diesen Mittheilungen in dem Grade ergriffen, daß es eine Weile währte, bis sie im Stande war, dem Besitzer der Anstalt nach dem Theile des Hauses zu folgen, welchen die Kranken bewohnten.

Es erwies sich, daß Anna Catherick eben in den zu der Anstalt gehörigen Gartenanlagen spazieren ging. Eine der Wärterinnen erbot sich, Miß Halcombe zu ihr zu führen, während der Besitzer der Anstalt einige Minuten im Hause zurückzubleiben genöthigt war, jedoch versprach, Miß Halcombe in Kurzem zu folgen.

Die Wärterin begleitete Miß Halcombe bis zu einem entfernten, geschmackvoll angelegten Theile des Gartens und betrat, nachdem sie um sich geblickt, einen Rasenpfad, der zu beiden Seiten von Gebüsch beschattet wurde. Ungefähr auf der Hälfte dieses Pfades kamen langsam zwei Frauengestalten gegangen. Die Wärterin sagte, auf sie hindeutend:

»Das ist Anna Catherick, Madame, mit ihrer Wärterin, welche Ihnen die Fragen beantworten wird, die Sie ihr vorzulegen wünschen.«

Mit diesen Worten verließ die Frau sie, um zu ihren Pflichten im Hause zurückzukehren.

Miß Halcombe ging vorwärts und die beiden Frauen ihrerseits ebenfalls. Als sie ungefähr noch ein Dutzend Schritte von einander entfernt waren, stand die eine der beiden Frauen plötzlich einen Augenblick still, blickte eifrig auf die fremde Dame, stieß schnell die Hand der Wärterin von sich und lag im nächsten Augenblicke in Miß Halcombe's Armen. Miß Halcombe erkannte ihre Schwester – erkannte die Lebendig-Todte.

Glücklicherweise für den Erfolg der später getroffenen Maßregeln war Niemand außer der Wärterin Zeuge dieses Erkennens. Sie war ein junges Mädchen und so betreten darüber, daß es ihr unmöglich war, dazwischen zu treten. Sobald sie sich aber wieder gefaßt, wurde ihre ganze Aufmerksamkeit durch Miß Halcombe in Anspruch genommen, die für den Augenblick der Anstrengung erlegen war, unter der gewaltigen Bewegung dieser Entdeckung Herrin ihrer Sinne zu bleiben. Nach einigen Minuten gelang es der frischen Luft und dem kühlen Schatten, mit Hilfe ihrer natürlichen Energie und Willenskraft, sie so weit wieder herzustellen, daß sie sich an die Notwendigkeit zu erinnern im Stande war, all ihre Geistesgegenwart zusammenzuraffen.

Unter der Bedingung, daß sie sich nicht aus ihrem Gesichtskreise entfernten, gestattete ihnen die Wärterin, sich allein zu unterhalten.

Es war keine Zeit zu fragen – Miß Halcombe konnte die unglückliche Dame nur mit dringenden Bitten auf die Notwendigkeit aufmerksam machen, sich zu fassen und zu beherrschen, in welchem Falle sie ihr schnelle Hilfe und Rettung zusichern könne.

Die Aussicht auf Befreiung aus der Anstalt genügte, um Lady Glyde begreifen zu lassen, was von ihr verlangt wurde. Miß Halcombe kehrte dann zu der Wärterin zurück, gab ihr drei Sovereigns und frug sie, wann sie werde allein mit ihr sprechen können.

Das Mädchen war Anfangs erstaunt und mißtrauisch. Als aber Miß Halcombe erklärte, sie habe ihr nur einige Fragen vorzulegen, für die sie augenblicklich zu aufgeregt, nahm sie das Geld und schlug drei Uhr des folgenden Nachmittags als die Stunde zu einer Unterredung vor. Sie könne dann, nachdem die Kranken zu Mittag gespeist, auf eine halbe Stunde an einem versteckten Orte außerhalb der hohen Nordmauer, welche sich um die Gartenanlagen zog, mit der Dame sprechen.

Miß Halcombe hatte nur noch Zeit hierein zu willigen und ihrer Schwester zuzuflüstern, daß sie am folgenden Tage von ihr hören sollte, als der Besitzer der Anstalt zu ihnen kam. Er bemerkte Miß Halcombe's Bewegung, welche sie erklärte, indem sie sagte, daß ihre Unterredung mit Anna Catherick sie Anfangs etwas ergriffen habe. Sie verabschiedete sich dann so schnell als möglich, das heißt, sobald sie Muth genug sammeln konnte, um sich von ihrer unglücklichen Schwester zu trennen.

Als sie wieder im Stande war, ruhig nachzudenken überzeugte sie sich durch kurze Ueberlegung, daß jeder versuch die Identität von Lady Glyde auf dem Wege des Rechtes festzustellen und sie zu befreien – selbst wenn derselbe ein erfolgreicher wäre – einen Verzug herbeiführen würde, der den Geisteskräften ihrer Schwester, welche durch die Schrecken ihrer Lage bereits erschüttert waren, verderblich werden konnte. Bis Miß Halcombe wieder in London anlangte, hatte sie beschlossen, Lady Glyde's Befreiung heimlich und mit Hilfe der Wärterin zu bewerkstelligen.

Sie ging sofort zu ihrem Geldmakler und verkaufte die Actien des ganzen kleinen Vermögens, das sie besaß und das sich auf etwa siebenhundert Pfund belief. Entschlossen, die Freiheit ihrer Schwester mit dem letzten Heller, den sie besaß, zu erkaufen, begab sie sich, indem sie die ganze Summe in Banknoten in der Tasche bei sich trug, an den für die Zusammenkunft bestimmten Ort jenseits der Mauer der Anstalt.

Die Wärterin erwartete sie hier. Miß Halcombe kam durch viele vorläufige Fragen vorsichtig auf den Gegenstand ihrer Wünsche. Sie erfuhr unter Anderem, daß man die Wärterin, welche früher die wahre Anna Catherick beaufsichtigt, für die Flucht derselben verantwortlich gemacht und sie ihrer Stellung entsetzt hatte. Dieselbe Strafe, fügte das Mädchen hinzu, würde auf sie fallen, falls die angebliche Anna Catherick ebenfalls entwiche; außerdem habe sie ein besonderes Interesse, um ihre Stelle zu behalten. Sie war verlobt und wartete, bis sie und ihr Verlobter im Stande sein würden, zwischen zwei und dreihundert Pfund zusammenzusparen, um ein Geschäft zu unternehmen, das es ihnen möglich machen würde, zu heiraten. Sie erhielt einen guten Lohn und hoffte durch strenge Sparsamkeit in zwei Jahren ihren Antheil an der erforderlichen Summe beitragen zu können. Auf diesen Wink hin unterrichtete Miß Halcombe die Wärterin, daß die angebliche Anna Catherick eine nahe Anverwandte von ihr sei, daß sie durch ein unglückseliges Mißverständniß in die Anstalt gebracht worden und daß es eine gute, christliche Handlung von ihr – der Wärterin – sein würde, falls sie ihr behilflich wäre, die arme Dame zu befreien. Ohne dem armen Mädchen Zeit zu irgend einer Einwendung zu lassen, nahm Miß Halcombe vier Banknoten, jede zu hundert Pfund, aus ihrem Taschenbuche und bot sie ihr als Entschädigung für den Verlust ihrer Stelle an.

Die Wärterin zögerte aus bloßer Ueberraschung und Ungläubigkeit. Aber Miß Halcombe fuhr entschlossen fort, in sie zu dringen.

»Sie werden eine gute Handlung thun,« sagte sie, »Sie werden einer auf's Tiefste verletzten, unglücklichen Dame helfen. Hier ist ihr Heiratsgut als Belohnung. Bringen Sie sie sicher zu mir hieher, und ich will Ihnen diese vier Banknoten geben, ehe ich sie von Ihnen entgegennehme.«

»Wollen sie mir einen Brief mit diesen Worten geben, den ich meinem Bräutigam zeigen kann, wenn er mich fragt, woher ich das Geld habe?« frug das Mädchen.

»Ich will den Brief fertig geschrieben und unterzeichnet mit mir bringen,« sagte Miß Halcombe.

»Dann will ich es wagen,« sagte das Mädchen.

»Wann?«

»Morgen.«

Sie kamen dann eilig überein, daß Miß Halcombe am folgenden Morgen zeitig wiederkommen und zwischen den Bäumen versteckt warten – jedoch sich immer in der Nähe der Stelle hinter der Nordmauer aufhalten solle. Die Wärterin konnte nicht genau bestimmen, wann sie kommen werde, da es die Vorsicht erforderte, daß sie sich durch die Umstände leiten ließe.

Miß Halcombe war nächsten Morgens schon vor Zehn Uhr an der bestimmten Stelle. Sie wartete länger als anderthalb Stunden. Nach Verlauf derselben sah sie die Wärterin schnell um die Ecke kommen, indem sie Lady Glyde am Arme hatte. Sowie sie einander gegenüberstanden, gab Miß Halcombe den Brief und die Banknoten in ihre Hände – und die Schwestern waren wieder vereinigt.

Die Wärterin hatte Lady Glyde mit vortrefflichem Vorbedacht in einen Hut, Schleier und Shawl gekleidet, die ihr – der Wärterin – gehörten. Miß Halcombe hielt sie nur zurück, um ihr die Mittel anzudeuten, durch welche die Verfolgung in die falsche Richtung geleitet werden könne, sobald man die Flucht in der Anstalt entdecken würde. Sie sollte zum Hause zurückkehren; dann, wie zufällig, in Gegenwart der anderen Wärterinnen erwähnen, daß Anna Catherick sich neulich nach der Entfernung von London nach Hampshire erkundigt – bis zu dem letzten Augenblicke warten, wo die Entdeckung der Flucht unvermeidlich sein würde und dann Lärm über Anna Catherick's verschwinden zu machen. Die angeblichen Erkundigungen in Bezug auf Hampshire würden den Besitzer der Anstalt auf die Vermuthung führen, daß seine Patientin unter dem Einflusse der Sinnestäuschung, in der sie sich noch immer für Lady Glyde ausgab, nach Blackwater Park zurückgekehrt sei, wonach die erste Verfolgung aller Wahrscheinlichkeit nach in dieser Richtung vorgenommen werden würde.

Die Wärterin versprach, diesem Plane zu folgen.

Sie kehrte sofort in die Anstalt zurück, und Miß Halcombe verlor keine Zeit, ihre Schwester nach London und in Sicherheit zu bringen. Sie kamen noch zur rechten Zeit an, um mit dem Nachmittagszuge nach Carlisle zu reisen, und langten noch an demselben Abend ohne Unfall oder Schwierigkeit in Limmeridge an.

Während der letzten Strecke ihrer Reise waren sie allein im Waggon und es gelang Miß Halcombe solche Erinnerungen der Vergangenheit zu sammeln, wie das verwirrte und geschwächte Gedächtnis ihrer Schwester sie sich zurückzurufen vermochte. So unvollkommen diese Mittheilungen waren, müssen sie dennoch hier berichtet werden.

Lady Glyde's Erinnerungen an die Ereignisse, welche ihrer Abreise von Blackwater Park folgten, begannen mit ihrer Ankunft auf der Station der Südwestbahn in London. Sie hatte nicht daran gedacht, sich vorher ein Memorandum über den Tag zu machen, an welchem sie die Reise unternahm. Alle Hoffnung mußte somit aufgegeben werden, dieses wichtige Datum genau zu erfahren.

Bei der Ankunft des Zuges am Perron fand Lady Glyde, daß Graf Fosco sie dort erwartete. Er war an der Wagenthür, sowie nur der Schaffner dieselbe öffnete. Der Zug brachte ungewöhnlich viele Passagiere und es gab daher ein großes Gedränge bei dem Gepäck. Das von Lady Glyde wurde von jemandem verschafft, den der Graf mitgebracht hatte. Es war alles mit ihrem Namen versehen. Sie fuhr dann mit dem Grafen allein in einem Wagen ab, den sie zur Zeit nicht besonders beachtete.

Ihre erste Frage, indem sie die Station verließen, war nach Miß Halcombe. Der Graf unterrichtete sie, daß Miß Halcombe noch nicht nach Cumberland abgereist sei, da er nach reiflicher Ueberlegung an der Rathsamkeit gezweifelt, sie, ohne daß sie vorher ein paar Tage ausgeruht, eine so lange Reise unternehmen zu lassen.

Lady Glyde frug dann, ob ihre Schwester sich augenblicklich im Hause des Grafen aufhalte.

Ihre Erinnerung der Antwort des Grafen war verwirrt und nur insoweit deutlich, daß der Graf ihr gesagt habe, er sei im Begriffe, sie zu Miß Halcombs zu führen. Lady Glyde war so wenig mit London bekannt, daß sie nicht sagen konnte, durch welche Straßen sie kamen. Aber sie war gewiß, daß sie die Straßen nicht verlassen und daß sie an keinen Gärten oder Bäumen vorbeikamen. Als der Wagen stille hielt, war dies in einer engen Straße hinter einem großen

Platze – einem Platze mit Kaufläden, öffentlichen Gebäuden und großer Menschenmenge. Diesen Erinnerungen zufolge scheint es, daß Graf Fosco sie nicht nach seiner eigenen Wohnung in der Vorstadt St. Johns Wood brachte.

Sie gingen in's Haus und nach einer Hinterstube entweder in der ersten oder zweiten Etage hinauf. Das Gepäck wurde hereingetragen; eine Magd öffnete die Thür und ein Mann mit einem Barte, dem Anscheine nach ein Ausländer, empfing sie im Flur und führte sie dann mit großer Höflichkeit die Treppe hinauf. Auf Lady Glyde's Fragen entgegnete der Graf, daß Miß Halcombe sich im Hause befinde und sofort von der Ankunft ihrer Schwester benachrichtigt werden solle. Er ging dann mit dem fremden Manne fort und ließ sie allein im Zimmer. Dasselbe war ärmlich als Wohnzimmer möblirt und bot eine Aussicht auf die Hinterseite einer Straße.

Es war auffallend stille im Hause und sie hörte nichts als ein dumpfes Murmeln von Männerstimmen in dem Zimmer unter ihr. Sie war nicht lange allein geblieben, als der Graf zurückkam, um ihr anzukündigen, daß Miß Halcombe augenblicklich schlafe und nicht gestört werden könne. Es begleitete ihn ein Herr (ein Engländer), den er ihr als seinen Freund vorstellen zu dürfen bat. Nach dieser sonderbaren Vorstellung – bei welcher, soviel Lady Glyde sich entsinnen konnte, keine Namen genannt wurden – blieb sie mit dem Fremden allein. Er war vollkommen höflich, aber er erschreckte und verwirrte sie durch einige sonderbare Fragen in Bezug auf sie selbst und durch seine seltsamen Blicke, während er dieselben an sie richtete. Nach einer kleinen Weile ging er wieder hinaus und ein paar Minuten später trat ein zweiter Fremder (ebenfalls ein Engländer) herein. Dieser letztere stellte sich selbst als einen Freund des Grafen Fosco vor und begann dann seinerseits sie durch seltsame Blicke und Fragen zu verwirren, wobei er sie nicht ein einziges Mal bei ihrem Namen anredete; worauf er dann bald, wie der Erste, das Zimmer wieder verließ. Sie war jetzt bereits so ängstlich geworden und so besorgt um ihre Schwester, das sie daran dachte, wieder hinunter zu gehen und den Beistand des einzigen weiblichen Wesens anzurufen, daß sie im Hause gesehen: der Magd nämlich, welche ihnen die Hausthür geöffnet hatte.

Als sie sich eben von ihrem Sessel erhoben, kehrte der Graf in's Zimmer zurück. Sie frug ihn sogleich voll Besorgnis, wie lange ihr Zusammenkommen mit ihrer Schwester noch verschoben bleiben müsse? Zuerst gab er ihr eine ausweichende Antwort, dann aber, als sie immer ängstlicher in ihn drang, bekannte er, anscheinend mit großem widerstreben, daß Miß Halcombe sich durchaus nicht so wohl befinde, wie er es sie bisher habe glauben lassen. Der Ton und die Art und Weise, in der er ihr diese Antwort gab, beunruhigten Lady Glyde in dem Grade, daß sie von einer plötzlichen Schwäche befallen wurde und um ein Glas Wasser zu bitten genöthigt war. Der Graf ging an die Thür und rief, daß man ihm ein Glas Wasser und ein Riechfläschchen brächte. Das Wasser hatte, als Lady Glyde es zu trinken versuchte, einen so sonderbaren Geschmack, daß es ihr Unwohlsein verschlimmerte und sie schnell dem Grafen das Riechfläschchen aus der Hand nahm, um daran zu riechen. Es wurde ihr augenblicklich schwindelig; der Graf fing das Fläschchen auf, als es ihren Händen entfiel, und das Letzte, dessen sie sich bewußt, war, daß er es ihr zum zweiten Male zu riechen vorhielt.

Von diesem Punkte an waren ihre Erinnerungen unklar, abgebrochen und schwer mit jeder annehmbaren Wahrscheinlichkeit zu vereinigen.

Ihrem eigenen Eindrucke zufolge kehrte ihr erst spät am Abend das Bewußtsein zurück; ihre Erinnerung war, daß sie darauf sein Haus verließ; daß sie (wie sie es vorher in Blackwater Park beschlossen) Zu Mrs. Vesey ging, dort Thee trank und die Nacht zubrachte. Sie war durchaus nicht im Stande, anzugeben, wie, wann oder in welcher Gesellschaft sie das Haus verlassen, in das Graf Fosco sie geführt. Sie blieb bei der Behauptung, daß sie bei Mrs. Vesey gewesen und, was noch merkwürdiger war, daß Mrs. Rubelle sie zu Bette gebracht! Sie konnte sich nicht entsinnen, wovon man bei Mrs. Vesey gesprochen, wen sie dort noch außer dieser Dame gesehen, oder warum Mrs. Rubelle im Hause gewesen und ihr geholfen habe.

Ihre Erinnerung an das, was sich am folgenden Morgen zugetragen, war noch unklarer und unzuverlässiger. Sie hatte eine undeutliche Idee, als ob sie mit dem Grafen und mit Mrs. Rubelle ausgefahren, doch konnte sie nicht sagen, zu welcher Stunde, noch wie, wann und weshalb sie Mrs. Vesey verlassen. Ebensowenig konnte sie sich erinnern, wo sie ausstieg und ob der Graf und Mrs. Rubelle fortwährend bei ihr blieben oder nicht. Sie hatte keine Idee, ob ein Tag oder mehr verflossen war, bis sie plötzlich an einem fremden Orte, wo unbekannte Frauen sie umringten, wieder zur Besinnung kam.

Dies war die Irrenanstalt. Hier hörte sie sich zuerst bei Anna Catherick's Namen nennen und hier als letzten bemerkenswerthen Umstand in der Erzählung des an ihr begangenen Verrathes gewahrte sie mit ihren eigenen Augen, daß sie Anna Catherick's Kleider trug.

Die Wärterin hatte ihr am ersten Abend, da sie sie auskleidete, die Zeichen in jedem einzelnen Gegenstande ihrer Unterkleider gezeigt und ihr dabei ohne alle Unfreundlichkeit oder Gereiztheit gesagt:

»Langweilen Sie uns nicht mehr mit Ihrer Idee, daß Sie Lady Glyde wären. Die ist todt und begraben und Sie sind lebendig und gesund. Sehen Sie doch Ihre Kleider einmal an! Da steht es ja, mit guter Zeichentinte, und an derselben Stelle werden Sie es in all Ihren Kleidern finden, die wir hier für Sie aufbewahrt haben: ›Anna Catherick‹, so deutlich als ob es gedruckt wäre!«

Dies war in deutlichen Ausdrücken die Erzählung, welche Miß Halcombe auf der Fahrt nach Cumberland durch sorgfältige Fragen aus ihrer Schwester heraus brachte. Miß Halcombe enthielt sich, mit Fragen über die Ereignisse in der Anstalt in sie zu dringen. Man erfuhr durch das freiwillige Bekenntnis des Eigenthümers der Anstalt, daß sie am 30. Juli in derselben aufgenommen worden war. von diesem Tage an bis Zu dem 15. October (dem Tage ihrer Befreiung) war sie in Haft gewesen, indem man systematisch ihre Identität als Anna Catherick behauptete und ihr entschieden von Anfang bis zu Ende ihren gesunden Verstand ableugnete.

Da sie erst spät am Abend des 15. October in Limmeridge House anlangten, beschloß Miß Halcombe wohlweislich, den Versuch, Lady Glyde's Identität geltend zu machen, bis zum folgenden Tage zu verschieben.

Am nächsten Morgen war ihr erstes, zu Mr. Fairlie zu gehen; sie erzählte ihm dann nach aller erdenklichen Vorsicht und Vorbereitung mit einfachen, klaren Worten, was sich zugetragen. Sobald er sich von seinem ersten Erstaunen und seiner Bestürzung einigermaßen erholt, erklärte er mit zornigen Worten, Miß Halcombe habe sich durch Anna Catherick zum Narren halten lassen. Er verwies sie auf Graf Fosco's Brief und auf das, was sie selbst ihm über die Ähnlichkeit zwischen Anna und seiner verstorbenen Nichte mitgetheilt hatte, und weigerte sich entschieden, auch nur auf eine einzige Minute eine wahnsinnige vor sich zu lassen.

Miß Halcombe verließ das Zimmer und wartete, bis sich die erste Hitze ihrer Entrüstung gelegt; sie beschloß nach reiflicher Ueberlegung, daß Mr. Fairlie im bloßen Interesse der Menschlichkeit seine Nichte sehen solle, ehe er seine Thüren gegen sie schloß, und führte dann Lady Glyde, ohne ihn vorher hierauf vorzubereiten, in sein Zimmer. Der Diener war an der Thür aufgestellt, um ihnen den Eintritt zu wehren; aber Miß Halcombe drang, ihre Schwester an der Hand haltend, in Mr. Fairlie's Zimmer ein. Der Auftritt, welcher folgte, war zu schmerzlich, um beschrieben zu werden. – Miß Halcombe selbst konnte sich nicht überwinden, davon zu sprechen. Genüge es, zu sagen, daß Mr. Fairlie in den entschiedensten Ausdrücken erklärte, er erkenne die Person, die man ihm vorführe, nicht; er sehe nichts in ihren Manieren oder ihrem Gesichte, das ihn einen Augenblick daran zweifeln ließe, daß seine Nichte im Kirchhofe zu Limmeridge begraben liege und daß er den Schutz des Gesetzes anrufen wolle, falls die Person nicht, ehe der Tag zu Ende, sein Haus verlassen haben werde.

Selbst wenn man Mr. Fairlie's Egoismus und angeborenen Gefühlsmangel aus dem allerschlimmsten Gesichtspunkte betrachtete, war es doch offenbar unmöglich, anzunehmen, daß er einer solchen Schändlichkeit fähig gewesen wäre, das Kind seines Bruders geflissentlich zu verleugnen.

Als Miß Halcombe darauf die Probe mit der Dienerschaft machte und fand, daß auch sie durchgängig wenigstens unsicher waren, ob die Dame, die man ihnen vorstellte, ihre junge Gebieterin oder Anna Catherick sei (von deren Aehnlichkeit mit der ersteren sie Alle gehört hatten), konnte Miß Halcombe nicht länger zweifeln, daß die

Veränderung, welche die lange Haft im Irrenhause in Lady Glyde's Aussehen und Wesen hervorgebracht, eine weit bedeutendere sei, als sie zuerst angenommen hatte. Der schändliche Betrug, der ihren Tod behauptet, bot aller Entdeckung, selbst in dem Hause, in welchem sie geboren war, und bei den Leuten, unter denen sie gelebt, Trotz.

Die Kammerjungfer, Fanny, die zur Zeit zufällig nicht in Limmeridge anwesend war, wurde in ein paar Tagen zurückerwartet und dies würde eine Aussicht geboten haben, mit ihrem Erkennen den Anfang zu machen, da sie in weit vertrauterem Umgange mit ihrer jungen Gebieterin gelebt und ihr weit herzlicher zugethan war, als die übrige Dienerschaft. Dann auch hätte Lady Glyde heimlich im Hause oder im Dorfe zu Limmeridge bleiben können, bis sich ihre Gesundheit wieder etwas befestigt und ihre Geisteskräfte wieder hergestellt hatten; denn sobald sie sich wieder auf ihr Gedächtnis verlassen konnte, würde sie natürlicherweise Personen und Ereignisse der Vergangenheit erwähnt haben und zwar mit einer Sicherheit und Genauigkeit, die eine Betrügerin nicht hätte nachahmen können, und so hätte ihre Identität, welche festzustellen ihrem eigenen Erscheinen nicht gelungen war, später mit Hilfe der Zeit durch ihre eigenen Worte noch unzweifelhafter bewiesen werden können.

Aber die Verhältnisse, unter welchen sie ihre Freiheit wiedergewonnen, machten diese Zufluchtsmittel geradezu unanwendbar. Die Verfolgung von Seite der Irrenanstalt, die nur für den Augenblick nach Hampshire hin abgelenkt worden, mußte unfehlbar zunächst sich nach Cumberland richten. Die mit der Verfolgung beauftragten Personen konnten in wenigen Stunden in Limmeridge eintreffen, und in Mr. Fairlie's gegenwärtiger Stimmung durften sie mit Bestimmtheit auf seinen Beistand als örtliche Autorität rechnen. Die gewöhnliche Rücksicht für Lady Glyde's Sicherheit zwang Miß Halcombe, sie sofort von dem Orte zu entfernen, der ihr jetzt gefährlicher war, als jeder andere – aus ihrer eigenen Heimat.

Augenblickliche Rückkehr nach London war die erste und weiseste Sicherheitsmaßregel, an die sie dachte. In der großen Stadt konnte jede Spur von ihnen am sichersten getilgt werden.

Am Nachmittag jenes denkwürdigen 16. Octobers gingen die Beiden allein in die Welt hinaus und wandten Limmeridge House auf immer den Rücken.

Sie hatten den Hügel oberhalb des Friedhofes erreicht, als Lady Glyde darauf bestand, umzukehren und noch einmal das Grab ihrer Mutter zu sehen. Miß Halcombe versuchte sie davon abzubringen, doch gelang es ihr diesmal nicht. Sie war unerschütterlich. Ihre matten Augen leuchteten mit plötzlichem Feuer und blitzten durch den Schleier, der ihr Gesicht bedeckte; die abgemagerten Finger schlossen sich fester und krampfhafter um den treuen Arm, auf den sie sich bisher so kraftlos gelehnt. Ich glaube im Innersten meines Herzens, daß *Gottes Hand* ihnen den Weg wies.

Sie gingen zurück auf den Begräbnisplatz und besiegelten hiedurch die Zukunft unserer drei Leben.

III.

Dies war die Geschichte der Vergangenheit – soweit sie uns bekannt gewesen.

Zwei einleuchtende Schlüsse boten sich meinem Geiste, nachdem ich sie angehört hatte, während alle Einzelheiten mir noch ein Geheimnis blieben, war mir doch die schändliche Art und Weise, in der man sich die zufällige Aehnlichkeit der Frau in Weiß mit Lady Glyde zunutze gemacht, vollkommen klar. Es lag auf der Hand, daß Anna Catherick als Lady Glyde in Graf Fosco's Hause eingeführt worden und daß Lady Glyde die Stelle der Verstorbenen in der Anstalt eingenommen – wobei man die Substituirung so ausgeführt, daß unschuldige Leute (wenigstens der Arzt und die beiden Mägde ganz gewiß und wahrscheinlich auch der Besitzer der Irrenanstalt) Mitschuldige an dem Verbrechen wurden.

Der zweite Schluß war die nothwendige Folge des ersten, wir drei durften vom Grafen und von Sir Percival Glyde keine Barmherzigkeit erwarten. Der Erfolg des Verbrechens hatte jenen beiden Männern einen klaren Gewinn von dreißigtausend Pfund gebracht – dem einen zwanzig- und dem anderen durch seine Frau zehntausend. Sie hatten dieses Interesse sowohl, als noch andere, um sich nach Kräften gegen Bloßstellung zu wahren und würden daher nichts unversucht lassen, um das Versteck ihres Opfers zu entdecken und dasselbe wieder von den einzigen Freunden zu reißen, die es in der Welt besaß: von Marianne Halcombe und von mir.

Das Bewußtsein dieser drohenden Gefahr bestimmte mich in der Wahl des Zufluchtsortes für uns. Ich nahm deshalb eine Wohnung im entlegenen Ostviertel der Stadt, wo es am wenigsten müßige Leute gab, die sich in den Straßen umhertrieben. Ich wählte diesen ärmlichen und bevölkerten Stadttheil, weil, je schwerer die Männer und Frauen unserer Nachbarschaft um einen Lebensunterhalt zu kämpfen hatten, ihnen destoweniger Zeit und Gelegenheit blieb, sich um die Fremden zu bekümmern, welche der Zufall unter sie führte. Aber unsere obscure Wohnung war auch noch in einer anderen, vielleicht nicht minder wichtigen Beziehung ein Gewinn für uns. wir konnten hier um ein Billiges leben und jeden Heller aufsparen, um unseren Zweck zu fördern, den ich jetzt fest und unausgesetzt im Auge behielt.

Es wohnte außer uns Niemand im Hause, und wir konnten in demselben aus- und eingehen, ohne unseren Weg durch den Laden zu nehmen. Ich bestimmte, daß, wenigstens für's Erste, weder Marianne noch Laura ohne mich das Haus verließen, und daß sie in meiner Abwesenheit Niemanden unter irgend welchem Vorwande in ihre Zimmer einließen. Sobald wir diese Regel festgesetzt, ging ich zu einem Bekannten früherer Zeiten – einem Holzschneider mit einer ausgebreiteten Kundschaft – um mir bei ihm Beschäftigung zu suchen, wobei ich ihm zugleich sagte, daß ich Gründe habe zu wünschen, unbekannt zu bleiben.

Er schloß hieraus sogleich, daß ich Schulden habe, und versprach, zu thun, was er könne, um mir zu helfen. Ich störte ihn nicht in seinem Wahne und nahm die Arbeit an, welche er mir zu geben hatte. Ich besaß, was er suchte: Ausdauer und Fertigkeit, und obgleich mein Verdienst nur klein, so reichte er doch aus für unsere Bedürfnisse. Sobald wir hierüber beruhigt waren, legten Marianne Halcombe und ich zusammen, was wir besaßen. Es blieben ihr noch zwei- bis dreihundert Pfund von ihrem kleinen Vermögen und mir noch fast dasselbe von dem Ertrage des Verkaufes meiner Kundschaft, ehe ich England verlassen hatte; zusammen besaßen wir mehr als vierhundert Pfund. Ich legte dieses kleine Vermögen in einer Bank nieder, um mit ihm jene geheimen Nachforschungen zu bestreiten, welche ich allein durchzuführen entschlossen war, falls ich Niemanden fand, um mir zu helfen, wir berechneten unsere wöchentlichen Ausgaben bis auf den Heller und griffen niemals unser kleines Capital an, ausgenommen für Laura und in Lauras Angelegenheiten.

Der Hausarbeit nahm sich Marianne Halcombe gleich vom ersten Tage an. »Was Frauenhände *können* ,« sagte sie, »das sollen die meinigen thun, vom Morgen bis zum Abend« und sie zitterten, als sie dieselben hinhielt. Die abgemagerten Arme erzählten ihre traurige Geschichte der jüngst vergangenen Zeit, als sie die Aermel des bescheidenen Kleides aufstreifte, welches sie der Sicherheit wegen trug; aber ihr unverwüstlicher Geist loderte selbst jetzt noch hell in ihr. Ich sah große Thränen in ihren Augen, als sie mich anblickte.

Sie wischte sie fort mit einem Anfluge ihrer alten Energie und lächelte mir mit einem matten Widerscheine ihrer alten frohen Laune zu. »Zweifle nicht an meinem Mute, Walter,« sagte sie, »es ist meine Schwäche, welche weint, nicht ich.«

Schon vor Ablauf des Monats war unsere Lebensweise ruhig in ihren neuen Gang eingetreten, und wir drei waren so vollkommen in unserem Verstecke isolirt, als ob das Haus, in dem wir wohnten, eine wüste Insel und das große Straßennetz um uns her, mit seiner wogenden Menschenmasse, die Wasser einer unermeßlichen See gewesen wären.

Ich durfte jetzt auf einige Muße rechnen, um zu erwägen, wie ich mich gleich zu Anfang am sichersten für den bevorstehenden Kampf mit Sir Percival und dem Grafen waffnen könnte.

Ich gab alle Hoffnung auf, mich auf mein Erkennen Lauras oder auf Mariannens Erkennen ihrer zum Beweise ihrer Identität zu berufen. Hätten wir sie weniger innig geliebt, wäre der Instinct, den diese Liebe uns eingepflanzt, nicht viel sicherer gewesen, denn alle Beweisgründe der Vernunft, nicht viel schärfer, denn die schärfsten Beobachtungen, so wären selbst wir vielleicht unsicher gewesen, als wir sie zuerst wieder erblickten.

Die äußeren Veränderungen, welche die beiden und Schrecken der jüngsten Vergangenheit auf furchtbare Weise in ihr hervorgebracht, hatten ihre unheilbringende Aehnlichkeit mit Anna Catherick noch vergrößert. In meinen Mittheilungen über die Ereignisse während meines Aufenthaltes in Limmeridge House habe ich nach meinen eigenen Beobachtungen der Beiden erwähnt, wie die Aehnlichkeit, so auffallend dieselbe auch im Allgemeinen, sobald man sie einem genaueren Vergleiche unterwarf, in manchen Punkten nicht stichhaltig war. Früher, falls man beide nebeneinander gesehen, hätte Niemand sie verwechseln können, wie dies so oft bei Zwillingen der Fall ist. Doch dies konnte ich jetzt nicht mehr behaupten. Jener Kummer und jenes Leiden, welche selbst nur durch einen flüchtigen Gedanken mit Laura Fairlie in Verbindung zu bringen ich mir Vorwürfe gemacht, hatten jetzt in der That ihre entweihenden Stempel auf die Jugend und Anmuth ihres Gesichtes gedrückt; und die unglückselige Aehnlichkeit, über deren bloßen Gedanken ich einst geschaudert, war jetzt zu einer wirklichen, lebenden Aehnlichkeit geworden, die sich vor meinen eigenen Augen behauptete.

Die eine Aussicht, auf die ich Anfangs noch gehofft – die Aussicht, ihre Erinnerungen an Personen und Ereignisse anzurufen, mit denen keine Betrügerin vertraut sein konnte, erwies sich als hoffnungslos. Das Wagnis, ihre Erinnerungen auf die unruhige und schreckenvolle Vergangenheit zurückzuführen, wäre zu groß gewesen.

Die einzigen Begebenheiten früherer Zeit, an die wir sie zu erinnern wagten, waren unbedeutende kleine häusliche Ereignisse jener glücklichsten ersten Tage in Limmeridge, wo ich sie zeichnen lehrte. Der Tag, an welchem ich jene Erinnerungen erweckte, indem ich ihr die Zeichnung von dem Schweizerhäuschen zeigte, die sie mir beim Abschied geschenkt und die mich seitdem nie verlassen hatte, war der Tag, an dem sich unsere Hoffnung neu belebte. Schwach und allmälig war die Erinnerung an die alten Spaziergänge, und die armen traurigen Augen blickten Marianne und mich mit einer zagenden Nachdenklichkeit an, die wir von dem Augenblicke an nährten und lebendig erhielten. Ich kaufte einen kleinen Farbenkasten für sie und ein Zeichenbuch, wie jenes, das ich an dem Morgen, wo ich sie zuerst erblickt, in ihren Händen gesehen, wieder – o mein Gott, wieder einmal! saß ich an ihrer Seite, um die schwache, unsichere Hand zu führen. Tag für Tag erhob ich das neue Interesse, bis es seinen Platz in der Leere ihres Lebens bestimmt wieder ausfüllte – bis sie wieder an ihre Zeichnung denken, davon sprechen und sich geduldig allein darin üben konnte, mit einem matten Abglanze der wachsenden Freude über ihre eigenen Fortschritte, welche dem entschwundenen Leben und dem entschwundenen Glücke vergangener Tage angehörte.

Auf diese einfache Weise unterstützten wir langsam die Genesung ihres Geistes; an schönen Tagen führten wir sie hinaus, um in einem ruhigen alten Gartenplatze der City spazieren zu gehen, der uns ganz nahe gelegen war; wir erübrigten ein paar Pfund von unserem Capital, um ihr Wein und kräftige Nahrungsmittel zu verschaffen, deren sie bedurfte, und unterhielten sie Abends durch Kinder-Kartenspiele und Bilderbücher, die ich von dem Stecher borgte, welcher mir Beschäftigung gab, – durch diese und ähnliche kleine Aufmerksamkeiten beruhigten und befestigten wir ihr Gemüth und hofften mit frohem Muthe Alles von der Zeit, der Sorgfalt und der Liebe. Doch sie mit Fremden zusammenzubringen oder Bekannten, die nicht viel besser als Fremde für sie waren; die schmerzlichen Erinnerungen an das Vergangene wieder zu wecken, die wir mit solcher Mühe zur Ruhe gebracht hatten – dies wagten wir in ihrem eigenen Interesse nicht zu thun. Welche Opfer es auch erheischen, welche langen, ermüdenden, herzbrechenden Verzögerungen es auch bedingen mochte: das Unrecht, das ihr zugefügt worden, mußte ohne ihr Mitwissen und ihre Hilfe wieder gutgemacht werden.

Nachdem ich mich mit Marianne berathen, beschloß ich, den Anfang damit zu machen, daß ich möglichst viele Facta sammelte und dann Mr. Kyrle (von dem wir überzeugt waren, daß wir uns auf ihn verlassen konnten) zu Rathe zog und mich von ihm unterrichten ließ, ob wir begründete Aussicht auf gerichtlichen Beistand hätten.

Die erste Quelle der Nachforschungen, an die ich mich wandte, war das von Marianne Halcombe in Blackwater Park geführte Tagebuch. Doch befand sich in demselben Manches über mich selbst aufgezeichnet, wovon sie nicht gerathen hielt, daß ich es sähe. Demzufolge las sie mir aus den Aufzeichnungen vor, während ich mir die nothwendigen Anmerkungen machte, wir konnten hiezu nur die Zeit erübrigen, indem wir Abends spät aufsaßen, doch genügten drei Nächte, mich von alldem zu unterrichten, was Marianne mir sagen konnte.

Mein nächstes Verfahren war, mir so viel fernere Auskunft von anderen Leuten zu verschaffen, wie nur dies möglich war, ohne Verdacht zu erregen. Ich ging selbst zu Mrs. Vesey, um mich zu überzeugen, ob Lauras Angabe, daß sie dort geschlafen habe, richtig sei. Ich bewahrte in diesem Falle aus Rücksicht für Mrs. Vesey's Alter und Schwäche und in allen folgenden aus Vorsicht das Geheimnis unserer wirklichen Lage und trug stets Sorge, von Laura als der »verstorbenen Lady Glyde« zu sprechen.

Mrs. Vesey's Auskünfte auf meine Fragen bestätigten leider nur meine Vermuthungen. Laura hatte allerdings geschrieben, sie werde die Nacht unter dem Dache ihrer alten Freundin zubringen, habe sich jedoch nicht sehen lassen.

Es ließ ihr Geist ihr in diesem Falle und, wie ich fürchtete, in noch anderen das, was sie zu thun beabsichtigt, in einem Lichte erscheinen, als ob sie es in Wirklichkeit ausgeführt hätte. Die unbewußten Widersprüche in ihr selbst konnten leicht zu ernstlichen Mißgriffen führen. Es war bereits an der Schwelle unseres Ausganges ein Mangel in unseren Beweisstücken, welcher entmuthigend auf uns wirkte.

Als ich dann bat, den Brief sehen zu dürfen, welchen Laura von Blackwater Park an Mrs. Vesey geschrieben, gab man ihn mir ohne das Couvert, das längst fortgeworfen war. Der Brief selbst enthielt gar kein Datum, sondern bloß folgende Zeilen:

»Liebste Mrs. Vesey!

Ich bin in großer Noth und großem Kummer und werde Morgen Abend zu Ihnen kommen und Sie für die Nacht um ein Bett bitten. Ich kann Ihnen in diesem Briefe nichts Näheres sagen – ich schreibe in solcher Angst, dabei überrascht zu werden, daß ich nicht im Stande bin, meine Gedanken festzuhalten. Bitte, bleiben Sie zu Hause, um mich zu empfangen. Ich will Ihnen tausend Küsse geben und ihnen Alles sagen.

Herzlichst

Ihre Laura.«

Welche Hilfe war in diesen Zeilen für uns? Nicht die geringste.

Als ich von Mrs. Vesey zurückkehrte, bat ich Marianne, an Mrs. Michelson zu schreiben. Sie durfte, falls sie dies für rathsam hielt, einen allgemeinen Verdacht gegen Graf Fosco's Verhalten aussprechen und sollte die Haushälterin bitten, uns im Interesse der Wahrheit eine deutliche, unumwundene Angabe der Thatsachen zu machen, während wir die Antwort auf diesen Brief erwarteten, welche in einer Woche anlangte, ging ich zu dem Arzte in St. John's Wood, dem ich mich als von Miß Halcombe abgesandt vorstellte, um womöglich noch fernere Einzelheiten in Bezug auf die letzte Krankheit ihrer Schwester für sie zu sammeln, als Mr. Kyrle Zeit gefunden hatte, sich zu verschaffen. Mit Mr. Goodricke's Hilfe erlangte ich eine Abschrift des Todtenscheines und eine Unterredung mit der Frau (Jane Gould), welche den Leichnam für das Grab hergerichtet hatte. Durch letztere erfuhr ich auch, auf welche Weise ich mir das

Zeugnis der Hester Pinhorn würde verschaffen können. Dieselbe hatte kürzlich in Folge einer Veruneinigung mit ihrer Herrin ihre Stelle verlassen und wohnte bei Leuten in der Nachbarschaft der Mrs. Gould, mit welchen diese bekannt war. Auf diese Weise verschaffte ich mir die Aussagen des Arztes, der Haushälterin, der Jane Gould und Hester Pinhorn, genau wie dieselben in diesen Blättern angeführt sind.

Mit den in diesen Dokumenten enthaltenen Zeugnissen versehen, hielt ich mich für hinlänglich vorbereitet, um eine Besprechung mit Mr. Kyrle zu halten, und Marianne schrieb ihm demzufolge, um ihn mit meinem Namen bekannt zu machen und ihm Tag und Stunde anzugeben, wo ich ihn allein zu sprechen wünsche.

Am Morgen dieses Tages blieb mir noch Zeit genug, um Laura wie gewöhnlich spazieren zu führen und sie dann ruhig bei ihren Zeichnungen anzustellen. Als ich aufstand, um das Zimmer zu verlassen, blickte sie mich mit einer neuen Besorgnis im Gesichte an, und ihre Finger begannen auf ihre alte Weise zweifelhaft mit den Pinseln und Bleistiften auf dem Tische zu spielen.

»Du bist doch meiner noch nicht müde?« sagte sie. »Du gehst doch nicht fort, weil du meiner überdrüssig bist? Ich will versuchen, es besser zu machen – ich will suchen wieder gesund zu werden. Hast du mich noch so lieb, wie sonst, Walter, jetzt, da ich so blaß und abgefallen bin und so langsam im Lernen?« Sie sprach, wie ein Kind hätte sprechen mögen. Ich blieb ein paar Minuten länger – blieb, um ihr zu sagen, daß sie mir theurer jetzt, denn je zuvor. »Suche wieder wohl zu werden,« sagte ich, sie in der neuen Hoffnung auf die Zukunft ermuthigend, »um Mariannens und um meinetwillen suche wieder gesund zu werden.«

»Ja,« sagte sie zu sich selbst, indem sie sich wieder zu ihrer Zeichnung wandte, »ich muß es versuchen, weil sie mich Beide so lieb haben,« Dann blickte sie plötzlich wieder auf. »Bleibe nicht lange fort, Walter, ich kann nicht mit meiner Zeichnung fertig werden, wenn du nicht da bist, um mir zu helfen.«

»Ich werde bald wieder da sein, mein Herzensliebling, um zu sehen, was du gezeichnet hast.«

Die Stimme versagte mir wider Willen, und ich zwang mich, das Zimmer zu verlassen.

Als ich die Thür öffnete, winkte ich Mariannen, mir zur Treppe zu folgen. Es war nothwendig, sie auf ein Resultat vorzubereiten, das, wie ich fühlte, früher oder später die Folge meines öffentlichen Umhergehens in den Straßen sein konnte.

»Ich werde aller Wahrscheinlichkeit nach in wenigen Stunden wieder zurück sein,« sagte ich, »und du wirst natürlich in meiner Abwesenheit wie immer Sorge tragen, daß kein Mensch in's Haus kommt. Sollte sich aber etwas ereignen –«

»Was kann sich ereignen?« unterbrach sie mich schnell. »Sage mir umumwunden, Walter, ob Gefahr vorhanden, und dann werde ich ihr zu begegnen wissen.«

»Die einzige Gefahr, die wir zu befürchten haben, ist die,« sagte ich, »daß Sir Percival Glyde durch die Nachricht von Lauras Flucht aus der Anstalt nach London zurückgerufen worden. Du erinnerst dich, daß er mich beobachten ließ, bevor ich England verließ, und wahrscheinlich kennt er mich dem Ansehen nach, ohne daß ich ihn je gesehen habe.«

Sie legte ihre Hand auf meine Schulter und schaute mich in ängstlichem Schweigen an.

»Es ist nicht wahrscheinlich,« sagte ich, »daß ich sobald schon in London von Sir Percival oder seinen Leuten gesehen werde. Aber es ist eben möglich, daß sich ein Unfall der Art zuträgt. In diesem Falle mußt du nicht ängstlich werden, falls ich heute Abend nicht heimkehren sollte, und Lauras Fragen mit den besten Entschuldigungen beantworten, die du für mich machen kannst, sobald ich die geringste Ursache zu argwöhnen habe, daß ich wieder belauert werde, so will ich Sorge tragen, daß kein Spion mir nach diesem Hause folgt. Zweifle nicht an meiner Rückkehr, Marianne, wie sehr sich dieselbe auch verzögern mag – und fürchte nichts.«

»Nichts!« entgegnete sie fest. »Du sollst es nicht zu bereuen haben, Walter, daß du nur ein Weib zur Hilfe hast.« Sie hielt mich noch einen Augenblick länger zurück. »Nimm dich in Acht!« sagte sie, indem sie mir besorgt die Hand drückte, – »nimm dich in Acht!«

Ich verließ sie und ging den dunklen, unsicheren Weg, der an der Thür des Advocaten seinen Anfang nahm.

IV.

Auf meinem Wege nach dem Geschäftsbureau der Herren Gilmore und Kyrle in Chancery Lane ereignete sich nichts von der geringsten Bedeutung.

Während man Mr. Kyrle meine Karte brachte, fiel mir etwas ein, das nicht früher bedacht zu haben ich ernstlich bereute. Mariannens Mittheilungen setzten es außer Zweifel, daß Graf Fosco ihren ersten Brief, den sie von Blackwater Park aus an Mr. Kyrle geschrieben, geöffnet und den zweiten mit Hilfe seiner Frau unterschlagen hatte. Er kannte daher vollkommen die Adresse des Bureaus und man durfte daher annehmen, daß er natürlich schließen werde, daß Marianne abermals Mr. Kyrle's Rath und Erfahrungen in Anspruch nehmen würde. In diesem Falle war das Bureau in Chancery Lane gerade der Ort, den er und Sir Percival zuerst bewachen lassen würden, und falls die dazu verwandten Personen dieselben waren, welche mich schon vor meiner Abreise aus England verfolgt hatten, so mußte ihnen aller Wahrscheinlichkeit nach meine Rückkehr schon an diesem Tage bekannt werden. Die besondere Gefahr, die sich an das Geschäftslocal knüpfte, war mir bis zu diesem Augenblicke nie eingefallen. Er war jetzt zu spät für den Wunsch, daß ich Vorbereitungen getroffen hätte, an irgend einem dritten Orte mit dem Advocaten zusammenzukommen. Ich konnte nur den Entschluß fassen, vorsichtig zu sein, wenn ich Chancery Lane wieder verließe, und unter keiner Bedingung von dort aus direct nach Hause zurückzukehren.

Nachdem ich einige Minuten gewartet, wurde ich in Mr. Kyrle's Privatzimmer geführt. Er war ein blasser, magerer, ruhiger, unbefangener Mann mit sehr aufmerksamem Auge, einer sehr leisen Stimme und einem leidenschaftslosen Wesen, nicht (wie es mir schien) sehr theilnehmend, wo es sich um Fremde handelte, und durchaus nicht leicht aus seiner Advocatenhaltung zu bringen. Ich hätte für meinen Zweck schwerlich einen besseren Mann finden können. Falls er sich zu einer Meinung herbeiließ und dieselbe uns günstig war, so war von dem Augenblicke an der Erfolg unserer Angelegenheit sicher.

»Ehe ich in die Angelegenheiten eingehe, welche mich zu Ihnen führt,« sagte ich, »muß ich Sie darauf vorbereiten, Mr. Kyrle, daß die kürzeste Angabe, welche ich zu machen im Stande bin, einige Zeit erfordern wird.«

»Meine Zeit steht Miß Halcombe zu Diensten,« entgegnete er, »wo es auf ihre Interessen ankommt, vertrete ich meinen Kompagnon sowohl persönlich als geschäftlich.«

»Darf ich fragen, ob Mr. Gilmore in England ist?«

»Er hält sich augenblicklich bei Verwandten in Deutschland auf. Seine Gesundheit ist ziemlich hergestellt, aber die Zeit seiner Rückkehr ist bis jetzt noch unbestimmt.«

Während wir diese vorläufigen Worte wechselten, hatte er unter den Papieren gesucht, welche vor ihm lagen, und nahm jetzt einen versiegelten Brief zwischen denselben heraus. Ich dachte, er sei im Begriffe, mir denselben einzuhändigen, doch schien er seine Absicht zu ändern, denn er legte ihn neben sich auf den Tisch, setzte sich in seinem Armstuhle zurück und erwartete schweigend, was ich ihm zu sagen hatte.

Ohne noch einen Augenblick mit fernerer Bevorwortung zu verlieren, setzte ich ihn sofort vollständig von den Ereignissen in Kenntnis, welche in diesen Blättern erzählt worden sind.

Ungeachtet, daß er jeder Zoll ein Advocat war, brachte ich ihn doch aus seiner Ruhe. Ausdrücke der Ungläubigkeit und des Erstaunens, welche er nicht zu unterdrücken vermochte, unterbrachen mich zu wiederholten Malen. Ich ließ mich jedoch nicht dadurch stören und that dann zum Schlusse dreist die wichtige Frage:

»Was ist Ihre Ansicht, Mr. Kyrle?« Er war zu vorsichtig, um eine Antwort zu wagen, ehe er sich Zeit gelassen, seine ganze Fassung wieder zu gewinnen.

»Bevor ich eine Meinung abgebe,« sagte er, »muß ich um Erlaubnis bitten, mir durch ein paar Fragen den Weg etwas zu bahnen.«

Er legte mir seine Fragen vor – scharfe, argwöhnische, ungläubige Fragen, welche mir deutlich bewiesen, daß er mich für das Opfer einer Sinnestäuschung hielt und daß er, hätte mich nicht Miß Halcombe an ihn empfohlen, wohl gar geglaubt hätte, ich suche ihn durch einen listigen Betrug zu hintergehen.

»Glauben sie, daß ich die Wahrheit gesprochen habe, Mr. Kyrle?« frug ich ihn.

»Soweit es Ihre persönliche Ueberzeugung betrifft,« entgegnete er, »glaube ich, daß Sie die Wahrheit gesprochen haben. Ich hege die höchste Achtung vor Miß Halcombe und habe daher Ursache, einen Herrn, dessen Vermittlung in einer solchen Sache sie ihr Vertrauen schenkt, ebenfalls zu achten. Ich will sogar noch weiter gehen und um der Höflichkeit und des Argumentes willen zugeben, daß Lady Glyde's Identität als lebende Person für Miß Halcombe und für Sie eine bewiesene Thatsache ist. Aber Sie sind zu mir gekommen, um sich gesetzlichen Rath bei mir zu holen, und als Rechtsgelehrter ist es meine Pflicht, Ihnen zu sagen, daß Sie auch nicht den Schatten einer Hoffnung für Ihre Sache haben.«

»Das ist stark ausgedrückt, Mr. Kyrle.«

»Ich will versuchen, es auch klar auszudrücken. Der Beweis von Lady Glyde's Ableben ist dem Anscheine nach klar und ausreichend. Da ist das Zeugnis ihrer Tante, welches beweist, daß sie nach Graf Fosco's Hause kam, dort erkrankte und starb. Da ist das ärztliche Zeugnis, welches den Tod beweist und daß derselbe unter natürlichen Umständen stattfand. Dann ist die Thatsache des Begräbnisses zu Limmeridge und die Angabe der Inschrift auf dem Grabsteine da. Und dies Alles wollen Sie umstürzen, welches Zeugnis haben Sie Ihrerseits, um Ihre Erklärung, die verstorbene und Begrabene sei nicht Lady Glyde, zu unterstützen? Lassen Sie uns die Hauptpunkte Ihrer Angabe durchgehen und sehen, was sie werth sind. Miß Halcombe geht in eine gewisse Irrenanstalt und sieht dort eine gewisse Patientin. Es ist bekannt, daß eine Person, Namens Anna Catherick, die eine auffallende Aehnlichkeit mit Lady Glyde hat, aus der Anstalt entflohen; es ist bekannt, daß die Person, welche dort im Juli aufgenommen wurde, die zurückgebrachte Anna Catherick war; es ist ferner bekannt, daß der Herr, welcher sie zurückbrachte, Mr. Fairlie mittheilte, ihr Wahnsinn zeige sich zum Theil darin, daß sie sich für seine Nichte ausgebe, und es ist endlich bekannt, daß sie sich in der Irrenanstalt (wo kein Mensch ihr Glauben schenkte) wiederholt für Lady Glyde ausgab. Dies sind Thatsachen. Behauptet Miß Halcombe dem Besitzer der Anstalt gegenüber die angenommene Identität ihrer Schwester und greift dann zu gesetzlichen Mitteln, um sie zu befreien? – Nein: sie besticht eine der Wärterinnen, sie entfliehen zu lassen; wie die Kranke, nachdem sie auf diese Weise ihre Freiheit erlangt, darauf vor Mr. Fairlie geführt wird – erkennt er sie? ist sein Glaube an den Tod seiner Nichte auch nur auf einen Augenblick erschüttert? Nein. Erkennen die Diener sie? Nein. Bleibt sie in der Umgegend, um ihre Identität zu behaupten und ferneren Proben entgegenzutreten? Nein: sie wird heimlich nach London gebracht. Unterdessen haben Sie sie ebenfalls erkannt – aber Sie sind kein Anverwandter – nicht einmal ein alter Freund der Familie. Die Diener widersprechen Ihnen und Mr. Fairlie widerspricht Miß Halcombe und die angebliche Lady Glyde widerspricht sich selbst. Sie behauptet, daß sie die Nacht in einem gewissen Hause in London zugebracht hat. Ihr eigenes Zeugnis dagegen beweist, daß sie dem Hause mit keinem Fuße nahegekommen, und Sie selbst geben zu, daß ihr Gemüthszustand Sie verhindert, sie irgend wohin zu bringen, um verhört zu werden oder für sich selbst zu sprechen. Ich übergehe geringere Punkte im Zeugnisse auf beiden Seiten und ich frage Sie: falls die Sache in einen Gerichtshof, vor eine Jury gebracht würde, deren Pflicht es ist, Thatsachen so anzusehen, wie sie wirklich erscheinen – wo sind Ihre Beweise?«

Ich war genöthigt mich zu sammeln, ehe ich ihm antworten konnte. Es war dies das erste Mal, daß mir die Geschichte Lauras und Mariannens aus dem Gesichtspunkte eines Fremden vorgeführt wurde – das erste Mal, daß die furchtbaren Hindernisse, die auf unserem Pfade lagen, uns in ihrem wahren Charakter erschienen.

»Es kann keinem Zweifel unterliegen,« sagte ich, »daß die Thatsachen, wie Sie dieselben hingestellt haben, gegen uns sprechen; aber –«

»Aber Sie denken, daß sich diese Thatsachen hinweg erklären lassen,« unterbrach mich Mr. Kyrle. »Lassen Sie mich Ihnen das Resultat meiner Erfahrungen in Bezug auf diesen Punkt mittheilen, wenn eine englische Jury die Wahl hat zwischen einer klaren Thatsache, die auf der Hand, und einer langen Erklärung welche versteckt liegt, so zieht sie stets die Thatsache der Erklärung vor. Zum Beispiel: Lady Glyde (ich nenne die Dame, welche Sie vertreten, bei diesem Namen) erklärt, daß sie in einem gewissen Hause geschlafen hat und das Gegentheil hievon ist uns bewiesen. Sie erklären diesen Umstand, indem Sie in ihren Geisteszustand eingehen und daraus einen psychologischen Schluß herleiten. Ich sage nicht, daß Ihr Schluß ein falscher ist – sondern nur, daß die Jury die Thatsache ihres Widerspruches jedem Grunde vorziehen wird, welchen Sie möglicherweise für denselben angeben können.«

»Aber,« fuhr ich dringend fort, »ist es nicht möglich, durch Geduld und unausgesetzte Bemühung ferneres Zeugnis zu entdecken? Miß Halcombe und ich besitzen ein paar hundert Pfund –«

Er sah mich mit einem halb unterdrückten Mitleid an und schüttelte den Kopf.

»Betrachten Sie die Sache von Ihrem eigenen Standpunkte aus, Mr. Hartright,« sagte er. »Falls Sie in Bezug auf Sir Percival Glyde und den Grafen Fosco Recht haben (bemerken Sie jedoch gefälligst, daß ich dies hiemit nicht einräume), so würde Ihnen jede erdenkliche Schwierigkeit im Auffinden neuer Beweise in den Weg geworfen werden. Man würde jedes mögliche Proceßhindernis aufrichten, jeden einzelnen Punkt der Sache systematisch bestreiten – und wenn wir dann endlich unsere Tausende ausgegeben, anstatt unserer Hunderte, so würde zum Schlusse das Resultat aller Wahrscheinlichkeit nach gegen uns ausfallen. Ueber Fragen der Identität ist, wo persönliche Aehnlichkeit mit ins Spiel kommt, am allerschwersten zu entscheiden – am allerschwersten, selbst wenn sie von den besonderen Verwicklungen frei sind, welche den gegenwärtigen Fall erschweren. Selbst falls die im Friedhofe zu Limmeridge begrabene Person nicht Lady Glyde wäre, so war sie doch, wie Sie selbst bezeugen, zu ihren Lebzeiten ihr so ähnlich, daß nichts dadurch gewonnen würde, wenn wir uns die notwendige Erlaubnis verschafften, um die Leiche wieder ausgraben zu lassen. Kurz, die Sache ist hoffnungslos, Mr. Hartright – durchaus hoffnungslos.«

Ich war entschlossen, an das Gegentheil zu glauben, und griff in diesem Entschlusse die Sache von einer anderen Seite an.

»Gibt es keine anderen Beweise, die uns nützen könnten, außer den Beweisen der Identität?« frug ich.

»Keine in Ihrer Lage,« entgegnete er. »Der einfachste und sicherste Beweis von allen, der nämlich durch Vergleich der Data, ist, wie Sie sagen, nicht zu erlangen. Falls Sie einen Widerspruch in dem Datum des ärztlichen Certificats und dem von Lady Glyde's Reise nach London beweisen könnten, so würde die Sache ein ganz anderes Aussehen erhalten und ich der Erste sein, der Ihnen sagte: Lassen Sie uns fortfahren.«

Ich überlegte. Die Haushälterin konnte uns nicht helfen – noch Laura, noch Marianne. Aller Wahrscheinlichkeit nach waren die einzigen lebenden Personen, welche das Datum kannten, Sir Percival und der Graf.

»Ich sehe augenblicklich kein Mittel, um mich des Datums zu vergewissern,« sagte ich, »weil ich Niemanden weiß, außer Graf Fosco und Sir Percival, die dasselbe genau angeben konnten.«

Mr. Kyrle's ruhiges, aufmerksames Gesicht verzog sich zum ersten Male zu einem Lächeln.

»Mit Ihrer Meinung von dem Betragen jener beiden Herren,« sagte er, »erwarten Sie doch aus dem Viertel vermuthlich keine Hilfe? Falls sie sich vereint haben, durch einen Complot große Summen Geldes zu erlangen, so ist es jedenfalls nicht wahrscheinlich, daß sie dies eingestehen werden.«

»So sollen sie dazu gezwungen werden, Mr. Kyrle.«

»Durch wen?«

»Durch mich!«

Wir erhoben uns Beide. Er blickte mir mit mehr Interesse, als er noch bisher gezeigt, in's Gesicht. Ich konnte sehen, daß ich ihn etwas zweifelhaft gemacht hatte.

»Sie sind sehr entschlossen,« sagte er. »Sie haben vermuthlich einen persönlichen Beweggrund, indem Sie die Sache verfolgen, in den mich zu mischen mir nicht zukommt. Falls Sie in Zukunft irgendwie bessere Aussichten haben, so kann ich Sie nur versichern, daß mein ganzer Beistand Ihnen von Herzen zu Diensten steht. Zu gleicher Zeit aber muß ich Sie warnen, daß, da die Geldfrage sich in alle Rechtsfragen mischt, ich wenig Hoffnung sehe, falls Lady Glyde wirklich schließlich ihre Identität beweisen sollte, daß sie ihr Vermögen zurück erhalten würde. Der Italiener würde wahrscheinlich, noch ehe die Sache eingeleitet wäre, England verlassen, und Sir Percivals Verlegenheiten sind zahlreich und dringend genug, um fast jede Summe in seinem Besitze von ihm selbst zu seinen Gläubigern zu übertragen.«

»Ich bitte, daß wir Lady Glyde's Vermögensangelegenheiten unberührt lassen,« sagte ich. »Ich weiß darüber nichts – außer daß ihr Vermögen verloren ist. Sie haben Recht, wenn Sie vermuthen, daß ich persönliche Beweggründe habe, die Sache zu verfolgen. Es ist mein Wunsch, daß dieselben stets so uneigennützig bleiben, wie sie es in diesem Augenblicke sind –«

Er versuchte mich zu unterbrechen und sich zu erklären. Ich war vielleicht durch das Gefühl, daß er an mir gezweifelt hatte, ein wenig erhitzt und fuhr, ohne auf ihn zu hören, etwas schroff fort:

»In die Dienste, welche ich Lady Glyde zu leisten beabsichtige, soll sich kein Gedanke an Geld oder persönlichen Vortheil mischen. Sie ist wie eine Fremde aus dem Hause gestoßen worden, in dem sie geboren – eine Lüge, die ihren Tod angibt, ist auf das Grab ihrer Mutter geschrieben – und es gehen zwei Männer lebend und ungestraft umher, die verantwortlich dafür sind. Jenes Haus soll sich ihr in Gegenwart Aller, die dem falschen Begräbnisse folgten, wieder öffnen und sie aufnehmen; jene Lüge soll auf Befehl des Hauptes der Familie öffentlich wieder von dem Grabsteine verwischt werden und jene beiden Männer sollen mir für ihr Verbrechen Rede stehen, wenn die Gerechtigkeit, welche zu Gerichte sitzt, machtlos ist, sie zu verfolgen. Ich habe diesem Zwecke mein Leben geweiht und allein wie ich dastehe will ich, so Gott mich am Leben läßt, es vollbringen.«

Er trat an seinen Tisch zurück und sagte nichts. Sein Gesicht drückte deutlich aus, daß er dachte, meine Sinnestäuschung habe meine Vernunft beeinträchtigt und daß er es für völlig nutzlos hielt, mir noch ferneren Rath zu ertheilen.

»Wir bleiben Beide bei unserer Meinung, Mr. Kyrle,« sagte ich »und müssen warten, bis die Ereignisse der Zukunft zwischen uns entscheiden. Inzwischen bin ich Ihnen sehr verbunden für die Aufmerksamkeit, welche Sie meinen Mittheilungen geschenkt haben. Sie haben mir gezeigt, daß gesetzliche Hilfe in jedem Sinne des

Wortes außer unserem Bereiche liegt, wir sind nicht im Stande, den gesetzlichen Beweis beizubringen, und nicht reich genug, um die Gerichtskosten zu bestreiten. Es ist schon ein Gewinn, dies wenigstens zu wissen.«

Ich verbeugte mich und ging zur Thür. Er rief mich zurück und gab mir den Brief, den ich ihn zu Anfang unserer Unterredung hatte auf den Tisch legen sehen.

»Dies ist vor einigen Tagen mit der Post angekommen,« sagte er, »hätten Sie vielleicht die Güte, es abzugeben? Bitte, sagen Sie Miß Halcombe zugleich, daß ich aufrichtig bedaure, so weit nicht im Stande zu sein, ihr zu helfen – ausgenommen durch Rathschläge, die, wie ich fürchte, ihr ebenso unwillkommen sein würden wie Ihnen.

Ich betrachtete den Brief, während er sprach. Derselbe war an »Miß Halcombe, durch Güte der Herren Gilmore und Kyrle, Chancery Lane« adressirt. Die Handschrift war mir eine völlig unbekannte.

Indem ich das Zimmer verließ, that ich eine letzte Frage.

»Wissen Sie vielleicht durch Zufall, ob Sir Percival Glyde aus Paris zurückgekehrt ist?« frug ich.

»Er ist nach London zurückgekehrt,« entgegnete Mr. Kyrle. »wenigstens hörte ich dies von seinem Rechtsanwalte, dem ich gestern begegnete.«

Nach dieser Antwort ging ich hinaus.

Indem ich die Expedition verließ, war meine erste Vorsicht die, mich nicht durch Stillestehen und Zurückblicken ausfallend zu machen. Ich ging nach der Richtung eines der ruhigsten der großen Plätze nördlich von Halborn zu, stand dann plötzlich stille und schaute mich an einer Stelle um, wo eine lange Strecke des Trottoirs hinter mir lag.

An der Ecke des Platzes sah ich zwei Männer, welche ebenfalls stille standen und zusammen sprachen. Nach kurzer Ueberlegung ging ich zurück, um an ihnen vorbeizugehen. Als ich näher kam, ging der eine fort, um die Ecke, welche von dem Platze in die Straße führte. Der Andere blieb stehen. Ich sah ihn an, als ich an ihm vorbeiging und erkannte in ihm augenblicklich einen der Männer, welche mich vor meiner Abreise von England verfolgt hatten.

Wäre ich frei gewesen, um meinem eigenen Instinkte zu folgen, so hätte ich wahrscheinlich damit angefangen, daß ich den Mann angeredet und damit geendet, daß ich ihn zu Boden geschlagen. Aber ich war gezwungen, die Folgen zu berücksichtigen. Falls ich mich einmal öffentlich eines Fehlers schuldig machte, gab ich sofort die Waffen in Sir Percivals Hände. Es blieb mir keine andere Wahl, als der List durch List zu begegnen. Ich bog in die Straße ein, in welcher der zweite Mann meinen Blicken entschwunden, und sah ihn hier im Vorbeigehen in einem Thorwege warten. Er war mir fremd, und ich war froh über diese Gelegenheit, mir für den Fall künftiger Belästigung sein Aussehen einzuprägen. Hierauf richtete ich meine Schritte wieder nordwärts, bis ich New Road erreichte. Dort angelangt, wandte ich mich westlich (während die Männer mir immer folgten) und wartete an einer Stelle, von der ich wußte, daß sie ziemlich weit von einer Droschkenstation sei, bis ein leeres schnelles zweirädriges Cabriolet vorbeikommen würde. Es kam eins in wenigen Minuten. Ich sprang hinein und befahl dem Manne, schnell nach Hyde Park zu fahren. Es war kein zweites schnelles Cabriolet für die Spione hinter mir da. Ich sah sie nach der anderen Seite der Straße hinüberschießen, um mir laufend zu folgen bis zum nächsten Cabriolet oder bis wir an einer Droschkenstation vorbeikommen würden. Aber wir waren ihnen zu weit voraus und als ich ausstieg, waren sie nirgendwo zu sehen. Ich ging durch Hyde Park und versicherte mich auf der offenen Ebene, daß ich frei sei. Als ich endlich meine Schritte heimwärts wandte, war es viele Stunden später – als es bereits dunkel geworden.

Ich fand, daß Marianne mich allein in dem kleinen Wohnstübchen erwartete. Sie hatte Laura vermocht, sich zur Ruhe zu legen, indem sie ihr versprochen, mir, sobald ich nach Hause käme, ihre Zeichnung zu zeigen. Die arme, undeutliche kleine Skizze – an sich selbst so bedeutungslos und in ihren Associationen so rührend – war sorgfältig so aufgestellt, daß das eine Acht, welches wir uns gestatteten, sie möglichst vortheilhaft beleuchtete. Ich setzte mich, um die Zeichnung zu besehen und Mariannen flüsternd zu erzählen, was sich zugetragen hatte. Die Scheidewand, welche uns vom anstoßenden Zimmer trennte, war so dünn, daß wir Laura erweckt hätten, falls wir laut gesprochen.

Marianne behielt ihre Fassung, während ich ihr meine Unterredung mit Mr. Kyrle beschrieb. Aber ihr Gesicht nahm einen beunruhigten Ausdruck an, als ich ihr von den beiden Männern, die mir von der Expedition an gefolgt waren, und von Sir Percivals Heimkehr erzählte.

»Schlimme Nachrichten, Walter,« sagte sie, »die schlimmsten, die du uns bringen konntest. Hast du mir weiter nichts zu erzählen?«

»Ich habe dir etwas zu geben,« entgegnete ich, indem ich ihr den Brief einhändigte, welchen Mr. Kyrle mir anvertraut hatte.

Sie blickte auf die Adresse und erkannte die Handschrift augenblicklich.

»Du erkennst die Hand?« sagte ich.

»Nur zu gut,« antwortete sie. »Es ist Graf Fosco's Hand.«

Mit diesen Worten öffnete sie den Brief. Das Blut stieg ihr in die Wangen während sie las, und ihre Augen leuchteten vor Zorn, als sie mir den Brief zum Lesen hinreichte.

Derselbe enthielt Folgendes:

»Durch ehrenvolle Bewunderung getrieben, schreibe ich, herrliche Marianne, im Interesse Ihrer Ruhe, um Ihnen zwei tröstende Worte zu sagen:

»Fürchten Sie nichts!«

»Folgen Sie Ihrem natürlichen, feinen Verstande und bleiben Sie in der Verborgenheit. Theures und bewunderungswürdiges Weib, verlangen Sie nicht nach gefährlicher Oeffentlichkeit. Ergebung ist erhaben – seien Sie ergeben. Die bescheidene Ruhe häuslicher Zurückgezogenheit ist ewig erquickend – genießen Sie dieselbe.

»Thun Sie dies, so versichere ich Sie, Sie haben nichts zu fürchten. Keine neuen Trübsale sollen Ihre Gefühle verletzen – Gefühle, die mir so kostbar sind, wie meine eigenen. Sie sollen nicht belästigt, die schöne Gefährtin Ihrer Einsamkeit nicht verfolgt werden. Sie hat eine neue Zufluchtsstätte gefunden – in Ihrem Herzen. Ich beneide sie und lasse sie darin.

»Ein letztes Wort zärtlicher, väterlicher Warnung – und dann reiße ich mich los von dem Zauber, der für mich darin liegt, an Sie zu schreiben – dann schließe ich diese inbrünstigen Zeilen.

»Gehen Sie nicht weiter, als Sie bis jetzt gegangen sind; compromittiren Sie keine ernsten Interessen; drohen Sie Niemandem. Zwingen Sie mich nicht – ich flehe Sie an – zum Handeln, mich, den Mann der That – da es der innige Wunsch meines Ehrgeizes ist, dem weit umfassenden Bereiche meiner Thatkraft und meiner Verbindungen um ihretwillen Schranken zu setzen. Falls Sie tollkühne Freunde haben, so mäßigen Sie den beklagenswerthen Eifer derselben. Falls Mr. Hartright nach England zurückkehrt, so halten Sie keinen Verkehr mit ihm. Ich wandle meinen Weg und Percival folgt mir auf der Ferse nach. An dem Tage, wo Mr. Hartright diesen Pfad kreuzt, ist er ein verlorener Mann.«

Die Unterschrift zu diesen Zeilen beschränkte sich auf den Anfangsbuchstaben F., von einem Kreise künstlicher kleiner Schnörkel umgeben. Ich warf den Brief mit der ganzen Verachtung, die er mir einflößte, auf den Tisch.

»Er versucht dir Furcht zu machen,« sagte ich; »ein sicheres Zeichen, daß er selbst Furcht hat.«

Sie war ein zu echtes Weib, um den Brief so aufzunehmen, wie ich ihn aufnahm. Die impertinente Vertraulichkeit der Sprache war zu viel für ihre Fassung. Als sie über den Tisch hin mich anblickte, ballten sich ihre Hände krampfhaft auf ihrem Schooße.

»Walter!« sagte sie, »falls jemals jene beiden Männer in deiner Gewalt sind und du einen von ihnen zu schonen genöthigt sein solltest – laß dies nicht Graf Fosco sein. –«

»Ich will seinen Brief behalten, Marianne, um mich daran zu erinnern, wenn die Zeit kommt.«

Sie blickte mich aufmerksam an, als ich den Brief in mein Taschenbuch legte.

»Wenn die Zeit kommt?« wiederholte sie. »Kannst du von der Zukunft sprechen, als ob du ihrer gewiß wärest? – gewiß, nach dem, was du heute von Mr. Kyrle gehört, und nach dem, was dir heute begegnet ist?«

»Ich rechne nicht von heute an, Marianne. Alles, was ich heute gethan habe, war, einen anderen Mann zu ersuchen, für mich zu handeln. Ich rechne von morgen an – «

»Warum von morgen an?«

»Ich werde mit dem ersten Zug nach Blackwater Park reisen und, wie ich hoffe, Abends wieder zurückkehren.«

»Nach Blackwater!«

»Ja, ich habe, seit ich Mr. Kyrle verlassen, Zeit zur Ueberlegung gehabt. Seine Ansicht bestätigt in einem Punkte meine eigene. Wir müssen bis zuletzt dabei beharren, das Datum von Lauras Abreise auszuspüren. Der einzige schwache Punkt in dem Komplotte und wahrscheinlich die einzige Aussicht für den Beweis, daß sie am Leben ist, begegnen sich in der Entdeckung dieses Datums.«

»Du meinst«, sagte Marianne, »in der Entdeckung, daß Laura Blackwater Park erst nach dem Datum verließ, welches auf dem ärztlichen Certificate als ihr Sterbetag angegeben ist?«

»Ganz gewiß.«

»Was bewegt dich, zu glauben, daß es *später* war? Laura selbst kann uns ja nichts über den Zeitpunkt sagen, wann sie in London ankam.«

»Aber der Besitzer der Irrenanstalt sagte dir, daß sie dort am 27. Juli aufgenommen worden sei. Ich bezweifle, daß es dem Grafen möglich war, sie länger als eine Nacht in London zu behalten und über Alles, was um sie vorging, in Ungewißheit zu lassen. In diesem Falle muß sie am 26. Juli abgereist und einen Tag nach dem Datum, das in dem ärztlichen Certificate als ihr Sterbetag angegeben ist, in London eingetroffen sein. Falls wir dieses Datum sicherstellen können, haben wir unseren Fall gegen Sir Percival und den Grafen bewiesen.«

»Ja, ja – ich verstehe! Aber wie dieses Beweises habhaft werden?«

»Mrs. Michelson's Aussage hat mir zweierlei Art und Weisen angedeutet, seiner habhaft zu werden. Die eine ist, den Arzt, Mrs. Dawson, zu befragen, welcher wissen muß, wann er seine Besuche in Blackwater Park wieder aufnahm, nachdem Laura das Haus verlassen hatte. Die andere, Erkundigungen in dem Wirthshause anzustellen, wo Sir Percival in der Nacht allein einkehrte. Wir wissen, daß seine Abreise der Abreise Lauras nach Verlauf von wenigen Stunden folgte, und können vielleicht auf diese Weise hinter das Datum kommen. Jedenfalls ist es den Versuch werth und ich bin entschlossen, ihn morgen zu machen.«

»Und gesetzt, er mißlingt, Walter, gesetzt, es kann dir Niemand helfen in Blackwater?«

»Dann sind in London zwei Männer, die mir helfen können und mir helfen sollen: Sir Percival und der Graf. Unschuldige Leute mögen leicht das Datum vergessen – aber *sie* sind schuldig und werden es wissen. Falls es mir überall sonst mißlingt, so will ich aus einem von ihnen oder aus beiden das Bekenntnis herausbringen, und zwar nach meinen eigenen Bedingungen.«

Das ganze Weib glühte in Mariannens Gesicht, als ich sprach.

»Mache den Anfang mit dem Grafen!« flüsterte sie eifrig. »O, Walter, mache den Anfang mit dem Grafen – um meinetwillen!«

»Wir müssen um Lauras willen den Anfang da machen, wo wir die meiste Aussicht auf Erfolg haben,« entgegnete ich. »Er wird ebenfalls an die Reihe kommen, aber bedenke, daß wir bis jetzt noch von keinem schwachen Punkte in seinem Leben wissen.« Ich schwieg einen Augenblick und sprach dann die entscheidenden Worte:

»Marianne! wir beide wissen, daß in Sir Percivals Leben es einen schwachen Punkt gibt –«

»Du meinst das Geheimnis!«

»Ja, das Geheimnis. Es ist die einzige Seite, bei der wir ihn sicher fassen können. Ich kann durch keine anderen Mittel ihn und seine Schurkerei an das Tageslicht ziehen, was auch der Graf gethan haben mag, Sir Percival hat noch aus einem anderen Beweggrund außer dem des Gewinnes in das Complot gewilligt. Hörtest du ihn nicht selbst zum Grafen sagen, er glaube, seine Frau wisse genug, um ihn zu ruiniren? und daß er ein verlorener Mann sei, falls Anna Catherick's Geheimnis bekannt würde?«

»Ja! ja! das hörte ich.«

»Nun, Marianne, wenn unsere anderen Hilfsmittel uns mißglückt sind, beabsichtige ich, dies Geheimnis zu ermitteln. Mein alter Aberglaube klebt noch immer an mir. Ich wiederhole, daß die Frau in Weiß noch wie lebend Einfluß auf uns Drei hat. Anna Catherick, die todt in ihrem Grabe liegt, zeigt uns noch immer den Weg!

V.

Meine frühe Abreise aus London setzte mich in den Stand, schon Nachmittags in Mr. Dawson's Hause anzulangen. Unsere Unterredung führte, was den Zweck meines Besuches betraf, zu keinem befriedigenden Resultate.

Mr. Dawson's Bücher zeigten uns allerdings, wann er seine Besuche bei Miß Halcombe in Blackwater Park wieder aufgenommen hatte; doch war es unmöglich, irgendwie genau von diesem Datum ohne solche Hilfe von Mrs. Michelson zurückzurechnen, wie diese, wie ich wußte, sie uns nicht zu geben im Stande war. Sie konnte uns aus der Erinnerung nicht sagen (und wer kann dies wohl je in solchen Fällen?), wie viele Tage zwischen des Doktors Rückkehr zu seiner Patientin und der vorher stattgehabten Abreise Lady Glyde's verflossen waren. Sie war fest überzeugt, daß sie des Umstandes der Abreise gegen Miß Halcombe erwähnt – aber es war ihr ebenso unmöglich, das Datum anzugeben, an welchem sie die Mittheilung machte, wie das Datum des Tages vorher genau zu bestimmen, an welchem Lady Glyde nach London abgereist war. Ebensowenig konnte sie genau die Zeit berechnen, welche zwischen Lady Glyde's Abreise und ihrem Empfange des undatirten Briefes von der Gräfin Fosco verflossen war. Und endlich, um die Reihe der Schwierigkeiten vollständig zu machen, hatte der Doktor, da er zur Zeit selber krank war, es unterlassen, wie gewöhnlich den Tag der Woche und des Monats in seine Bücher einzutragen, an welchem der Gärtner aus Blackwater Park ihm Mrs. Michelson's Botschaft überbracht hatte.

Indem ich die Hoffnung, von Mr. Dawson Beistand zu erhalten, schwinden ließ, beschloß ich zunächst zu versuchen, ob ich nicht das Datum von Sir Percivals Ankunft in Knowlesburg mit Bestimmtheit erfahren könne.

Es schien ein Verhängnis zu sein! Als ich in Knowlesburg anlangte, war das Wirthshaus geschlossen und ein Zettel an die Mauer geklebt. Die Speculation war, wie man mich unterrichtete, seit die Eisenbahn dorthin verlegt worden, eine schlechte gewesen, indem das neue Gasthaus an der Station allmälig die Kundschaften an sich gezogen und das alte Wirthshaus (von dem wir wußten, daß es dasjenige sei, wo Sir Percival eingekehrt war) war vor etwa zwei Monaten geschlossen worden. Der Besitzer desselben hatte die Stadt verlassen und ich konnte von Niemandem mit Bestimmtheit erfahren, wohin er gegangen. Die vier Personen, bei welchen ich mich erkundigte, lieferten mir vier verschiedene Angaben über seine Pläne.

Es blieben mir noch einige Stunden übrig, ehe der letzte Zug nach London durchkam, und so fuhr ich denn mit einer Droschke von der Station zu Knowlesburg nach Blackwater Park zurück in der Absicht, den Gärtner und die Person, welche das Haus hütete, zu befragen. Falls auch sie sich als unfähig auswiesen, mir zu helfen, so waren meine Hilfsquellen für jetzt zu Ende.

Ungefähr eine (engl.) Meile vom Parke entließ ich meine Droschke und setzte dann, nachdem ich mir von dem Kutscher hatte die Richtung bezeichnen lassen, meinen Weg nach dem Hause allein und zu Fuße fort.

Als ich von der Landstraße in den Privatweg einbog, sah ich einen Mann mit einem Nachtsacke in der Hand schnell vor mir der Wohnung des Parkhüters zugehen. Er war ein kleiner Mann in abgeschabten schwarzen Kleidern und mit einem auffallend großen Hute. Ich hielt ihn für einen Advocatenschreiber und stand augenblicklich stille, um die Entfernung zwischen uns zu vergrößern. Er hatte mich nicht kommen hören und ging ohne sich umzuschauen weiter, bis ich ihn nicht mehr sehen konnte. Als ich eine kleine Weile später ebenfalls durch das Thor ging, war er nicht zu sehen – er war offenbar nach dem Herrenhause gegangen.

Es waren zwei Frauen in der Wohnung des Parkhüters. Die eine von ihnen war alt, in der anderen aber erkannte ich sogleich nach Mariannens Beschreibung Margareth Porcher.

Ich frug zuerst, ob Sir Percival zu Hause sei und nachdem man mir hierauf verneinend geantwortet, erkundigte ich mich, wann er abgereist sei. Keine von den beiden Frauen wußte mir darüber Bestimmteres zu sagen, als daß er im vergangenen Sommer fortgegangen sei. Ich konnte aus Margareth Porcher nichts weiter als wiederholtes nichtssagendes Lächeln und Kopfschütteln herausbringen. Die alte Frau war ein wenig verständiger, und es gelang mir, sie dazu zu bringen, von der Art und Weise, wie Sir Percival abgereist, zu sprechen und von dem Schrecken, welche dieselbe ihr verursacht hatte. Sie erinnerte sich, daß ihr Herr sie aus dem Bette gerufen und daß er sie durch furchtbare Flüche erschreckt – aber das Datum, an welchem sich dies zutrug, ging, wie sie ganz ehrlich gestand, »über ihren Horizont«.

Da ich die Wohnung des Parkhüters verließ, erblickte ich den Gärtner in geringer Entfernung bei der Arbeit. Als ich ihn anredete, sah er mich zuerst etwas argwöhnisch an; da ich jedoch von Mrs. Michelson's Namen Gebrauch machte und eine höfliche Bemerkung in Bezug auf ihn selbst hinzufügte, ging er ziemlich bereitwillig in die Unterhaltung ein. Die Unterredung endete, wie alle meine bisherigen Bemühungen geendet hatten. Der Gärtner wußte, daß sein Herr »im Juli, entweder in den letzten vierzehn oder ersten zehn Tagen, in der Nacht davongefahren« – und weiter nichts.

Während wir zusammen sprachen, sah ich den Mann in Schwarz mit dem großen Hute von dem Hause herkommen, dann in einiger Entfernung stille stehen und uns beobachten.

Es war mir schon ein gewisser Verdacht in Bezug auf das, was ihn nach Blackwater Park führte, durch den Kopf geflogen. Derselbe vermehrte sich jetzt, als der Gärtner mir nicht sagen konnte (oder wollte), wer der Mann sei, und ich beschloß, mir hierüber Auskunft zu verschaffen, indem ich ihn selbst anredete. Die einfachste Frage, die ich als Fremder thun konnte, war die: ob es Fremden gestattet sei, das Haus zu besehen. Ich ging sofort auf den Mann zu und richtete diese Frage an ihn.

Sein Aussehen und Wesen verrieth deutlich, daß er wußte, wer ich sei und daß er mich zum Streite zu reizen wünschte. Seine Antwort war impertinent genug, um ihn seinen Zweck erreichen zu lassen, wäre ich weniger fest entschlossen gewesen, meinen Gleichmuth zu bewahren. So aber begegnete ich derselben mit der ausgesuchtesten Höflichkeit, entschuldigte mich wegen meiner Störung (welche er eine »unberufene Aufdringlichkeit« nannte) und verließ den Garten. Die Sache verhielt sich, wie ich geargwöhnt hatte. Sir Percival war davon unterrichtet, daß ich, als ich Mr. Kyrle's Expedition verlassen, gesehen und erkannt worden, und der Mann in Schwarz war, in Erwartung, daß ich mich dorthin wenden werde, um im Hause und in der Umgegend Erkundigungen einzuziehen, mir bereits vorausgeschickt worden. Hätte ich ihm die allermindeste Ursache gegeben, irgend eine Art gesetzlicher Anklage gegen mich zu erheben, so hätte man ohne Zweifel von der Einmischung des Ortsrichters als Mittel, um mich wenigstens auf einige Tage von Marianne und Laura zu trennen, Gebrauch gemacht.

Ich erwartete, daß man mich auf meinem Wege von Blackwater Park bis zur Station beobachten werde. Aber ich konnte zur Zeit nicht entdecken, ob man mir bei dieser Gelegenheit wirklich folgte oder nicht. Dem Manne in Schwarz mochten Mittel zur Verfügung stehen, mir nachzuspüren, die mir unbekannt waren – jedenfalls sah ich ihn aber persönlich weder auf meinem Wege nach der Station noch später Abends bei meiner Ankunft in London auf dem Perron. Ich erreichte unsere Wohnung zu Fuße, nachdem ich jedoch die Vorsicht gebraucht, durch die einsamsten Straßen der Nachbarschaft zu gehen und dort mich mehr als einmal umzusehen.

Es hatte sich in meiner Abwesenheit nichts ereignet. Marianne frug mich begierig, welchen Erfolg ich gehabt. Als ich ihr Alles erzählt, konnte sie mir ihre Verwunderung über die Gleichgiltigkeit nicht verhehlen, mit der ich von dem bisherigen Mißlingen meiner Nachforschungen sprach.

Die Wahrheit aber war, daß mich meine Erfolglosigkeit noch nicht im Geringsten entmuthigt hatte. Ich hatte meine Nachforschungen als eine Sache der Pflicht begonnen, jedoch nichts von ihnen erwartet. In meinem derzeitigen Gemüthszustande war es mir fast eine Erleichterung, zu wissen, daß der Kampf sich jetzt auf einen Wettkampf in List zwischen Sir Percival Glyde und mir beschränkte. Der Beweggrund der Rache hatte sich von Anfang an meinen anderen und besseren Beweggründen vermischt, und ich bekenne, daß es mir eine Genugtuung war, zu fühlen, daß die sicherste Art und Weise – ja, die einzige mir noch übrige – Lauras Interessen zu dienen, die war, mich fest an den Schurken zu hängen, der sie geheiratet hatte.

Mein Herz dachte keinen Augenblick an eine erbärmliche Speculation auf eine etwaige künftige Beziehung Zwischen Laura und mir. Ich sagte mir nicht ein einziges Mal: »Falls es mir gelingt, so soll ein Resultat meines Erfolges das sein, daß ich ihren Mann machtlos mache, sie wieder von mir zu nehmen.« Ich konnte, wenn ich sie ansah, nicht solche Gedanken an die Zukunft hegen. Der traurige Anblick der Veränderung, welche sie erlitten, machte das Interesse meiner Liebe zu einem Interesse der Zärtlichkeit und des Mitleids, die ein Vater oder Bruder für sie hätte fühlen mögen und die ich – Gott weiß es – im innersten Herzen fühlte. Alle meine Hoffnungen blickten jetzt nicht weiter hinaus, als bis zu dem Tage ihrer Genesung. Hier endete – bis sie wieder gesund und glücklich war, bis sie mich wieder anschauen und zu mir sprechen konnte wie ehedem – die Zukunft meiner seligsten Gedanken und meiner theuersten Wünsche.

An dem Morgen nach meiner Rückkehr aus Hampshire nahm ich Marianne mit mir auf mein Arbeitsstübchen und machte sie hier mit dem Plane vertraut, den ich mir reiflich ausgedacht hatte, um mich der einen angreifbaren Stelle in Sir Percival Glyde's Leben zu bemeistern.

Der Weg zu dem *Geheimnisse* ging durch das uns Allen undurchdringliche zweite Geheimnis, welches die Frau in Weiß umhüllte. Der Zugang zu demselben durfte seinerseits mit Hilfe der Mutter Anna Catherick's gewonnen werden, und das einzige erreichbare Mittel, Mrs. Catherick zur Sprache zu bewegen, hing von der Aussicht ab, ob ich örtliche und Familieneinzelheiten von Mrs. Clements erfahren würde. Nachdem ich die Sache sorgfältig überlegt, kam ich zu der Ueberzeugung, daß ich meine neuen Nachforschungen beginnen mußte, indem ich mit Anna Catherick's treuester Freundin und Beschützerin in Verkehr trat.

Die erste Schwierigkeit also war, Mrs. Clements zu finden.

Ich verdankte es Mariannens Scharfblicke, dieser Nothwendigkeit auf die einfachste Weise zu begegnen. Sie erbot sich, an die Leute auf dem Gehöfte bei Limmeridge (Todd's Ecke) zu schreiben und sich zu erkundigen, ob sie in den letzten paar Monaten von Mrs. Clements gehört hatten. Es war uns unmöglich, zu errathen, auf welche Weise Anna von Mrs. Clements getrennt worden war; doch nachdem diese Trennung einmal bewerkstelligt, mußte es Mrs. Clements gewiß einfallen, sich vor Allem in der Gegend nach ihr zu erkundigen, für die, wie sie wußte, die Verschwundene die größte Vorliebe hatte: in der Gegend von Limmeridge. Marianne schrieb demzufolge mit der nächsten Post an Mrs. Todd.

Während wir Antwort erwarteten, ließ ich mich durch Marianne, soweit ihr dies möglich, über Sir Percivals Familienverhältnisse und über sein früheres Leben unterrichten. Ueber das wenige, was sie zu erzählen hatte, konnte sie mit ziemlicher Gewißheit sprechen.

Sir Percival war ein einziger Sohn. Sein Vater, Sir Felix Glyde, hatte seit seiner Geburt an einem schmerzhaften und unheilbaren Gebrechen gelitten und seit frühester Kindheit alle Gesellschaft gescheut. Sein einziges Glück lag im Genusse der Musik und er hatte eine Dame geheiratet, welche seine Geschmacksrichtungen theilte und die, wie man sagte, eine ausgezeichnete Virtuosin war. Er erbte die Güter von Blackwater Park, als er noch ein junger Mann war; doch weder er noch seine Frau näherten sich, nachdem sie von dem Landsitze Besitz genommen, auf irgend eine Weise der Gesellschaft der Umgegend und niemand verleitete sie, ihre Zurückhaltung abzulegen, mit der einen unheilvollen Ausnahme des Geistlichen des Kirchspiels.

Dieser war der schlimmste aller unschuldigen Unheilstifter – ein übertrieben amtseifriger Mann. Er hatte gehört, daß Sir Felix die Universität in dem Rufe, wenig besser als ein Revolutionär in der Politik und in der Religion ein Ungläubiger zu sein, verlassen hatte und er kam daher gewissenhaft zu dem Schlusse, daß es seine Pflicht sei, den Herrn des Gutes aufzufordern, orthodoxe Ansichten in der Kirche seines Sprengels predigen zu hören. Sir Felix wurde wüthend über des Pfarrers wohlgemeinte, aber schlechtangebrachts Einmischung und beleidigte ihn so gröblich und öffentlich, daß die Familien der Umgegend ihm Briefe voll entrüsteter Gegenvorstellungen schickten und selbst die Pächter auf seinen Gütern ihre Ansicht darüber so deutlich aussprachen, wie sie es eben wagten. Der Baronet, der in keiner Beziehung Geschmack am Landleben fand und der keine Art Vorliebe für den Ort selbst hatte, erklärte, daß die Gesellschaft um Blackwater Park keine zweite Gelegenheit haben solle, ihn zu behelligen, und verließ von der Stunde an den Ort.

Nach kurzem Aufenthalte in London reiste er mit seiner Frau nach dem Festlande und kehrte nie wieder nach England zurück. Sie lebten zum Theil in Frankreich und zum Theil in Deutschland – jedoch stets in der Zurückgezogenheit, welche Sir Felix durch das krankhafte Gefühl seines Gebrechens zum Bedürfnisse geworden war. Ihr Sohn, Percival, war im Auslande geboren und dort von Privatlehrern erzogen worden, von seinen Eltern war es seine Mutter, die er zuerst verlor. Sein Vater starb ein paar Jahre nach ihr, entweder im Jahre 1823 oder 1826. Sir Percival war ein paar Mal vorher als junger Mann in England gewesen, aber seine Bekanntschaft mit dem verstorbenen Mr. Fairlie begann erst nach dem Tode seines Vaters. Sie wurden bald sehr vertraute Freunde, obgleich Sir Percival zu jener Zeit selten oder nie nach Limmeridge House kam. Mr. Frederick Fairlie war ihm vielleicht ein paar Mal in Mr. Philipp Fairlie's Gesellschaft begegnet, aber er konnte weder damals noch später viel von ihm erfahren haben, Sir Percivals einziger intimer Freund in der Familie war Lauras Vater gewesen.

Hierauf beschränkten sich die Einzelheiten, welche Marianne mitzutheilen im Stande war. Ich sah in ihnen nichts, was meinem gegenwärtigen Zwecke hätte dienen können, doch schrieb ich sie mir sorgfältig auf.

Mrs. Todd's Antwort (welche sie auf unser Ersuchen an ein Postbureau in einiger Entfernung von uns adressirt hatte) war bereits dort angelangt, als ich hinging, um danach zu fragen. Das Glück, welches bisher so beharrlich gegen uns gewesen, wandte sich von diesem Augenblicke an zu unseren Gunsten. Mrs. Todd's Brief enthielt den ersten Fingerzeig auf das hin, wonach wir forschten.

Mrs. Clements hatte (wie wir gemuthmaßt) an Mrs. Todd geschrieben, und nachdem sie sich wegen der plötzlichen Art und Weise entschuldigt, in der sie und Anna ihre Bekannten (an dem Morgen nach dem Tage, an welchem ich mit der Frau in Weiß im Gottesacker zu Limmeridge zusammengetroffen) verlassen, hatte sie Mrs. Todd von Annas Verschwinden unterrichtet und sie inständig gebeten, Nachfragen in der Umgegend anzustellen, in der Erwartung, daß die verlorene ihren Weg nach Limmeridge gefunden habe. Zu dieser Bitte hatte Mrs. Clements die Adresse hinzugefügt, unter der man ihr immer mit Sicherheit schreiben könne, und diese Adresse übersandte Mrs. Todd jetzt an Marianne. Es war in London und innerhalb einer halben Stunde Weges von unserer Wohnung.

Schon am folgenden Morgen machte ich mich auf den Weg, um mir eine Unterredung mit Mrs. Clements zu verschaffen.

VI.

Die von Mrs. Todd angegebene Adresse führte mich nach einem in einer anständigen Straße nahe bei Gray's Road gelegenen Logirhause.

Als ich klopfte, wurde die Thür von Mrs. Clements selbst geöffnet. Sie schien mich nicht zu erkennen und frug, was mein Anliegen sei. Ich erinnerte sie an unser Begegnen im Friedhofe zu Limmeridge am Schlusse meiner Unterredung mit der Frau in Weiß, wobei ich zu gleicher Zeit Sorge trug, sie auch daran zu erinnern, daß ich es war, der (wie Anna es ihr selbst gesagt) Anna Catherick's Flucht aus der Irrenanstalt unterstützte. Dies war mein einziges Recht an Mrs. Clements Vertrauen. Sie erinnerte sich des Umstandes und frug mich in der größten Spannung, ob ich ihr etwa Nachrichten über Anna bringe.

Es war mir unmöglich, ihr die ganze Wahrheit zu sagen, ohne zugleich in Einzelheiten in Bezug auf den ausgeübten Verrath einzugehen, welche einer Fremden anzuvertrauen gefährlich gewesen wäre. Ich konnte mich nur auf das Vorsichtigste enthalten, falsche Hoffnungen zu erregen und dann ihr erklären, daß der Zweck meines Besuches der sei, die Personen zu entdecken, die an Annas Verschwinden schuld wären. Ich fügte sogar hinzu, daß ich nicht die geringste Hoffnung habe, ihre Spur zu entdecken: daß ich glaube, wir würden sie selbst nie lebend wiedersehen, und daß mein Hauptinteresse in der Sache dahin gehe, zwei Männer zur Strafe zu bringen, die ich im Verdachte habe, sie entführt zu haben und von denen ich und mir sehr theure Angehörige bitteres Unrecht erfahren. Nach diesen Erklärungen überließ ich es Mrs. Clements zu sagen, ob unser Interesse an der Sache (welcher Unterschied auch immer in unseren Beweggründen sein möchte) nicht ein und dasselbe sei und ob sie irgend etwas dagegen habe, meinen Zweck durch solche Auskunft zu fördern, wie sie mir zu geben im Stande sei.

Die arme Frau war verwirrt und bewegt. Sie konnte mir bloß sagen, daß sie mir zum Danke für meine Güte gegen Anna alles sagen wolle, was sie wisse. Ich bat sie, mir erst zu sagen, was sich zugetragen, nachdem sie Limmeridge verlassen, und auf diese Weise führte ich sie durch vorsichtige Fragen von einem Punkte zum anderen, bis wir zu dem ihres Verschwindens kamen.

Die Auskunft, welche ich auf diese Weise erhielt, lief auf Folgendes hinaus:

Nachdem sie das Gehöft, Todd's Ecke, verlassen, waren Mrs. Clements und Anna an dem Tags bis Derby gereist, wo sie Annas wegen sich eine Woche lang aufgehalten. Sie waren dann nach London zurückgekehrt und etwa einen Monat in dem Logis geblieben, das Mrs. Clements zur Zeit innegehabt, worauf Verhältnisse, welche sich auf das Haus und den Hauswirth bezogen, sie genöthigt hatten, ihre Wohnung zu verändern. Annas jedesmalige Angst, entdeckt zu werden, wenn sie in London oder der Umgegend spazieren zu gehen wagten, hatte allmälig auch auf Mrs. Clements gewirkt und sie hatte deshalb beschlossen, sich nach einem der entlegensten Orte in England zurückzuziehen: nach der Stadt Grimsby in Lincolnshire, wo ihr verstorbener Mann seine ganze Jugend verlebt hatte. Seine Verwandten waren angesehene, in der Stadt ansässige Leute, welche Mrs. Clements stets mit großer Freundlichkeit entgegengekommen waren, und es schien ihr, daß sie nichts Besseres thun könne, als dorthin zu gehen und sich von der Familie ihres Mannes Rath ertheilen zu lassen. Anna wollte nicht davon hören, daß sie zu ihrer Mutter nach Welmingham zurückkehre, weil sie von dort aus nach der Irrenanstalt gebracht worden und weil Sir Percival sicher dorthin zurückkehren und sie dann finden würde. Es war dieser Einwand ein wohlbegründeter, und Mrs. Clements fühlte, daß derselbe nicht leicht zu beseitigen sei.

In Grimsby hatten sich die ersten ernstlichen Symptome von Annas Krankheit gezeigt. Dies war bald, nachdem die Nachricht von Lady Glyde's Vermählung in den öffentlichen Blättern erschienen und auf diese Weise bis zu ihr gedrungen war.

Der Arzt, welcher zu der Kranken gerufen wurde, erkannte sofort, daß sie an einer gefährlichen Herzkrankheit litt. Die Krankheit schwächte sie sehr und kehrte in Zwischenräumen, jedoch in gelinderem Grade, immer wieder. Sie blieben in Folge dessen während der ersten Hälfte des neuen Jahres in Grimsby und wären wahrscheinlich noch viel länger dort geblieben, hätte nicht Anna plötzlich den Entschluß gefaßt, nach Hampshire zurückzukehren, um sich eine heimliche Unterredung mit Lady Glyde zu verschaffen.

Mrs. Clements that Alles, was in ihrer Macht lag, um die Ausführung dieses gewagten und unbegreiflichen Vorsatzes zu hintertreiben. Anna gab keine Erklärung ihrer Beweggründe, außer daß sie glaube, der Tag ihres Todes sei nicht mehr ferne und daß ihr etwas auf dem Herzen laste, das sie auf alle Gefahr hin Lady Glyde im Geheimen mittheilen müsse. Ihr Entschluß hierin war so unerschütterlich, daß sie erklärte, sie werde allein nach Hampshire gehen, falls Mrs. Clements abgeneigt sei, sie zu begleiten. Der Arzt war, da man ihn zu Rathe zog, der Ansicht, daß, falls man ihrem Wunsche entschieden entgegenträte, dies aller Wahrscheinlichkeit nach einen zweiten und vielleicht gar tödtlichen Anfall ihrer Krankheit zur Folge haben würde, weshalb Mrs. Clements der Notwendigkeit nachgab und mit traurigen Vorahnungen von kommender Gefahr Anna Catherick ihren Willen haben ließ.

Auf der Reise von London nach Hampshire fand Mrs. Clements, daß einer ihrer Reisegefährten genau mit der Umgegend von Blackwater Park bekannt war und ihr jede Auskunft in Bezug auf die Localitäten geben konnte, welcher sie bedurfte. Auf diese Weise erfuhr sie, daß der einzige Ort, an dem sie sich aufhalten konnten, der nicht in gefahrvoller Nähe von Sir Percivals Wohnung gelegen, ein großes Dorf namens Sandon sei. Die Entfernung desselben von Blackwater Park war zwischen drei und vier (englische) Meilen – und diese Strecke war Anna Catherick jedesmal, wenn sie in den Parkanlagen am See erschien, zu Fuße hin und zurück gegangen.

Während der wenigen Tage, welche sie, ohne entdeckt zu werden, in Sandon zugebracht, hatten sie ein wenig außerhalb des Dorfes in der Hütte einer achtbaren Witwe gewohnt, deren Schweigen Mrs. Clements wenigstens während der ersten Woche sich zu sichern vermocht.

Mrs. Clements folgte Anna jedesmal heimlich nach dem See, ohne sich jedoch so nahe an das Bootshaus zu wagen, um sehen und hören zu können, was dort vorging. Als Anna das letzte Mal aus der gefahrvollen Nachbarschaft zurückkehrte, hatte die Anstrengung, Tag für Tag zu Fuße eine Strecke zu gehen, die weit über ihre Kräfte ging, und die entkräftigende Wirkung der Aufregung, welche sie erduldete, die Folge, welche Mrs. Clements langst befürchtet. Die Symptome der Krankheit, welche sie in Grimsby gehabt, zeigten sich abermals und fesselten Anna an ihr Bett in dem Häuschen.

Unter diesem Drangsale war es, wie Mrs. Clements aus Erfahrung wußte, vor Allem nothwendig, Annas Besorgnisse zu beruhigen, zu welchem Zwecke die gute Frau folgenden Tages nach dem See ging, um zu sehen, ob sie nicht mit Lady Glyde werde sprechen (die, wie Anna ihr sagte, ihren täglichen Spaziergang dorthin machen würde) und sie überreden können, heimlich mit ihr nach der Hütte in Sandon zurückzukehren. Als sie am Saume der Pflanzung anlangte, begegnete Mrs. Clements nicht Lady Glyde, sondern einem großen, starken, ältlichen Herrn, der ein Buch in der Hand hielt – mit einem Worte, dem Grafen Fosco.

Der Graf frug sie, nachdem er sie erst einen Augenblick sehr aufmerksam betrachtet, ob sie dort jemanden zu treffen erwarte, und fügte hinzu, daß er selbst dort mit einer Botschaft von Lady Glyde warte, jedoch nicht sicher sei, ob die Person vor ihm der Beschreibung derjenigen entspreche, an die er abgeschickt sei.

Hierauf vertraute Mrs. Clements ihm sofort ihr Anliegen und bat ihn inständig, ihr behilflich zu sein, Annas Besorgnisse zu beschwichtigen, indem er ihr Lady Glyde's Botschaft anvertraute. Der Graf erfüllte ihre Bitte auf das Freundlichste und Bereitwilligste, was Lady Glyde ihm zu sagen aufgetragen, sei, wie er sagte, von größter Wichtigkeit. Lady Glyde bitte Anna und ihre gute Freundin, unverzüglich nach London zurückzukehren, da sie überzeugt sei, daß falls sie noch länger in der Umgegend von Blackwater Park blieben, Sir Percival sie entdecken würde. Sie selbst werde in Kurzem nach London reisen und falls Mrs. Clements und Anna ihr Vorausreisen und sie dann von ihrer Adresse in Kenntniß setzen wollten, so sollten sie in weniger als vierzehn Tagen entweder sie sehen oder von ihr hören. Der Graf fügte hinzu, daß er bereits versucht habe, Anna selbst eine freundschaftliche Warnung zu geben, daß sie jedoch beim Anblicke eines Fremden zu sehr erschrocken gewesen, um ihn näher zu kommen und mit ihr sprechen zu lassen.

Mrs. Clements erwiderte hierauf in der größten Unruhe und Bestürzung, daß sie es wohl zufrieden sei, Anna nach London und in

Sicherheit zu bringen, daß aber für jetzt keine Hoffnung vorhanden, sie aus der gefahrvollen Nachbarschaft zu entfernen, da sie augenblicklich krank in Bette liege. Der Graf erkundigte sich, ob Mrs. Clements ärztlichen Beistand geholt und da er hörte, daß sie bisher aus Furcht, dadurch die Aufmerksamkeit des Dorfes auf sich zu ziehen, angestanden, dies zu thun, erklärte er ihr, daß er selbst Arzt sei und mit ihr zurückgehen wolle, um zu sehen, was für Anna gethan werden könne. Mrs. Clements (da sie ein erklärliches Zutrauen zu einem Manns fühlte, dem Lady Glyde einen heimlichen Auftrag anvertraut hatte) nahm das Anerbieten dankbar an und Beide kehrten dann zusammen nach der Hütte zurück.

Anna schlief, als sie dort anlangten. Der Graf fuhr bei ihrem Anblicke überrascht zusammen (offenbar in Erstaunen über ihre Aehnlichkeit mit Lady Glyde); die arme Mrs. Clements glaubte bloß, weil es ihn erschreckte, zu sehen, wie krank sie war. Er wollte nicht zugeben, daß sie geweckt würde, sondern begnügte sich damit, Mrs. Clements über die Symptome auszufragen und leise ihren Puls zu fühlen. Der Ort Sandon war groß genug, um einen Apothekerladen zu besitzen, und dorthin begab sich der Graf, um das Recept zu schreiben und die Medicin machen zu lassen. Er brachte dieselbe selbst zurück und unterrichtete Mrs. Clements, daß es ein starkes Reizmittel sei und Anna Kraft geben werde, die Reise von nur wenigen Stunden nach London auszuhalten. Die Medicin sollte zu bestimmten Zeiten an diesem und dem nächstfolgenden Tage eingegeben werden; am dritten werde sie dann wohl genug sein, um zu reisen, und er kam mit Mrs. Clements überein, sie an der Station von Blackwater zu treffen und mit dem Mittagszuge abreisen zu sehen.

Die Medicin hatte eine erstaunliche Wirkung auf Anna, und der Erfolg derselben wurde noch durch die Versicherung unterstützt, welche Mrs. Clements ihr jetzt geben durfte: daß sie nämlich binnen Kurzem Lady Glyde in London sehen werde. An dem bestimmten Zeitpunkte (nachdem sie sich im Ganzen kaum eine Woche in Hampshire aufgehalten) trafen sie auf der Station ein. Der Graf erwartete sie hier und war mit einer ältlichen Dame, welche ebenfalls mit diesem Zuge nach London zu fahren schien, in Unterhaltung begriffen. Er leistete ihnen den freundlichsten Beistand beim Einsteigen, indem er Mrs. Clements bat, nicht zu vergessen, Lady

Glyde ihre Adresse zu schicken. Die ältliche Dame reiste nicht mit ihnen in demselben Coupe und sie sahen nicht, was aus ihr wurde, als sie in London anlangten. Mrs. Clements nahm eine anständige Wohnung in einer stillen Nachbarschaft und schrieb dann, wie sie versprochen, um Lady Glyde von ihrer Adresse in Kenntnis zu setzen.

Es vergingen über vierzehn Tage, ohne daß eine Antwort kam.

Nach Verlauf dieses Zeitraumes kam eine Dame (dieselbe ältliche Dame, welche sie auf der Station gesehen hatten) in einer Droschke zu ihnen gefahren und sagte, Lady Glyde, welche augenblicklich in einem Hotel in London anwesend sei, habe sie geschickt, um ihnen zu sagen, daß sie Mrs. Clements zu sehen wünsche, um mit ihr die Zeit einer Unterredung zwischen ihr – Lady Glyde – und Anna zu bestimmen. Mrs. Clements erklärte sich (auf Annas dringendes Zureden) bereit, diesen Zweck zu fördern. Sie und die ältliche Dame (offenbar die Gräfin Fosco) fuhren dann in der Droschke ab. Die Dame ließ die Droschke, nachdem sie eine ziemliche Strecke gefahren waren, vor einem Kaufladen halten, ehe sie in dem Gasthofe anlangten, und bat Mrs. Clements, ein paar Minuten zu warten, bis sie einen Einkauf besorge, den sie vergessen hatte. Sie ließ sich nie wiedersehen.

Nachdem sie eine weile gewartet, wurde Mrs. Clements unruhig und befahl dem Kutscher, nach ihrer Wohnung zurückzufahren. Als sie dort anlangte, war Anna fort.

Die einzige Auskunft, die sie über die Sache erlangen konnte, erhielt sie durch die Magd, welche den im Hause wohnenden Miethern aufwartete. Sie hatte einem Knaben aus der Straße die Thür geöffnet, der ihr »für das junge Frauenzimmer in der Zweiten Etage« (dem Theile des Hauses, welchen Mrs. Clements bewohnte) einen Brief gegeben. Die Magd hatte den Brief abgegeben und hatte fünf Minuten später Anna in Hut und Shawl aus der Hausthür gehen sehen. Sie hatte den Brief wahrscheinlich mitgenommen; denn derselbe war nirgends zu finden, und es war daher unmöglich zu sagen, wodurch man sie bewogen, das Haus zu verlassen. Der Anlaß mußte ein starker sein – denn sie verließ in London nie aus eigenem Antriebe allein das Haus.

Sobald sie ihre Gedanken zu sammeln im Stande gewesen, hatte Mrs. Clements natürlich zuerst die Idee gefaßt, nach der Anstalt zu gehen, da sie befürchtete, daß Anna Catherick dahin zurückgebracht worden.

Sie hatte dies am folgenden Tage ausgeführt, da Anna selbst ihr die Gegend angegeben hatte, wo die Anstalt gelegen war. Die Antwort, welche sie erhielt (da sie ihre Nachfrage wahrscheinlich einen oder zwei Tage vorher machte, ehe die falsche Anna Catherick der Anstalt übergeben wurde), war, daß keine solche Person zurückgebracht worden. Sie schrieb dann zunächst an Mrs. Catherick in Welmingham, um sie zu fragen, ob sie irgend etwas von ihrer Tochter gehört habe, und erhielt auch von dieser Seite eine verneinende Antwort. Hienach war sie am Ende ihrer Hilfsquellen und wußte durchaus nicht, wo sie sonst noch nachfragen, oder was sie sonst noch thun konnte. Von jenem Augenblicke bis zu dem gegenwärtigen war sie in völliger Unkenntnis über die Ursache von Annas Verschwinden und über das Ende ihrer Geschichte geblieben.

VII.

Es war klar, daß die Reihe von Betrügereien, welche Anna Catherick nach London geführt und dort von Mrs. Clements getrennt hatten, einzig und allein vom Grafen und der Gräfin ausgeübt wurden. Der unmittelbare Zweck meines Besuches bei Mrs. Clements war, den Versuch zu machen, Sir Percivals Geheimnisse auf die Spur zu kommen, und sie hatte bisher noch nichts gesagt, das mich hierin nur um einen Schritt weiter gebracht hätte. Ich fühlte die Nothwendigkeit, zu versuchen, ob ich nicht ihre Erinnerungen an andere Zeiten, Personen und Ereignisse erwecken könne, und meine nächsten Worte zielten indirekt hierauf hin.

»Ich wollte, ich könnte Ihnen in dieser Trübsal irgendwie von Nutzen sein,« sagte ich; »doch kann ich nichts weiter für Sie thun, als herzlichen Antheil an Ihrem Kummer nehmen. Wäre Anna Ihr eigenes Kind gewesen, Mrs. Clements, so hätten Sie ihr kaum bereitwilligere Opfer bringen können.«

»Darin ist kein großes Verdienst für mich, Sir,« sagte Mrs. Clements einfach. »Das arme Mädchen war so gut wie mein eigen Kind für mich. Ich nährte es fast von ihrer Geburt an, Sir, und es war schwer genug, es aufzubringen. Ich pflegte immer zu sagen, daß der liebe Herrgott sie mir geschickt, weil ich selbst nie ein Kleines hatte. Und jetzt, da ich sie verloren habe, kehren die alten Zeiten meinem Gedächtnisse zurück und selbst in meinem Alter kann ich mich nicht enthalten, um sie zu weinen, Sir – gewiß, ich kann nicht anders!«

Ich wartete ein wenig, um Mrs. Clements Zeit gönnen, sich wieder zu beruhigen. Schimmerte vielleicht das Licht, nach dem ich so lange gesucht, aus dämmernder Ferne her jetzt in der guten alten Frau Erinnerungen von Annas Kindheit?

»Kannten Sie Mrs. Catherick, ehe Anna geboren war?« frug ich.

»Nicht über vier Monate. Wir kamen zu der Zeit sehr viel zusammen, aber wir waren nie sehr vertraut miteinander.«

»Waren Sie und Mrs. Catherick Nachbarinnen?« frug ich, indem ich ihr Gedächtnis zu ermuntern suchte.

»Ja, Sir., wir waren Nachbarinnen in Alt-Welmingham.«

» *Alt* -Welmingham? Dann gibt es also in Hampshire zwei Orte dieses Namens?«

»Nun ja, Sir, damals – vor mehr als dreiundzwanzig Jahren. Sie bauten ungefähr zwei Meilen davon eine neue Stadt dicht am Flusse – und Alt-Welmingham, das nie viel mehr als ein Dorf war, wurde allmälig verlassen. Die neue Stadt ist der Ort, den sie jetzt Welmingham nennen, aber die alte Pfarrkirche ist noch jetzt die Pfarrkirche. Sie steht allein, indem die Häuser um sie her alle entweder niedergerissen oder von selbst verfallen sind. Ich habe in meinem Leben traurige Veränderungen gesehen. Es war zu meiner Zeit ein freundlicher, hübscher Ort.«

»Wohnten Sie dort vor Ihrer Heirat, Mrs. Clements?«

»Nein, Sir, ich bin aus Norfolk und mein Mann gehörte auch nicht zu dem Orte. Er war aus Grimsby, wie ich Ihnen schon sagte und brachte dort seine Lehrjahre zu. Da er aber im Süden Bekannte hatte und durch sie von einer Vacanz hörte, etablirte er sich in Southampton. Es war nur ein kleines Geschäft; aber er machte doch genug dabei, um sich mit bescheidenen Ansprüchen zurückzuziehen und ließ sich dann in Alt-Welmingham nieder. Ich ging mit ihm dorthin, als er mich heiratete, wir waren Beide nicht mehr jung, aber wir lebten sehr glücklich miteinander – glücklicher, als unser Nachbar, Mr. Catherick, mit seiner Frau lebte, als sie ungefähr anderthalb Jahre später nach Welmingham kamen.«

»War Ihr Mann schon vorher mit Mr. Catherick bekannt gewesen?«

»Ja, Sir – aber nicht mit seiner Frau. Sie war uns Beiden fremd. Ein Herr hatte sich für Catherick verwendet, so daß er die Stelle als Küster an der Pfarrkirche zu Welmingham erhielt, und das war der Grund, weshalb er sich in unserer Nachbarschaft eine Wohnung nahm. Er brachte seine junge Frau mit, und wir hörten später, sie sei Kammerjungfer gewesen in einer Familie, die zu Varneck Hall bei Southampton wohnte. Es hatte Catherick Künste genug gekostet, ehe er sie überreden konnte, ihn zu heiraten – weil sie sich für außerordentlich vornehm hielt. Er hatte zu wiederholten Malen immer wieder und wieder um sie angehalten und endlich, da er sah, daß sie so widerspenstig war, die Sache aufgegeben. Da aber drehte sie sich mit einem Male nach der anderen Seite und kam, anscheinend ohne Grund oder Ursache, ganz von selbst. Mein lieber Mann pflegte zu sagen, daß es jetzt an der Zeit gewesen wäre, ihr eine Lehre zu geben. Aber Catherick war zu sehr vernarrt in sie, um so etwas zu thun; er trat ihr nie in irgend etwas entgegen, weder vor der Heirat noch nachher. Er war ein leidenschaftlicher Mann und ließ sich oft von seinen Gefühlen fortreißen – er hätte eine bessere Frau verdorben, als Mrs. Catherick. Ich spreche nicht gern Böses von anderen Leuten, Sir; aber sie war ein herzloses Weib mit einem furchtbaren Eigenwillen, sie liebte flatterhafte Bewunderung und Putz und bemühte sich nicht, ihrem Manne, der sie immer so gütig behandelte, auch nur äußerlichen Respect zu bezeigen. Mein Mann sagte gleich, daß die Sache ein schlechtes Ende nehmen werde, und seine Worte wurden wahr. Ehe sie sich noch vier Monate am Orte aufgehalten, gab es einen schrecklichen Scandal und ein unglückliches Auseinandergehen. Ich fürchte, es hatten Beide Schuld.«

»Sie meinen, der Mann sowohl wie die Frau hatten Schuld?«

»O nein, Sir! Catherick meine ich nicht – ihn konnte man nur bemitleiden – ich meine seine Frau und den –«

»Und den, welcher den Scandal verursachte?«

»Ja, Sir. Er war von Geburt und Erziehung ein Gentleman und hätte ein besseres Beispiel geben sollen. Sie kennen ihn, Sir – und meine arme, liebe Anna kannte ihn nur zu wohl.«

»Sir Percival Glyde?«

»Ja, Sir Percival Glyde.«

Mein Herz pochte heftig – ich glaubte, meine Hand halte den Schlüssel, wie wenig ahnte ich damals von den labyrinthischen Krümmungen, welche mich noch irreleiten sollten!

»Wohnte Sir Percival damals in ihrer Nachbarschaft?« frug ich sie.

»Nein, Sir. Er kam als Fremder zu uns. Sein Vater war nicht lange vorher im Auslande gestorben. Er quartirte sich in dem kleinen Wirthshause am Flusse ein (es ist seit der Zeit niedergerissen worden), wohin die Herren zum Angeln zu kommen pflegten. Es wurde nicht besonders bemerkt, als er zuerst hinkam: es war etwas ganz Gewöhnliches, daß die Herren aus allen Theilen von England hinkamen, um in unserem Flusse zu angeln.«

»Kam er vor Annas Geburt in's Dorf?«

»Ja, Sir. Anna wurde im Monat Juni Achtzehnhundertsiebenundzwanzig geboren, und er kam, glaube ich, zu Ende April oder Anfangs Mai.«

»Als Fremder für Alle? für Mrs. Catherick sowohl, als auch für die übrigen Nachbarn?«

»Das glaubte man zu Anfang, Sir. Als aber der Scandal ausbrach, glaubte kein Mensch mehr, daß sie einander fremd gewesen. Ich erinnere mich dessen wohl, als ob es erst gestern gewesen wäre. Catherick kam einmal spät in der Nacht in unseren Garten und weckte uns, Ich hörte ihn meinen Mann ›um Gotteswillen‹ bitten, herunter zu kommen, er habe mit ihm zu sprechen. Sie unterhielten sich dann eine lange Weile unten im Vorhäuschen. Als mein Mann wieder herauskam, zitterte er am ganzen Leibe. Er setzte sich auf den Rand des Bettes und sagte: ›Lizzie, ich habe dir's immer gesagt, daß das Weib ein schlimmes Weib ist und daß sie einmal ein schlechtes Ende nehmen würde – und ich fürchte, das Ende ist bereits gekommen. Catherick hat eine Menge Spitzentaschentücher, zwei kostbare Ringe und eine neue goldene Uhr mit Kette in der Schublade seiner Frau versteckt gefunden, und seine Frau will ihm nicht sagen, wie sie dazu gekommen ist.‹ »Glaubt er, daß sie die die Sachen gestohlen hat?« fragte ich. ›Nein,‹ sagte er, »die Sache ist noch schlimmer. Es sind Geschenke, Lizzie – ihre eigenen Anfangsbuchstaben sind inwendig in die Uhr eingravirt – und Catherick hat sie mit jenem Herrn Sir Percival Glyde, sprechen und umgehen sehen, wie sich's für keine verheiratete Frau paßt. Ich habe Catherick gerathen, die Sache für sich und seine Augen und Ohren auf ein paar Tage offen zu halten, bis er sich fest überzeugt hat,‹ »Ich glaube, ihr seid alle Beide im Irrthum,« sagte ich, »es ist nicht anzunehmen, daß Mrs. Catherick, die hier eine angenehme und geachtete Stellung einnimmt, sich mit einem hergelaufenen Fremden, wie Sir Percival Glyde, einlassen sollte.« ›Jawohl, aber ist er auch ein Fremder für sie?‹ sagte mein Mann. ›Du vergißt, wie Mrs. Catherick sich endlich dazu herabließ, ihren Mann zu heirathen. Sie kam selbst zu ihm, nachdem sie ihm einmal über das andere Nein gesagt hatte, da er sich um sie beworben. Es hat schon vor ihr schlechte Weiber gegeben, Lizzie, die redliche Männer, welche sie liebten, dazu gebraucht haben, ihren Ruf zu retten ... und ich fürchte sehr, diese Mrs. Catherick ist so schlimm, wie die schlechteste unter ihnen. Wir werden sehen,‹ sagte mein Mann, ›wir werden es bald sehen,‹ »Und kaum zwei Tage später sahen wir es allerdings.«

Mrs. Clements wartete einen Augenblick, ehe sie fortfuhr. Selbst in diesem Augenblicke begann ich zu zweifeln, ob der Schlüssel, den ich schon gefunden zu haben geglaubt, mich auch wirklich dem Geheimnisse näher brachte, das im Mittelpunkte des ganzen Labyrinthes lag. War diese gewöhnliche, zu gewöhnliche Geschichte von der Treulosigkeit eines Mannes und der Schwäche eines Weibes der Schlüssel zu einem Geheimnisse, welches der lebenslange Schrecken von Sir Percival Glyde gewesen?

»Nun, Sir, Catherick befolgte meines Mannes Rath und wartete,« fuhr Mrs. Clements fort. »Und, wie gesagt er hatte nicht lange zu warten. Am zweiten Tage fand er seine Frau und Sir Percival dicht unter der Sacristei der Kirche, wo sie ganz vertraulich zusammen flüsterten. Vermuthlich dachten sie, daß die Nachbarschaft von der Kirche die allerletzte Stelle in der Welt sei, wo man sie suchen würde. Sir Percival vertheidigte sich in seiner Ueberraschung und Verwirrung auf eine so schuldbewußte Weise, daß der arme Catherick (von dessen heftigem Temperament ich Ihnen bereits gesagt habe) über seine Schande in eine wahre Raserei gerieth und Sir Percival schlug. Doch war er dem Manne, der sich so schwer an ihm vergangen, leider nicht gewachsen, und er wurde auf das Grausamste von ihm zerschlagen, ehe die Nachbarn, welche der Lärm herbeigerufen, sie trennen konnten. Alles dies trug sich gegen Abend zu und noch vor Einbruch der Nacht war Catherick auf und davon gegangen, und kein Mensch wußte wohin. Keine lebende Seele im ganzen Dorfe hat ihn jemals wieder gesehen. Catherick wußte jetzt nur zu gut, aus welcher abscheulichen Ursache seine Frau ihn geheirathet, und fühlte seine Schande und sein Elend zu tief. Der Pfarrer des Dorfes ließ eine Anzeige in die Zeitung setzen, worin er ihn bat, zurückzukehren, und ihm versprach, daß er weder seine Stelle noch seine Beschützer verlieren solle. Aber Catherick hatte zuviel Stolz, um sich wieder vor seinen Nachbarn sehen zu lassen und zu versuchen, durch seine eigene Lebensweise seine Schande vergessen zu machen. Er schrieb an meinen Mann, ehe er England verließ, und dann noch einmal, als er sich in Amerika niedergelassen hatte, wo es ihm recht gut ging. Und dort lebt er noch jetzt, soviel ich weiß.«

»Was wurde aus Sir Percival?« frug ich. »Blieb er in der Umgegend?«

»O nein, Sir. Der Ort war ihm zu heiß geworden. Man hörte ihn an demselben Abende, wo der Scandal ausbrach, in lautem Wortstreite mit Mrs. Catherick, und am nachten Morgen verließ er den Ort.«

»Und Mrs. Catherick? Sie blieb doch immer in dem Dorfe und unter den Leuten, denen ihre Schande bekannt war?«

»Doch, Sir, sie blieb. Sie war hart und fühllos genug, um der Meinung all ihrer Nachbarn zu trotzen. Sie hatte jedem vom Pfarrer an erklärt, sie sei das Opfer eines furchtbaren Irrthums und daß alle Klatschschwestern des Dorfes nicht im Stande sein sollten, sie aus demselben zu vertreiben, wie wenn sie ein schuldiges Weib wäre. Während der ganzen Zeit, das ich in Alt-Welmingham wohnte, blieb sie dort, und als man anfing, die neue Stadt zu bauen und die meisten Leute dorthin zogen, zog sie ebenfalls dorthin, als ob sie entschlossen sei, bis zum Ende unter ihnen und ihnen ein Aergernis zu bleiben. Dort lebt sie noch jetzt und dort wird sie den Besten zum Trotze bis zu ihrem Sterbetage bleiben.«

»Aber wovon hat sie sich während all dieser Jahre erhalten?« frug ich. »war ihr Mann im Stande und bereit, sie zu ernähren?«

»Beides, sowohl im Stande als bereit, Sir,« sagte Mrs. Clements. In seinem zweiten Briefe an meinen lieben Mann sagte er, sie habe seinen Namen getragen und unter seinem Dache gelebt und so schlecht sie auch sei, solle sie doch nicht wie eine Bettlerin auf der Straße verhungern. Er sei in der Lage, ihr eine kleine Pension auszusetzen und sie möge dieselbe vierteljährlich von einem Banquierhause in London beziehen.«

»Nahm sie die Pension an?«

»Keinen Heller, Sir. Sie sagte, sie wolle Catherick nie für einen Bissen oder Tropfen verpflichtet sein. Und sie hat bisher Wort gehalten. Als mein armer, guter Mann starb und mir Alles hinterließ, kam Cathericks Brief mit dem Uebrigen in meine Hände, und ich sagte ihr, sie solle mich's wissen lassen, falls sie jemals Mangel litte, »wenn ich Mangel leide, so soll ganz England es eher erfahren, ehe ich Catherick oder seinen Freunden ein Wort davon sage. Nehmen Sie das zur Kenntnis und geben Sie's ihm zur Antwort, falls er Ihnen jemals wieder schreibt.«

»Glauben Sie, daß sie eigenes Vermögen hatte?«

»Sehr wenig, Sir, wenn überhaupt. Man sagte, und ich fürchte mit Recht, daß sie die Mittel zu ihrem Lebensunterhalte heimlich von Sir Percival Glyde erhielt.«

Nach dieser letzten Antwort dachte ich eine kleine Weile über das nach, was ich gehört hatte. Falls ich die Geschichte so weit ohne Rückhalt als wahr annahm, so war es jetzt klar, daß ich weder direct noch indirect im Geringsten dem Geheimnisse näher auf die Spur gekommen sei.

Aber es war ein Punkt in der Erzählung, der die Idee in mir erweckte, daß unter der Oberfläche noch etwas verborgen liege.

Ich konnte mir den Umstand nicht erklären, daß des Küsters schuldiges Weib freiwillig an dem Orte ihrer Schande weiter lebte. Es schien mir natürlicher und wahrscheinlicher, anzunehmen, daß sie in dieser Sache nicht so ganz freie Wahl gehabt, wie sie behauptet hatte. Wer aber war in diesem Falle die Person, von der man annehmen durfte, daß sie die Macht besaß, sie zum fortgesetzten Aufenthalte in Welmingham zu zwingen? – Ohne Frage diejenige, von der sie die Mittel zum Lebensunterhalte erhielt. Sie hatte die Unterstützung von ihrem Manne zurückgewiesen, hatte kein eigenes, unabhängiges Vermögen und war ein freundloses, entehrtes Weib – aus welcher Quelle konnte sie also noch Hilfe beziehen, außer aus derjenigen, welche das Gerücht bezeichnete: Sir Percival Glyde?

Indem ich nach diesen Voraussetzungen schlußfolgerte, daß Mrs. Catherick im Besitze des Geheimnisses war, begriff ich leicht, daß es Sir Percivals Interesse erforderte, daß sie in Welmingham bliebe, weil dort ihr Ruf sie von allem Verkehr mit ihren Nachbarinnen ausschloß und so sie der Gelegenheit beraubte, in Augenblicken ungenirter Unterhaltungen mit Busenfreundinnen unvorsichtige

Reden zu führen. Worin aber bestand dieses Geheimnis? Nicht der schmachvolle Antheil, den Sir Percival an Mrs. Catherick's Schande hatte – denn dies war der ganzen Nachbarschaft bekannt. Nicht der Verdacht, daß er Annas Vater sei – denn Welmingham war der Ort, an dem dieser Verdacht unvermeidlicherweise bestehen mußte. Falls ich den schuldigen Anschein, der mir beschrieben worden, so rückhatlos annahm, wie Andere: falls ich daraus denselben oberflächlichen Schluß zog, den Mr. Catherick und seine Nachbarn daraus gezogen – wo blieb da nach allem, was ich gehört, die Vermuthung, daß zwischen Mrs. Catherick und Sir Percival ein gefährliches Geheimnis bestand, das von dieser Zeit an bis jetzt verborgen geblieben?

Und doch lag in jenen geheimen Zusammenkünften und in jenem vertraulichen Flüstern zwischen des Küsters Frau und Sir Percival ohne allen Zweifel die Lösung dieses Geheimnisses.

War es möglich in diesem Falle, daß der Schein nach einer Richtung hingedeutet, während die Wahrheit unvermuthet in einer ganz anderen lag? Konnte Mrs. Catherick's Behauptung: sie sei das Opfer eines furchtbaren Irrthums, möglicherweise wahr sein? Oder, gesetzt dieselbe war falsch, konnte die Schlußfolgerung, nach welcher Sir Percival mit ihrer Schuld in Beziehung stand, auf irgend einen unbegreiflichen Irrthum gegründet sein? Hatte etwa Sir Percival den falschen Verdacht begünstigt, um den richtigen Verdacht von sich abzulenken? Hier lag der Schlüssel zu dem Geheimnisse, tief unter der Oberfläche der Erzählung verborgen, welche ich soeben angehört hatte.

Meine nächsten Fragen waren jetzt auf diesen einen Punkt gerichtet: ob nämlich Mr. Catherick sich vollkommen von der Schuld seiner Frau überzeugt hatte oder nicht. Mrs. Clements Antworten hierauf ließen mir nicht die geringsten Zweifel übrig. Mrs. Catherick hatte den klarsten Beweisen nach, als unverheiratetes Mädchen – mit *wem* , war unbekannt geblieben – ihren Ruf compromittirt und, um denselben womöglich noch zu retten, sich eiligst verheiratet. Man war durch Ort- und Zeitbestimmungen, in die ich hier nicht näher einzugehen brauche, entschieden zu der Ueberzeugung gekommen, daß die Tochter, welche ihres Mannes Namen trug, nicht ihres Mannes Kind sei.

Der nächste fragliche Punkt, ob es nämlich ebenso gewiß, daß Sir Percival Annas Vater sei, war mit weit größerer Schwierigkeit zu entscheiden. Ich konnte die Wahrscheinlichkeiten dafür und dawider durch keinen anderen Beweis bestimmen, als den der persönlichen Aehnlichkeit.

»Vermuthlich haben Sie Sir Percival oft gesehen, während er sich in ihrem Dorfe aufhielt?« sagte ich.

»Ja, sehr oft,« sagte Mrs. Clements.

»Haben Sie je die Bemerkung gemacht, daß Anna ihm ähnlich war?«

»Sie sah ihm nicht im geringsten ähnlich, Sir.«

»Sah sie ihrer Mutter ähnlich?«

»Nein, auch nicht ihrer Mutter, Sir. Mrs. Catherick hatte ein dunkles, volles Gesicht.«

Weder ihrer Mutter noch ihrem (muthmaßlichen) Vater ähnlich! Ich wußte wohl, daß dem Beweise persönlicher Aehnlichkeit nicht entschieden zu trauen sei, – auf der anderen Seite aber war er auch nicht entschieden zu verwerfen, war es vielleicht möglich, meine Beweise vollgiltiger Zu machen, indem ich mir entscheidende Thatsachen über Mrs. Catherick's und Sir Percivals Leben, ehe sie beide in Welmingham erschienen, verschaffte? Meine nächsten Fragen waren auf diesen Punkt gerichtet.

»Hörten sie, als Sir Percival zuerst in Welmingham gesehen wurde, woher er eben kam?« frug ich.

»Nein, Sir. Einige sagten, er komme von Blackwater Park, und andere wieder, er komme aus Schottland, aber keiner wußte etwas Bestimmtes darüber.«

»War Mrs. Catherick unmittelbar vor ihrer Verheiratung zu Varneck Hall im Dienste?«

»Jawohl, Sir.«

»Und hatte sie die Stelle lange gehabt?«

»Drei oder vier Jahre, Sir; ich weiß es nicht ganz genau.«

»Haben Sie je den Namen des Herrn gehört, dem Varneck Hall damals angehörte?«

»Jawohl, Sir. Er hieß Major Donthorne.«

»Wußte Catherick oder sonst irgend jemand Ihrer Bekanntschaft, ob Sir Percival mit Major Donthorne befreundet war, oder ob er je in der Umgegend von Varneck Hall gesehen worden?«

»Davon wußte Catherick nichts, Sir, soviel ich mich entsinnen kann – noch sonst irgend Jemand meiner Bekanntschaft.«

Ich schrieb mir Major Donthorne's Namen und Adresse auf, für den Fall, daß er noch am Leben und es mir für die Zukunft von Nutzen sein könne, mich um Auskunft an ihn zu wenden. Inzwischen war ich entschieden von der Ansicht, daß Sir Percival Annas Vater sei, zurück und zu dem Schlusse gekommen, daß das Geheimnis seiner verstohlenen Zusammenkünfte mit Mrs. Catherick auf keine Weise mit der Schande zu thun habe, welche die Frau dem Namen ihres Mannes angethan hatte. Es fielen mir keine Fragen ein, die ich hätte thun können, um diesen Eindruck zu bestärken – ich konnte Mrs. Clements nur ermuntern, von Annas Kindheit zu sprechen und dabei mit Aufmerksamkeit auf jede zufällige Bemerkung achten.

»Ich habe noch nicht erfahren, Mrs. Clements,« sagte ich, »wie es kam, daß dies arme Kind, das unter so viel Elend und Schande geboren wurde, Ihrer Sorgfalt anvertraut ward?«

»Es war niemand Anderer da, Sir, um sich des armen kleinen Wesens anzunehmen,« entgegnete Mrs. Clements. »Die abscheuliche Mutter schien es von dem Tage seiner Geburt an zu hassen – als ob das arme kleine Kind zu tadeln gewesen wäre! Mein Herz blutete für das Kindchen und ich erbot mich, es so zärtlich, als ob es mein eigen wäre, aufzuziehen.«

»Blieb Anna von der Zeit an gänzlich unter Ihrer Obhut?«

»Nicht ganz und gar, Sir. Mrs. Catherick hatte darüber zuweilen ihre Launen und Grillen und pflegte von Zeit zu Zeit das Kind zurückzufordern, wie wenn sie mich dafür ärgern möchte, daß ich es aufzog. Aber diese Anfälle waren niemals von langer Dauer. Die arme kleine Anna wurde mir immer wieder zurückgebracht und war stets froh, wieder bei mir zu sein. Unsere längste Trennung fand statt, als ihre Mutter sie nach Limmeridge nahm. Zu der Zeit gerade verlor ich meinen guten Mann und fühlte, daß es gut sei, daß Anna in einer so traurigen Zeit nicht im Hause war. Sie war damals in ihrem elften Jahre; sie war nur langsam im Lernen, das arme kleine Wesen, und nicht so munter wie andere Kinder – aber ein so hübsches kleines Mädchen, wie man sich nur zu sehen wünschen konnte. Ich wartete in Welmingham, bis ihre Mutter sie zurückbrachte, und erbot mich dann, sie mit mir nach London zu nehmen – mir war der Ort nach meines Mannes Tode zu traurig, um dort wohnen zu bleiben.«

»Und willigte Mrs. Catherick in Ihren Vorschlag?«

»Nein, Sir. Sie war erbitterter und härter denn je, als sie aus dem Norden zurückkam. Die Leute sagten, daß sie sich erstens Sir Percivals Erlaubnis zu der Reise hatte erbitten müssen und dann hinreiste, um ihre sterbende Schwester in Limmeridge zu pflegen, von der es hieß, daß sie etwas Geld zusammengespart habe – wogegen sie in Wahrheit kaum genug hinterließ, um die Kosten für ihre Beerdigung zu bestreiten. Es ist leicht anzunehmen, daß diese Dinge Mrs. Catherick noch mehr erbitterten, jedenfalls aber wollte sie nichts davon hören, daß ich das Kind mit mir nähme. Es schien ihr Freude zu machen, uns Beiden durch die Trennung Schmerz zu verursachen. Das Einzige, was ich thun konnte, war, Anna meine Adresse zu geben und ihr heimlich zu sagen, falls sie je in Noth sei, zu mir zu kommen. Aber es vergingen Jahre, ehe sie frei war, um zu mir zu kommen. Ich sah sie nicht eher wieder, die arme Seele, als in jener Nacht, in der sie aus der Anstalt entwichen war.«

»Wissen Sie, Mrs. Clements, weshalb Sir Percival sie dort in Gewahrsam nehmen ließ?«

»Ich weiß bloß, Sir, was Anna selbst mir darüber erzählt hat. Das arme Mädchen pflegte darüber schrecklich verwirrt hin und her zu reden. Sie sagte, ihre Mutter sei im Besitze eines Geheimnisses, das Sir Percival betreffe, und habe es ihr, lange nachdem ich Hampshire verlassen, eines Tages verrathen, und als Sir Percival dies gewahr geworden, habe er sie in die Irrenanstalt bringen lassen. Aber sie war nie im Stande, mir das Geheimnis zu sagen, wenn ich sie darum befragte. Alles, was sie mir sagen konnte, war, daß ihre Mutter

Sir Percivals Unglück und Verderben sein könne, falls es ihr beliebte. Es ist möglich, daß Mrs. Catherick sich gerade so viel und weiter nichts hat entschlüpfen lassen. Ich bin beinahe überzeugt, daß ich die ganze Wahrheit von Anna zu hören bekommen, falls sie dieselbe wirklich gewußt hatte, wie sie dies behauptete – und wie die arme Seele es sich wahrscheinlich selbst einbildete.«

Dieser Gedanke hatte sich auch mir zu wiederholten Malen aufgedrungen. Ich hatte bereits zu Mariannen gesagt, ich zweifle daran, ob Laura wirklich im Begriffe gewesen, eine wichtige Entdeckung zu machen, als sie und Anna so plötzlich durch Graf Fosco im Bootshause gestört worden waren. Es stimmte vollkommen mit Annas gestörten Geisteskräften überein, daß sie sich auf einen bloßen unbestimmten Verdacht hin, den undeutliche Winke ihrer Mutter, welche diese unvorsichtigerweise in ihrer Gegenwart hatte fallen lassen, in ihr erweckt hatten, im Besitze der Kenntnis des Geheimnisses wähnte. Sir Percivals schuldbewußtes Mißtrauen mußte ihm in diesem Falle unfehlbar die falsche Idee eingeben, daß Anna alles von ihrer Mutter erfahren, gerade wie dasselbe ihn später mit dem ebenso falschen Gedanken verfolgt hatte, daß seine Frau alles von Anna erfahren habe.

Es war zweifelhaft, ob ich noch irgend etwas von Mrs. Clements erfahren würde, das meinem Zweck förderlich sein konnte. Ich hatte jene Einzelheiten in Bezug auf Mrs. Catherick's Familien- und Ortsangelegenheiten, nach welchen ich forschte, bereits erfahren und daraus gewisse Schlüsse gezogen, die mir völlig neu waren und mir in der Richtung meiner künftigen Schritts von bedeutendem Nutzen sein konnten. Ich stand auf, um mich zu verabschieden und Mrs. Clements für die freundliche Bereitwilligkeit zu danken, mit der sie meinen Nachfragen entgegengekommen war.

»Ich fürchte, Sie müssen mich für sehr neugierig halten,« sagte ich, »ich habe Sie mit mehr Fragen belästigt, als mir andere Leute gern beantwortet haben würden.«

»Ich gebe Ihnen mit Freuden alle Auskunft, Sir, die ich zu geben vermag,« entgegnete Mrs. Clements. Sie schwieg und sah mich bedeutungsvoll an. »Aber ich wollte,« fuhr die arme Frau fort, »Sie hätten mir etwas mehr über Anna mittheilen können, Sir. Mir schien, ich sah etwas in Ihrem Gesichte, als Sie hereinkamen, als ob

Sie es könnten. Sie können sich nicht denken, wie hart es ist, nicht einmal zu wissen, ob sie todt ist oder am Leben. Ich würde es besser ertragen, wenn ich nur eine Gewißheit hätte. Sie sagten, Sie erwarteten nicht, daß wir sie je lebendig wiedersehen würden, wissen Sie, Sir – wissen Sie es gewiß, daß es Gott gefallen hat, sie zu sich zu nehmen?«

Ich war nicht im Stande, dieser stehenden Frage zu widerstehen und es wäre unaussprechlich undankbar und grausam von mir gewesen, falls ich es gekonnt hätte.

»Ich fürchte,« sagte ich mit Theilnahme, »daß die Sache keinem Zweifel mehr unterliegt; ich bin persönlich überzeugt, daß ihre Leiden in dieser Welt zu Ende sind.«

Die arme Frau sank auf ihren Stuhl zurück und barg ihr Gesicht in ihren Händen. »O, Sir,« sagte sie, »woher wissen Sie dies? Wer kann es Ihnen gesagt haben?«

»Niemand hat es mir gesagt, Mrs. Clements. Aber ich habe Gründe, davon überzeugt zu sein – Gründe, die ich ihnen mitzutheilen verspreche, sobald ich sie Ihnen ohne Gefahr werde auseinandersetzen können. Ich bin gewiß, daß sie in ihren letzten Stunden nicht vernachlässigt war, und fest überzeugt, daß die Herzkrankheit, von der sie so sehr zu leiden hatte, die wahre Ursache ihres Todes war. Sie sollen hievon bald ebenso fest überzeugt sein, wie ich es bin und sollen in Kurzem erfahren, daß sie auf einem stillen Dorfkirchhofe begraben liegt, an einer so hübschen, friedlichen Stelle, wie Sie selbst nur eine solche hätten für sie aussuchen können.«

»Todt!« sagte Mrs. Clements; »todt – so jung noch – und ich am Leben, um es zu hören! Ich machte ihre ersten kurzen Kleidchen – ich lehrte sie gehen. Das erste Mal, daß sie das Wort *Mutter* aussprach, sagte sie es zu mir – und jetzt bin ich hier, und Anna ist gestorben! Sagten Sie, Sir,« fuhr die arme Frau fort, indem sie das Tuch von ihrem Gesichte nahm und zu mir aufblickte – »sagten Sie, daß sie anständig begraben worden? War die Beerdigung der Art, wie sie wohl gewesen, falls Anna wirklich mein eigen Kind gewesen wäre?«

Ich betheuerte ihr, daß dies der Fall sei. Meine Antwort schien ihr eine unaussprechliche Genugthuung zu gewähren.

»Es hätte mir das Herz gebrochen,« sagte sie einfach, »falls Anna kein anständiges Begräbnis gehabt hätte – aber woher wissen Sie es, Sir?«

Ich bat sie nochmals, zu warten, bis ich ohne Rückhalt zu ihr würde sprechen können.

»Sie sollen mich ganz gewiß wiedersehen,« sagte ich, »denn sobald Sie sich wieder etwas gefaßt haben werden – vielleicht in ein paar Tagen – habe ich Sie um eine Gefälligkeit zu bitten.«

»Warten Sie meinetwegen nicht damit, Sir,« sagte Mrs. Clements. »Kümmern Sie sich nicht um meine Thränen, falls ich Ihnen dienen kann. Wenn Sie irgend etwas auf dem Herzen haben, das Sie mir zu sagen wünschen, Sir, bitte, so sagen Sie es jetzt.«

»Ich wünschte Ihnen nur noch eine letzte Frage vorzulegen,« sagte ich; »ich mochte gern Mrs. Catherick's Adresse in Welmingham wissen.«

Meine Frage erschütterte Mrs. Clements in dem Maße, daß sie darüber sogar die Nachricht von Annas Tode vergaß. Sie hörte plötzlich zu weinen auf und blickte mich mit dem unbeschreiblichen Erstaunen an.

»Ich bitte Sie um's Himmels willen, Sir!« sagte sie, »was haben Sie mit Mrs. Catherick zu thun?«

»Folgendes, Mrs. Clements,« entgegnete ich, »ich muß das Geheimnis ihrer Zusammenkünfte mit Sir Percival Glyde erfahren. Es liegt in dem, was Sie mir von dem früheren Betragen jener Frau und von jenes Mannes früherem Verhältnisse zu ihr erzählt haben, mehr, als Sie oder Ihre Nachbarn je geargwöhnt haben. Es besteht zwischen jenen Beiden ein Geheimnis, das Niemand von uns erräth – und ich gehe zu Mrs. Catherick mit dem festen Entschlusse, dasselbe zu erfahren.«

»Ueberlegen Sie sich das zuvor wohl, Sir!« sagte Mrs. Clements, indem sie ihre Hand auf meinen Arm legte. »Sie ist ein furchtbares Weib – Sie kennen sie nicht, wie ich sie kenne. Ueberlegen Sie sich es wohl.«

»Ich bin überzeugt, daß Ihre Warnung eine wohlgemeinte ist, Mrs. Clements. Aber ich bin entschlossen, die Frau zu sehen – komme, was da wolle.«

Mrs. Clements blickte mir besorgt in's Gesicht.

»Ich sehe, Sie sind entschlossen, Sir,« sagte sie. »Ich will Ihnen die Adresse geben.«

Ich schrieb dieselbe in mein Taschenbuch ein und nahm ihre Hand, um ihr Lebewohl zu sagen.

»Sie sollen bald von mir hören,« sagte ich, »Sie sollen Alles erfahren, was ich Ihnen mitzutheilen versprochen habe.«

Mrs. Clements seufzte und schüttelte zweifelnd mit dem Kopfe.

»Der Rath einer alten Frau verdient zuweilen gehört zu werden, Sir,« sagte sie. »Bedenken Sie sich es wohl, ehe Sie nach Welmingham gehen –.«

VIII.

Als ich nach meiner Unterredung mit Mrs. Clements wieder zu Hause anlangte, fiel mir eine Veränderung in Lauras Aussehen auf.

Die unveränderte Sanftmuth und Geduld, welche langes Leiden so grausam auf die Probe gestellt und nie überwunden hatte, schien sie jetzt plötzlich im Stiche gelassen zu haben. Gegen alle Bemühungen, welche Marianne machte, um sie zu besänftigen und zu unterhalten, unzugänglich, saß sie vor dem Tische, auf dem ihre vernachlässigte Zeichnung ungeduldig fortgestoßen war, mit niedergeschlagenen Augen da und bewegte ihre Finger unruhig auf ihrem Schooße hin und her. Marianne stand, als ich hereintrat, mit stillem Schmerze im Gesichte auf, wartete einen Augenblick, um zu sehen, ob Laura bei meiner Annäherung aufblicken werde, flüsterte mir zu: »Sieh' zu, ob du sie nicht besänftigen kannst« und verließ das Zimmer.

Ich nahm den von Mariannen verlassenen Platz, zog sanft die armen, abgemagerten, unruhigen Finger auseinander und faßte ihre beiden Hände mit den meinigen.

»Woran denkst du, Laura? Sage mir, mein Herzensliebling, woran du denkst?«

Sie kämpfte mit sich selbst und erhob ihre Augen zu den meinigen. »Ich kann nicht glücklich sein,« sagte sie, »ich kann nicht umhin, zu denken –« sie schwieg, beugte sich ein wenig vorwärts und lehnte ihr Haupt mit einer fürchterlichen stummen Hilflosigkeit an meine Schulter, die mir einen Stich in's Herz gab.

»Versuche mir's zu sagen,« wiederholte ich sanft, »versuche, mir zu sagen, warum du nicht glücklich bist.«

»Ich bin so nutzlos – ich bin eine solche Last für euch Beide,« antwortete sie mit einem müden, hoffnungslosen Seufzer. »Du arbeitest und verdienst Geld, Walter, und Marianne hilft dir. Warum kann ich nichts thun? Es wird damit enden, daß du Marianne lieber hast, als mich – gewiß, weil ich so hilflos bin! O, bitte, bitte, behandelt mich doch nicht wie ein Kind!«

Ich richtete ihr Haupt auf und glättete ihr Haar, das verworren über ihr Gesicht fiel, und küßte sie – meine arme, verblichene Blume! meine verlorene, schwer heimgesuchte Schwester! »Du sollst uns helfen, Laura,« sagte ich, »du sollst schon heute anfangen, mein einziger Liebling.«

Sie blickte mich mit einem fieberhaften Eifer und athemlosem Interesse an, das mich für das neue Hoffnungsleben, welches ich durch jene wenigen Worte erweckt hatte, erbeben ließ.

Ich stand auf, sammelte ihre Zeichenwerkzeuge und legte sie wieder neben ihr zurecht.

»Du weißt, daß ich mit Zeichnen Geld verdiene,« sagte ich, »und jetzt, da du solche Fortschritte gemacht hast, sollst auch du anfangen zu arbeiten, um Geld zu verdienen. Versuche diese kleine Skizze so sauber und hübsch, wie du nur kannst, fertig zu machen. Dann will ich sie mitnehmen, und der Mann, der alle meine Zeichnungen kauft, soll auch diese kaufen. Du sollst dann deinen Verdienst in deiner eigenen Börse aufbewahren und Marianne soll ebenso oft von dir Geld fordern, wie sie deshalb zu mir kommt. Bedenke, wie nützlich du dich uns Beiden machen wirst, Laura, und dann wirst du bald so glücklich sein, wie der Tag lang ist.«

Ihr Gesicht belebte sich und erhellte sich zu einem Lächeln. In diesem Augenblicke, während sie den Bleistift wieder aufnahm, sah sie beinahe wieder wie die Laura vergangener Tage aus.

Ich hatte die Anzeichen eines neuen Erwachens in ihrem Geiste, welches sich unbewußterweise in ihrer Beobachtung der Beschäftigungen ausdrückte, welche Mariannens und mein Leben ausfüllten, richtig gedeutet. Marianne sah (als ich ihr erzählte, was sich zugetragen), wie ich, daß sie sich sehnte, ihren eigenen kleinen Platz der Bedeutung wieder einzunehmen und sich in ihrer eigenen Meinung, wie in der unsrigen wieder zu erheben – und von diesem Tage an unterstützten wir liebevoll den neuen Ehrgeiz, welcher uns das Versprechen einer glücklicheren Zukunft gab, die jetzt vielleicht nicht mehr ferne war. Ihre Zeichnungen, wie sie dieselben beendete oder zu beenden versuchte, wurden meinen Händen übergeben; Marianne empfing sie dann von mir und verbarg sie auf's Sorgfältigste und ich erübrigte von meinem Verdienste einen kleinen wöchentlichen Tribut, der ihr als der von Fremden gezahlte Preis für die armseligen, undeutlichen, werthlosen Zeichnungen übergeben wurde, die niemand kaufte außer mir. Es war zuweilen schwer, unseren harmlosen Betrug fortzusetzen, wenn sie stolz ihre Börse hervorzog, um ihren Antheil zu den Haushaltausgaben beizutragen und mit ernstem Interesse ihre Muthmaßungen darüber aussprach, wer von uns Beiden im Verlaufe der Woche am meisten verdient habe. Ich habe noch jetzt alle jene heimlich versteckten Zeichnungen in meinem Besitze: ich sehe in ihnen meinen größten Schatz, die Freunde vergangenen Mißgeschickes, von denen mein Herz sich niemals trennen wird.

Ich ergriff die erste Gelegenheit, die sich mir bot, um mit Mariannen allein zu sprechen und ihr den Erfolg der Nachfragen mitzutheilen, welche ich diesen Morgen gemacht hatte. Sie schien in Bezug auf meine beabsichtigte Reise nach Welmingham die Ansicht zu theilen, welche Mrs. Clements bereits gegen mich ausgesprochen hatte.

»Mir scheint, Walter,« sagte sie, »du weißt kaum genug, um hoffen zu dürfen, daß Mrs. Catherick dir ihr Vertrauen schenken würde? Ist es wohl gerathen, zu diesen äußersten Mitteln zu schreiten, ehe du wirklich alle sicheren und einfacheren Mittel zu deinem Endzwecke erschöpft hast? Als du mir sagtest, Sir Percival und der Graf seien die einzigen beiden Lebenden, die genau mit dem Datum von Lauras Abreise bekannt sind, vergaßest du sowohl wie ich, daß es noch eine dritte Person gibt, die sicher ebenso genau davon unterrichtet ist – ich meine Mrs. Rubelle. Wäre es nicht viel leichter und weit weniger gefährlich, ihr gegenüber auf ein Bekenntnis zu dringen, als Sir Percival ein solches abzwingen zu wollen?«

»Es mag möglicherweise leichter sein,« erwiderte ich, »aber wir wissen durchaus gar nicht, in welcher Ausdehnung Mrs. Rubelle sich an dem ganzen Komplotte betheiligt hat, und können daher nicht bestimmt sagen, ob das Datum ihrem Geiste so genau eingeprägt, wie dies jedenfalls bei Sir Percival und dem Grafen der Fall ist. Es ist jetzt zu spät, Zeit mit Mrs. Rubelle zu verlieren, wenn uns jeder Augenblick zur Entdeckung jenes einen angreifbaren Punktes in Sir Percivals Leben unschätzbar sein kann. Denkst du nicht vielleicht etwas zu sehr an die Gefahr, der ich mich aussetze, indem ich nach Hampshire zurückkehre, Marianne? Fängst du nicht an zu fürchten, daß ich am Ende doch Sir Percival nicht gewachsen bin?«

»Das befürchte ich nicht,« sagte sie mit Entschiedenheit, »weil er in seinem Widerstande gegen dich nicht mehr die Hilfe der undurchdringlichen Schlechtigkeit des Grafen hat.«

»Woraus schließest du das?« fragte ich ziemlich erstaunt.

»Aus meinen eigenen Erfahrungen in Bezug auf seine Hartnäckigkeit und seine Ungeduld über den Zwang, in welchem der Graf ihn hielt,« antwortete sie. »Ich bin der Ansicht, daß er darauf bestehen wird, dir allein gegenüber zu treten – gerade wie er Anfangs in Blackwater Park darauf bestand, für sich zu handeln. Die Zeit, wo man des Grafen Einmischung argwöhnen darf, wird die sein, wo du Sir Percival in deiner Gewalt haben wirst. Es wird dann sein eigenes Interesse in Gefahr sein und zu seiner eigenen Vertheidigung wird er mit einer furchtbaren Wirksamkeit handeln, Walter!«

»Wir könnten ihn vielleicht vorher seiner Waffen berauben,« sagte ich. »Einige der Einzelheiten, welche ich von Mrs. Clements erfahren, mögen gegen ihn in Anwendung gebracht werden und vielleicht besitzen wir noch andere Mittel, um uns gegen ihn zu befestigen. Es sind in Mrs. Michelson's Aussage Sätze, welche zeigen, daß der Graf es für nöthig erachtete, sich mit Mr. Fairlie in Verbindung zu setzen, und vielleicht gibt es Umstände, die ihn in diesem Verfahren compromittiren. Schreibe du an Mr. Fairlie, während ich fort bin, Marianne, und ersuche ihn, dir genau mitzutheilen, was zwischen ihm und dem Grafen vorging und was er bei derselben Gelegenheit etwa in Bezug auf seine Nichte erfahren hat. Sage ihm, daß man früher oder später auf seine Angabe, um die du bittest, bestehen wird, falls er irgendwie sich weigert, sie dir gutwillig zu machen.«

»Der Brief soll geschrieben werden, Walter.«

Am dritten Tage war ich bereit, meine Reise anzutreten.

Da es möglich war, daß sich meine Abwesenheit hinzöge, so kamen Marianne und ich überein, einander täglich zu schreiben. Solange ich regelmäßig von ihr hörte, sollte ich annehmen, daß Alles in Ordnung sei. Falls aber die Morgenpost mir keinen Brief brachte, so sollte ich mit dem nächsten Zuge nach London zurückkehren. Es gelang mir, Laura mit meiner Abreise auszusöhnen, indem ich ihr sagte, ich reise auf's Land, um neue Käufer für unsere Zeichnungen zu suchen, und verließ sie dann beschäftigt und glücklich daheim. Marianne folgte mir die Treppe hinunter bis an die Hausthür.

»Bedenke, welche sorgenvolle Herzen du hier zurückläßt,« flüsterte sie, als wir zusammen im Corridor standen, »denke an alle die Hoffnungen, die sich an deine sichere Heimkehr knüpfen. Falls sich auf dieser Reise seltsame Dinge ereignen, falls du und Sir Percival einander begegnen –«

»Was bewegt dich, zu denken, daß wir einander begegnen werden?« frug ich.

»Ich weiß es nicht. Ich habe Befürchtungen und Ideen, die ich nicht zu erklären vermag. Lache darüber, wenn du willst, Walter – aber ich bitte dich um Gotteswillen, bleibe ruhig, wenn du mit jenem Manne in Berührung kommst!«

»Fürchte nichts, Marianne; ich stehe für meine Selbstbeherrschung.«

Mit diesen Worten schieden wir.

Ich ging schnellen Schrittes nach der Station; in meinem Geiste regte sich eine zunehmende Ueberzeugung, daß meine Reise diesmal keine vergebene sein würde. Es war ein schöner, klarer, kalter Morgen; meine Nerven waren fest angespannt und ich fühlte die Kraft meines Entschlusses mich vom Kopf bis zu den Füßen durchdringen.

Ich langte Nachmittags zeitig mit dem Zuge in Welmingham an.

Ich erkundigte mich nach dem Wege, der nach dem Stadtviertel führte, wo Mrs. Catherick wohnte, und dort angelangt, fand ich, daß es ein Viereck von kleinen einstöckigen Häusern war. In der Mitte desselben war ein kahler kleiner Rasenplatz, den ein schlichtes Drahtgitter umzog. Eine ältliche Kinderwärterin und zwei Kinder standen in einem Winkel der Umzäunung und betrachteten eine magere Ziege, welche auf dem Grase angebunden war. Zwei Personen standen im Gespräche auf der gegenüberliegenden Seite der Häuserreihe und auf der dritten führte ein müßiger kleiner Bube einen müßigen kleinen Hund am Seile. Ich hörte in der Entfernung das matte Klimpern eines Claviers, begleitet von dem unausgesetzten Klopfen eines Hammers nahe bei. Dies war alles, was ich sah und hörte, als ich in das Viereck einbog.

Ich schritt sofort auf die Thür von Nummer 13 zu – die Nummer von Mrs. Catherick's Hause – und klopfte, ohne vorher zu überlegen, wie ich mich ihr am besten werde vorstellen können. Die erste Notwendigkeit war die, Mrs. Catherick zu sehen. Ich konnte dann nach meiner eigenen Beobachtung beurtheilen, wie ich am sichersten und leichtesten den Zweck meines Besuches würde zur Sprache bringen können.

Die Thür wurde von einer melancholischen Magd von mittleren Jahren geöffnet. Ich gab ihr meine Karte und frug, ob ich mit Mrs. Catherick sprechen könne. Die Karte wurde in das vordere Wohnzimmer gebracht und die Magd kam zurück, um mich zu ersuchen, ihr mein Anliegen zu nennen.

»Sagen Sie gefälligst, daß sich mein Anliegen auf Mrs. Catherick's Tochter bezieht,« sagte ich. Dies war der beste Vorwand, den ich im Drange des Augenblickes entsinnen konnte, um meinen Besuch zu erklären.

Die Magd ging in das Wohnzimmer zurück, kam wieder heraus und ersuchte mich diesmal mit einem Blicke finsteren Erstaunens, einzutreten.

Ich trat in ein kleines Zimmer mit einer grellen Tapete. Stühle, Tische, Sopha und Commode – Alles leuchtete von dem polirten Glanze billigen Hausrathes. Auf dem größten Tische mitten in der Stube lag eine schön gebundene Bibel genau im Centrum des Tisches auf einem gelb- und rothwollenen Bricken; und neben einem Tische am Fenster saß mit einem Strickkorbe auf dem Schooße und einem keuchenden, trübäugigen alten Wachtelhunde zu ihren Füßen eine ältliche Frau, welche eine schwarze Tüllhaube, ein schwarzseidenes Kleid und schieferfarbene Halbhandschuhe trug. Ihr eisengraues Haar hing in dicken Strähnen vom Scheitel zu beiden Seiten ihres Gesichtes herab, und ihre dunklen Augen blickten mit einem harten, trotzigen, unerschütterlichen Stieren gerade vor sich hin. Sie hatte volle, hohe Backenknochen, ein langes, festes Kinn und dicke, sinnliche, farblose Lippen. Ihre Gestalt war corpulent und derb und ihre Manier hatte etwas Kampfgerüstetes. Dies war Mrs. Catherick.

»Sie kommen, um von meiner Tochter mit mir zu sprechen,« sagte sie, ehe ich noch ein Wort sagen konnte, »seien Sie so gut, zu sagen, was Sie zu sagen haben.«

Der Klang ihrer Stimme war so hart, trotzig und unerschütterlich, wie der Ausdruck ihrer Augen. Sie wies auf einen Stuhl und betrachtete mich aufmerksam vom Kopf bis zu den Füßen, als ich Platz darauf nahm. Ich sah, daß meine einzige Hoffnung dieser Frau gegenüber darin lag, daß ich in ihrem eigenen Tone mit ihr sprach und ihr gleich zu Anfang auf ihre eigene Weise entgegen kam.

»Sie wissen,« sagte ich, »daß Ihre Tochter verschwunden ist?«

»Ich weiß es vollkommen.«

»Haben Sie je die Befürchtung gehegt, daß dem Unglücke ihres Verschwindens das ihres Todes folgen könne?«

»Ja. Kommen Sie, um mir zu sagen, daß sie todt ist?«

»Ja.«

»Warum?«

Sie that diese merkwürdige Frage, ohne weder im Gesichte noch in der Stimme, noch in ihrer Manier die geringste Veränderung zu zeigen.

»Warum?« wiederholte ich. »Fragen Sie, *warum* ich gekommen bin, Ihnen den Tod Ihrer Tochter anzuzeigen?«

»Ja. welches Interesse nehmen Sie an mir oder an ihr? wie kommen Sie dazu, überhaupt etwas von meiner Tochter zu wissen?«

»Auf folgende Weise: ich begegnete ihr in der Nacht, als sie aus der Anstalt entflohen war und war ihr behilflich, einen sicheren Zufluchtsort zu erreichen.«

»Da thaten Sie sehr unrecht.«

»Ich bedauere, von ihrer Mutter dies sagen zu hören.«

»Dennoch sagt es ihre Mutter. Woher wissen Sie, daß sie todt ist?«

»Ich bin nicht willens, Ihnen zu sagen, *woher* ich es weiß – jedenfalls aber weiß ich es.«

»Sind Sie willens, zu sagen, auf welche Weise Sie meine Adresse erfahren haben?«

»Gewiß. Ich erfuhr Ihre Adresse von Mrs. Clements.«

»Mrs. Clements ist ein thörichtes Weib. Hat sie Ihnen gerathen, zu mir zu gehen?«

»Nein.«

»Dann frage ich Sie abermals: Warum sind Sie gekommen?«

Da sie so fest darauf bestand, eine Antwort zu haben, gab ich ihr dieselbe in den möglichst deutlichen Worten.

»Ich kam,« sagte ich, »weil ich vermuthete, daß Anna Catherick's Mutter ein natürliches Interesse daran nehmen möchte, ob ihre Tochter todt oder am Leben sei.«

»Richtig,« sagte Mrs. Catherick mit vergrößerter Ruhe. »Hatten Sie sonst noch einen Beweggrund?«

Ich zögerte. Es war nicht leicht, in einem Augenblicke hierauf die rechte Antwort zu finden.

»Falls Sie keinen ferneren Beweggrund haben,« sagte sie, indem sie sehr gelassen die schieferfarbenen Halbhandschuhe auszog und zusammenlegte, »so kann ich nur sagen, daß ich Ihnen für Ihren Besuch danke und Sie hier nicht länger aufhalten will. Ihre Nachricht würde befriedigender sein, wenn Sie sagen wollten, wie Sie zu derselben kamen. Indessen berechtigt sie mich vermuthlich dazu, Trauer anzulegen. Es ist nicht viel Veränderung in meiner Kleidung nöthig, wie Sie sehen.

Sie suchte in der Tasche ihres Kleides nach, nahm ein paar schwarzseidene Halbhandschuhe heraus, zog sie mit der größten Gelassenheit an und faltete dann ruhig ihre Hände auf ihrem Schooße.

»Ich wünsche Ihnen einen guten Morgen,« sagte sie.

Die trockene Verachtung ihres Benehmens brachte mich dermaßen auf, daß ich ihr geradezu bekannte, der Zweck meines Hierseins sei noch nicht erfüllt.

»Es führt mich allerdings noch ein anderer Beweggrund her,« sagte ich.

»Ach, das dachte ich mir,« bemerkte Mrs. Catherick.

»Der Tod Ihrer Tochter –«

»Woran starb sie?«

»An einem Herzleiden.«

»Gut. Fahren Sie fort.«

»Der Tod Ihrer Tochter ist benutzt worden, um einer mir sehr theuren Person ein bitteres Unrecht zuzufügen. Zwei Männer sind, wie ich ganz gewiß weiß, an diesem Unrechte betheiligt. Der eine von ihnen ist Sir Percival Glyde.«

»Wirklich?«

Ich schaute sie aufmerksam an, um zu sehen, ob sie bei der plötzlichen Erwähnung dieses Namens zucken werde. Sie bewegte keinen Muskel – das harte, trotzige Stieren ihrer Augen veränderte sich keine Secunde.

»Es nimmt Sie vielleicht Wunder, auf welche Weise das Ereignis von dem Tode Ihrer Tochter benutzt werden konnte, um einer anderen Person Unrecht zuzufügen?«

»Nein,« sagte Mrs. Catherick, »durchaus nicht. Dies scheint Ihre Angelegenheit zu sein. Sie interessiren sich für meine Angelegenheiten, aber ich interessire mich nicht im Geringsten für die Ihrigen.«

»Dann fragen Sie vielleicht, warum ich der Sache in Ihrer Gegenwart Erwähnung thue,« fuhr ich fort.

»Ja, das frage ich allerdings.«

»Weil ich entschlossen bin, Sir Percival Glyde für die Schändlichkeit, die er begangen, zur Rechenschaft zu ziehen.«

»Was habe ich mit Ihrem Entschlusse zu thun?«

»Das sollen Sie hören. Es gibt in Sir Percivals Vergangenheit Ereignisse, mit denen genau bekannt zu werden zu meinem Zwecke nothwendig ist. *Sie* kennen dieselben und deshalb komme ich zu *Ihnen* .«

»Was für Ereignisse meinen Sie?«

Endlich hatte ich durch die Verschanzung undurchdringlicher Zurückhaltung hindurch, welche sie zwischen uns aufrecht zu halten bemüht gewesen, das Innerste dieser Frau getroffen. Ich sah ihre Leidenschaft in ihren Augen glimmen – so deutlich, wie ich ihre Hände unruhig werden, sich auseinander falten und mechanisch ihr Kleid auf ihren Knieen glätten sah.

»Was wissen Sie von jenen Ereignissen?« frug sie.

»Alles, was Mrs. Clements mir darüber erzählen konnte,« antwortete ich.

Ueber ihr festes, massives Gesicht flog eine schnelle Röthe, und ihre Hände blieben plötzlich still liegen, was einen kommenden Zornesausbruch anzudeuten schien, in welchem sie sich vergessen mochte. Doch nein – sie bemeisterte ihre aufsteigende Wuth, lehnte sich in ihrem Sessel zurück, verschränkte ihre Arme über ihrer breiten Brust und sah mir so mit einem Lächeln grimmigen Spottes auf den dicken Lippen fester wie zuvor in's Gesicht.

»Ach! jetzt fange ich an, Alles zu verstehen,« sagte sie, indem sich ihr gut verhaltener Zorn bloß in dem gekünstelten Spotte ihres Tones und Benehmens verrieth. »Sie hegen einen persönlichen Groll gegen Sir Percival Glyde – und ich soll Ihnen helfen, denselben an ihm auszulassen. Ich soll Ihnen dies und das und jenes über Sir Percival erzählen, wie? Ja, versteht sich. Sie denken, Sie haben es mit einer verrufenen Frau zu thun, die hier nur geduldet und mit Bereitwilligkeit auf Alles eingehen wird, was Sie nur von ihr fordern mögen, damit Sie ihr nur nicht in der Meinung der Nachbarn schaden. Ich durchschaue Sie und Ihre kostbaren Pläne – das thu' ich! und es amüsirt mich. Ha! ha!«

Sie schwieg einen Augenblick mit fest über der Brust verschränkten Armen und lachte vor sich hin – ein hartes, rauhes, zorniges Lachen.

»Sie wissen nicht, wie ich in diesem Orte gelebt und was ich hier gethan habe, mein Herr Soundso,« fuhr sie fort. »Ich will's Ihnen sagen, ehe ich schelle und Sie hinausbringen lasse. Ich kam her als ein mit Unrecht beschuldigtes Weib – man hatte mir meinen guten Namen gestohlen und ich kam her, entschlossen, ihn mir wieder zu gewinnen. Ich habe viele Jahre daran gewandt und jetzt habe ich ihn wiedergewonnen. Ich bin den respectablen Leuten auf gleichem Boden frei und offen entgegengetreten. Falls sie jetzt etwas gegen mich sagen, so müssen sie es heimlich thun; sie können, sie dürfen es nicht öffentlich sagen. Ich stehe in der Meinung dieser Stadt hoch genug, um über ihre Angriffe erhaben zu sein. Der Pfarrer grüßt mich. Aha! das hatten Sie sich nicht träumen lassen, als Sie herkamen. Gehen Sie nach der Kirche und erkundigen Sie sich nach mir – Sie werden finden, daß Mrs. Catherick ihren Platz dort hat, wie die Uebrigen und dafür bezahlt, wenn die Miethe fällig ist. Gehen Sie nach dem Rathhause. Sie werden finden, daß dort eine Bittschrift liegt: eine Bittschrift der respectablen Einwohner des Ortes, daß man einer Kunstreitergesellschaft nicht gestattete, herzukommen und unsere Sitten zu verderben: ja! *unsere*Sitten. Ich habe diese Bittschrift heute Morgen unterschrieben. Gehen Sie nach dem Buchhändlerladen. Es werden dort auf Subscription des Pfarrers Mittwochabendvorlesungen über »Der Glaube macht selig« herausgegeben, und mein Name steht auf der Liste. Des Doctors Frau legte nach der letzten Missionspredigt blos einen Schilling auf den Teller und ich legte eine halbe Krone darauf. Der Herr Kirchenvorsteher Howard trug den Teller herum und machte nur eine Verbeugung, vor zehn Jahren sagte er zu Pigrum, dem Apotheker, ich solle aus der Stadt gepeitscht werden. Lebt Ihre Mutter? Hat sie eine schönere Bibel auf ihrem Tische, als ich auf dem meinigen liegen habe? Steht sie sich besser mit ihren Kaufleuten, als ich mit den meinigen? Hat sie nie mehr ausgegeben, wie sie hatte? Ich bin nie über meine Mittel gegangen. – Ah! da kommt der Pfarrer den Platz herauf. Sehen Sie, Herr Soundso – sehen Sie gefälligst!«

Sie sprang auf mit der Gewandtheit einer jungen Frau, ging an's Fenster, wartete, bis der Geistliche vorbeikam, und grüßte ihn feierlich. Der Geistliche nahm ceremoniös den Hut ab und ging weiter. Mrs. Catherick kehrte zu ihrem Platze Zurück und blickte mich mit noch grimmigerem Hohne an.

»Da!« sagte sie. »Wie gefällt Ihnen das bei einer Frau mit einem schlechten Rufe? Wie mögen sich jetzt Ihre Pläne anlassen?«

Die sonderbare Art und Weise, in der sie ihre Stellung zu behaupten suchte, und ihre merkwürdige Rechtfertigung derselben den

Ortseinwohnern gegenüber hatten mich dermaßen überrascht, daß ich ihr in schweigendem Erstaunen zuhörte. Ich war aber nichtsdestoweniger entschlossen, noch einen Versuch zu machen, sie außer Fassung zu bringen. Wenn die Frau sich einmal durch ihre rasende Leidenschaftlichkeit hinreißen und dieselbe gegen mich losließ, so sagte sie doch vielleicht noch Worte, welche mir den Schlüssel in die Hände liefern würden.

»Wie mögen sich jetzt Ihre Pläne anlassen?« wiederholte sie.

»Genau ebenso, als da ich zuerst in's Zimmer kam,« entgegnete ich. »Ich bezweifle durchaus nicht, daß es Ihnen gelungen ist, sich eine Stellung in der Stadt zu verschaffen und wünsche ebensowenig, dieselbe anzugreifen. Ich kam her, weil, wie ich bestimmt weiß, Sir Percival Ihr Feind ebensowohl ist, als der meinige. Falls ich Groll gegen ihn hege, so thun Sie ganz dasselbe. Sie mögen dies leugnen, wenn Sie wollen; Sie mögen mir mißtrauen, soviel Sie wollen und Sie mögen so zornig werden, wie Sie wollen – aber von allen Frauen in England sollten Sie, falls Sie sich im Geringsten das Ihnen zugefügte Unrecht vergegenwärtigen, die Frau sein, die mir beistände, jenen Mann zu Grunde zu richten.«

»Richten Sie ihn selbst zu Grunde,« sagte sie, »und dann kommen Sie wieder her und hören, was ich Ihnen sagen werde.«

Sie sprach diese Worte, wie sie bisher noch nicht gesprochen hatte – schnell, zornig, rachesüchtig. Ich hatte einen jahrelangen Schlangenhaß in seiner Höhle aufgestöbert – doch nur auf einen Augenblick.

»Sie wollen mir nicht trauen?« sagte ich.

»Nein.«

»Sie fürchten sich vor Sir Percival Glyde.«

»Meinen Sie?«

Die Röthe stieg ihr in's Gesicht und ihre Hände fingen wieder an, ihr Kleid zu glätten. Ich drang immer mehr in sie – ich fuhr ohne einen Augenblick des Verzuges fort.

»Sir Percival nimmt in der Welt eine hohe Stellung ein,« sagte ich, »es wäre daher nicht zu verwundern, wenn Sie ihn fürchteten. Sir

Percival ist ein mächtiger Mann – ein Baronet – Besitzer eines schönen Landsitzes – Abkömmling einer hohen Familie –«

Sie setzte mich über alle Beschreibung in Erstaunen, indem sie plötzlich laut auflachte.

»Ja,« wiederholte sie im Tone der bittersten, unerschütterlichsten Verachtung; »ein Baronet – Besitzer eines schönen Landbesitzes – Abkömmling einer hohen Familie. Ja, versteht sich! Eine hohe Familie – namentlich von mütterlicher Seite.«

Es war keine Zeit, die Worte zu überlegen, welche sie sich hatte entschlüpfen lassen, sondern nur zu fühlen, daß sie wohl überlegt zu werden verdienten, sobald ich das Haus verlassen.

»Ich bin nicht hier, um über Familienfragen mit Ihnen zu streiten,« sagte ich. »Ich weiß nichts von Sir Percivals Mutter –«

»Und ebensowenig über Sir Percival selbst,« unterbrach sie mich spitz.

»Ich rathe Ihnen, dessen nicht zu sicher zu sein,« entgegnete ich. »Ich weiß einige Dinge über ihn – und habe ihn wegen vieler anderer im Verdacht.«

»Wessen haben Sie ihn im Verdacht?«

»Ich will Ihnen sagen, wessen ich ihn *nicht* im Verdacht habe. Ich habe ihn *nicht* im Verdacht, Annas Vater zu sein.«

Sie sprang auf und trat mit einem Blicke der Wuth auf mich zu.

»Wie können Sie sich unterstehen, über Annas Vater zu mir zu sprechen! Wie können Sie es wagen, zu sagen, wer Annas Vater war und wer nicht!« rief sie mit vor Wuth bebenden Lippen und bebender Stimme aus.

»Das Geheimniß zwischen Ihnen und Sir Percival ist nicht jenes Geheimniß,« fuhr ich beharrlich fort. »Das Geheimniß, welches Sir Percivals Leben verdunkelt, wurde nicht mit Ihrer Tochter geboren, noch ist es mit ihr gestorben.«

Sie that einen Schritt rückwärts. »Fort!« sagte sie und deutete auf die Thür.

»Es war kein Gedanke an das Kind weder in Ihrem Herzen, noch in dem seinigen«, fuhr ich fort, entschlossen, sie zu ihrer letzten Zuflucht zu treiben; »keine Bande sündhafter Liebe waren zwischen Ihnen und ihm, als Sie jene verstohlenen Zusammenkünfte hielten, wo Ihr Mann Sie vor der Sacristei flüsternd zusammen stehen fand.«

Ihre Hand fiel plötzlich an ihrer Seite herab und die tiefe Röthe des Zornes wich aus ihrem Gesichte, während ich sprach. Ich sah die Veränderung, die in ihr vorging. Ich sah das harte, feste, furchtlose, gefaßte Weib vor einem Schrecken erzittern, dem zu widerstehen ihre äußerste Entschlossenheit nicht im Stande war, als ich jene vier letzten Worte – *der Sacristei der Kirche* – sagte.

Eine Minute lang etwa standen wir Beide und blickten einander schweigend an.

Ich sprach zuerst.

»Weigern Sie sich noch immer, mir zu trauen?« sagte ich.

Sie konnte die Farbe, die aus ihrem Gesichte geflohen, nicht in dasselbe zurückbringen – aber sie hatte ihre trotzige Fassung wiedergefunden, als sie mir antwortete:

»Ja, ich weigere mich!«

»Wünschen Sie noch immer, daß ich gehe?«

»Ja. Gehen Sie – und kommen Sie niemals wieder.«

Ich ging zur Thür, zögerte einen Augenblick, ehe ich sie öffnete, und wandte mich dann nochmals zu ihr um.

»Ich mag Ihnen Nachrichten über Sir Percival zu bringen haben, auf welche Sie nicht vorbereitet sind,« sagte ich, »und in diesem Falle werde ich wiederkommen.«

»Es gibt keine Nachrichten über Sir Percival, auf die ich nicht vorbereitet wäre, ausgenommen – –«

Sie hielt inne; ihr bleiches Gesicht wurde finster, und sie schlich mit leisen, heimlichen, katzenartigen Schritten an ihren Platz zurück.

»Ausgenommen die Nachricht seines Todes,« sagte sie, indem sie sich wieder setzte, während ein höhnisches Lächeln um ihre grausamen Lippen zuckte und das heimliche Licht des Hasses tief in ihren bösen Augen lauerte.

Als ich die Thür öffnete, um das Zimmer zu verlassen, schaute sie sich schnell nach mir um; sie betrachtete mich mit einem seltsamen, heimlichen Interesse vom Kopfe bis zu den Füßen – und eine unnennbare Erwartung lagerte sich boshaft über ihr ganzes Gesicht. Speculirte sie in der Tiefe ihres heimtückischen Herzens auf meine Jugend und Kraft, auf die Macht meiner beleidigten Gefühle und die Grenzen meiner Selbstbeherrschung? und berechnete sie etwa, wie weit ich mich fortreißen lassen würde, falls Sir Percival und ich jemals zusammentreffen sollten? Der bloße Gedanke, daß dies in diesem Augenblicke in ihrem Herzen vorgehe, trieb mich aus ihrer Gegenwart. Ohne ein Wort weiter von ihrer Seite oder der meinigen verließ ich das Zimmer.

Als ich die Hausthür öffnete, sah ich denselben Geistlichen, der schon einmal am Hause vorbeigegangen war, im Begriffe, auf seinem Rückwege nochmals an demselben vorüberzugehen. Ich wartete auf der Thürschwelle, um ihn vorbei zu lassen, und schaute mich dabei nach dem Wohnstubenfenster um.

Mrs. Catherick hatte in der Stille dieses einsamen Ortes seine Schritte herannahen gehört und sie stand bereits wieder am Fenster, in einer Stellung, die es für den Geistlichen eine Sache gewöhnlicher Höflichkeit machte, sie zum zweiten Male zu grüßen. Er nahm abermals den Hut ab. Ich sah das harte, fahle Gesicht hinter dem Fenster, durch befriedigten Stolz erhellt, milder werden und sah den Kopf mit der grimmigen schwarzen Haube sich feierlich zum Gruße neigen. Der Pfarrer hatte sie – in meiner Gegenwart – zweimal an einem Tage gegrüßt!

Über tradition

Eigenes Buch veröffentlichen

tredition wurde 2006 in Hamburg gegründet und hat seither mehrere tausend Buchtitel veröffentlicht. Autoren veröffentlichen in wenigen leichten Schritten gedruckte Bücher, e-Books und audio-Books. tredition hat das Ziel, die beste und fairste Veröffentlichungsmöglichkeit für Autoren zu bieten.

tredition wurde mit der Erkenntnis gegründet, dass nur etwa jedes 200. bei Verlagen eingereichte Manuskript veröffentlicht wird. Dabei hat jedes Buch seinen Markt, also seine Leser. tredition sorgt dafür, dass für jedes Buch die Leserschaft auch erreicht wird.

Im einzigartigen Literatur-Netzwerk von tredition bieten zahlreiche Literatur-Partner (das sind Lektoren, Übersetzer, Hörbuchsprecher und Illustratoren) ihre Dienstleistung an, um Manuskripte zu verbessern oder die Vielfalt zu erhöhen. Autoren vereinbaren direkt mit den Literatur-Partnern die Konditionen ihrer Zusammenarbeit und partizipieren gemeinsam am Erfolg des Buches.

Das gesamte Verlagsprogramm von tredition ist bei allen stationären Buchhandlungen und Online-Buchhändlern wie z. B. Amazon erhältlich. e-Books stehen bei den führenden Online-Portalen (z. B. iBookstore von Apple oder Kindle von Amazon) zum Verkauf.

Einfach leicht ein Buch veröffentlichen: **www.tredition.de**

Eigene Buchreihe oder eigenen Verlag gründen

Seit 2009 bietet tredition sein Verlagskonzept auch als sogenanntes "White-Label" an. Das bedeutet, dass andere Unternehmen, Institutionen und Personen risikofrei und unkompliziert selbst zum Herausgeber von Büchern und Buchreihen unter eigener Marke werden können. tredition übernimmt dabei das komplette Herstellungs- und Distributionsrisiko.

Zahlreiche Zeitschriften-, Zeitungs- und Buchverlage, Universitäten, Forschungseinrichtungen u.v.m. nutzen diese Dienstleistung von tredition, um unter eigener Marke ohne Risiko Bücher zu verlegen.

Alle Informationen im Internet: **www.tredition.de/fuer-verlage**

tredition wurde mit mehreren Innovationspreisen ausgezeichnet, u. a. mit dem Webfuture Award und dem Innovationspreis der Buch Digitale.

tredition ist Mitglied im Börsenverein des Deutschen Buchhandels.

Dieses Werk elektronisch lesen

Dieses Werk ist Teil der Gutenberg-DE Edition DVD. Diese enthält das komplette Archiv des Projekt Gutenberg-DE. Die DVD ist im Internet erhältlich auf **http://gutenbergshop.abc.de**